Die Toten haben's gut

Der Autor

Gunnar Staalesen, geboren 1947, bezeichnet Bergen, die Stadt seines Helden Varg Veum, auch als seine Stadt. Dort hat er Englisch, Französisch und Literaturwissenschaften studiert, dort arbeitet er als Dramaturg am Bergenser Theater. Gunnar Staalesen ist heute einer der führenden norwegischen Krimiautoren. Seine Romane wurden in zahlreiche Sprachen übersetzt. (*Die Schrift an der Wand*, Scherz, 1999; *Dein bis in den Tod*, Scherz, 2000; *Dornröschen schlief wohl hundert Jahr*, Scherz, 2001; *Der Hexenring*, Scherz, 2002.)

Gunnar Staalesen

Die Toten haben's gut

Roman

Aus dem Norwegischen
von Kerstin Hartmann-Butt

Scherz

Besuchen Sie uns im Internet:
www.scherzverlag.de

Die Originalausgabe erschien unter dem Titel
«De døde har det godt» bei Gyldendal Norsk Forlag, Oslo

1. Auflage 2002
Copyright © 1996 by Gyldendal Norsk Forlag, ASA
Alle deutschsprachigen Rechte beim Scherz Verlag,
Bern, München, Wien.
Alle Rechte der Verbreitung, auch durch Funk,
Fernsehen, fotomechanische Wiedergabe,
Tonträger jeder Art und auszugsweisen
Nachdruck, sind vorbehalten.
ISBN 3-502-51855-6
Umschlaggestaltung: ja DESIGN, Bern: Julie Ting & Andreas Rufer
Umschlagbild: Terje Rakke/Image Bank, Zürich
Gesamtherstellung: Ebner & Spiegel, Ulm

Inhalt

Der Name ist Veum. Varg Veum. Ich bin Privatdetektiv, und ich löse deine Probleme, von den einfachsten, wie deinen entlaufenen Hund zu finden, bis zu den kompliziertesten, wie dir den Sinn des Lebens zu erklären.
Dass du mein Honorar bezahlst, ist alles, was ich erwarte.
Das ist doch wohl nicht zu viel verlangt?

Tod und Zahnschmerzen

Eines Tages im Oktober hörte ich plötzlich wieder das Geräusch des Zahnarztbohrers aus der Praxis nebenan.

Zuerst war es nur wie ein Echo in meinem Hinterkopf, eine Erinnerung an eine der Geräuschkulissen, an die ich mich im Laufe der Jahre gewöhnt hatte und die mir kaum noch auffielen. Doch dann begann ich mich zu wundern. Der Zahnarzt war doch ausgezogen – vor mehreren Monaten schon.

Sein Name war Asle Breim. Er gehörte zum dunkelhaarigen Typ mit Bart und sah aus wie der Programmleiter einer Quizsendung auf TV-Norge, allerdings mit einem so ausgeprägten Nordfjorddialekt, dass er sich im Kabelfernsehen kaum sonderlich gut gemacht hätte. Vielleicht wollte er wieder in heimatlichere Gefilde, vielleicht war da draußen auch sein Kundenpotential größer – auf jeden Fall hatte er vor ein paar Monaten Zangen und Bohrer eingepackt und war in ein Einkaufszentrum in Åsane umgezogen, und ich hatte in der Zeitung gelesen, dass er mit erweiterten Öffnungszeiten und freien Kapazitäten warb.

Ich hatte seine Helferinnen mehr vermisst als ihn. Eine Zeit lang wechselte er sie ebenso häufig wie andere ihr Bettzeug. Ich hatte mich oft gefragt, warum, denn die wenigsten von ihnen waren nach meinem Geschmack austauschbar. Zuerst dachte ich, dass er eine Art heimlicher Chauvinist war, der sofort, wenn sie bei ihm anfingen, versuchte, ihnen unter den Kittel zu kommen. Eine Weile fürchtete ich, er würde sie regelrecht verzehren, und ich hätte eine Art moderner Ausgabe von Sweeney Todd als Büronachbarn. Schließlich beschloss ich, dass er sie wahrscheinlich ganz einfach zu hart rannahm und zu der Sorte Arbeitgeber gehörte, wo man kam, sah und ging, lange bevor die Probezeit vorbei war.

Es hatte mir eigentlich auch nichts ausgemacht, dass die Auswahl bei ihm so häufig wechselte. Einige Jahre meines Lebens waren sie zusammen mit den fest angestellten Verkäuferinnen im Weinmonopol in Dreggen meine einzigen weiblichen Bekanntschaften. Ich hatte eine Art Routine darin entwickelt, sie auf einen schnellen Aquavit in mein Büro einzuladen, um sich nach Büroschluss die Aussicht anzusehen. Aber nur eine einzige hatte die Einladung jemals angenommen. Ich wusste es noch so genau, als sei es gestern gewesen. Der Himmel trug Grau, sie Türkis, und sie errötete wie ein Sonnenuntergang. Allerdings mochte sie keinen Aquavit, und die Aussicht war dieselbe wie nebenan. Als sie gegangen war, konnte ich nur mit mir selbst anstoßen: He's looking at you, kid. Von allen Büros der Welt solltest du gerade in meinem vorbei kommen . . .

Wieder nebenan das Geräusch des Zahnarztbohrers zu hören, war wie nach Hause zu kommen. Das Geräusch war schwach, denn das Wartezimmer lag wie eine Pufferzone zwischen uns, aber trotzdem laut genug, dass es in meinen alten Plomben zog, wie eine Erinnerung an unbezahlte Rechnungen.

Am nächsten Morgen stieß ich auf eine Frau, die gerade die Nachbartür aufschließen wollte. Ich rasselte mit dem Schlüsselbund und nickte ihr zu.

Sie grüßte zaghaft zurück.

Ich ging ein paar Schritte auf sie zu. «Guten Morgen! Wenn wir in Zukunft Nachbarn sein sollten, dann können wir uns vielleicht genauso gut vorstellen.»

Sie zögerte ein wenig. Dann lächelte sie und kam mir ungefähr auf halbem Wege entgegen. «Ja, Sie . . .»

«Varg Veum.» Ich streckte meine Hand aus. «Privatdetektiv.»

«Ja, ich habe das Schild gesehen.» Sie gab mir eine schmale, weiche Hand mit langen, glatt lackierten Nägeln. «Live ... Dyrdal», sagte sie mit einer winzigen Pause in der Mitte, als sei sie sich nicht ganz sicher, welchen Nachnamen sie an diesem Tag trüge.

Ich konstatierte schnell und routinemäßig, dass sie keinen Ehering trug. Ihr Alter war schwer zu erraten. Sie war eine dieser verlebten Schönheiten mit knackigen Körpern, die ihr Geld lieber für Fitnesscenter ausgeben als für Gesichtslifting. Ich spürte mit einem Ziehen im Unterleib, dass sie genau die richtige Landschaft für mich war: gerade hügelig genug, aber ohne allzu lange Steigungen. Ihre Augen waren blaugrün und diskret schwarz umrandet. Ihr dunkelbraunes Haar war modisch viereckig geschnitten, mit nacktem Nacken und fransigem Pony. Die Tränensäcke unter ihren Augen und die Falten im Mundwinkel verrieten, dass sie nicht einmal im Oktober eine Sommernacht verschlief.

Nach ein paar Sekunden machte sie ihre Hand vorsichtig frei und sah mich mit einem schiefen Lächeln an. «Ich sollte wohl rübergehen, bevor der Chef kommt.»

«Wie heißt er diesmal?»

«Pe ... Per Austbø», sagte sie. «Er hatte seine Praxis früher – am Danmarksplass.»

Ich hatte mich schon an ihre Pausen gewöhnt und passte mich automatisch an. «Wenn Sie mal irgendwie – Unterstützung brauchen, dann finden Sie mich – hier. Ich habe einen wohl temperierten Aquavit in der Schreibtischschublade.»

«Oh ja?» Sie lachte.

«Aber das muss dann wohl – nach Büroschluss sein?»

«Wie lange – sitzen Sie denn hier?»

«So lange Sie wollen», sagte ich mit einem erneuten leichten Ziehen im Bauch.

Dann war sie verschwunden.

Ich schloss mein Büro auf, schaltete das Licht ein, stellte die Kaffeemaschine an, setzte mich, schlug die Zeitung auf und lauschte, teilweise unbewusst, ob nebenan der Zahnarztbohrer wieder einsetzte.

Auf einem solchen Flur hatten wir einander ziemlich gut unter Kontrolle. Dröhnende Blasmusik, knallende Champagnerkorken und lautstarke Orgasmen verboten sich von selbst. Ich hatte gerade begonnen, an einem umfangreichen Autoversicherungsfall zu arbeiten. Ein halbes Jahr später, als man die gesuchten Autos schließlich aus einem See auf Askøy herausfischte, erschienen dazu umfangreiche Zeitungsartikel. Den größten Teil des Tages saß ich am Telefon, aber ich achtete trotzdem recht genau auf die Geräusche um mich herum. Ungefähr eine Viertelstunde nach meiner Begegnung mit der Zahnarzthelferin hatte ich Schritte gehört und angenommen, dass es der Zahnarzt war. Etwas später wurde der Bohrer eingeschaltet. Gegen zwölf Uhr verstummte er. Mittagspause, dachte ich und telefonierte weiter. Und ganz richtig: zirka eine halbe Stunde später war er wieder in Aktion.

Ich weiß nicht, wann ich anfing, mich zu wundern.

Gegen ein Uhr hörte ich, wie ein Patient kam. Die Tür wurde geöffnet und wieder geschlossen. Kurz darauf hörte ich, dass sie sich drüben unterhielten, etwas lauter als normal, aber nicht so laut, dass ich die Worte verstehen konnte. Aber genau in dem Moment erreichte ich endlich einen Autobesitzer in Sotra, dem vor drei Wochen sein Wagen gestohlen worden war, den man nicht wieder gefunden hatte. Woran der Besitzer auch nicht sehr interessiert zu sein schien. Als das Telefonat beendet war, machte der Bohrer eine Pause. Durch die Wand hörte ich einen leichten Aufprall, als würde jemand hinfallen, und ich erinnere mich genau daran, was ich dachte: War da etwa jemand so nervös geworden, dass er in Ohnmacht fiel?

Dann, nach einer Weile, setzte der Bohrer wieder ein. Gleich darauf hörte ich wieder eine Tür zuschlagen und dann schnelle Schritte in Richtung Treppenhaus und Fahrstuhl. Wenn ich mich nicht irrte, dann gehörten sie zwei Menschen, und einer davon war definitiv eine Frau.

Der Bohrer bohrte und bohrte und bohrte.

Vielleicht war es die Regelmäßigkeit des Geräusches, die mich schließlich dazu brachte, nachzusehen. Dieser Zahnarzt war ja die reinste Bohrmaschine, wenn sie nicht als Paar arbeiteten, er und die Helferin. Von einem Schlund zum anderen.

Ich trat auf den Flur. Wenn nebenan alles war, wie es sein sollte, dann sollte ich lieber den großen Sprung wagen und einen Termin für meine Backenzähne machen.

Der Name auf der Glasscheibe war so frisch, dass er noch nach Farbe roch: Zahnarzt Per Austbø, Mitglied der NZV.

Ich drückte die Klinke herunter und gegen die Tür.

Sie war abgeschlossen.

Aber vom Raum nebenan hörte ich noch immer den Bohrer.

Ich klopfte hart an die Tür und wartete eine Weile, bevor ich erneut dagegen drückte.

Keine Reaktion.

Ich ging zur Nachbartür. Dort konnte ich den Bohrer dahinter noch deutlicher hören.

Ich betrachtete die Tür. Sie war ganz sicher auch abgeschlossen.

Ich versuchte es vorsichtig. Richtig. Sie rührte sich keinen Millimeter, als sei sie nicht mehr geöffnet worden, seit sie zuletzt den Flur gestrichen hatten, und das war bald zehn Jahre her.

Plötzlich verstummte der Bohrer. Hatten sie gehört, dass jemand an der Tür war?

Ich klopfte noch einmal, aber noch immer kam von drinnen keine Reaktion.

Ein leises Geräusch drang an mein Ohr. Ich legte es an die Tür und versuchte, das Geräusch zu deuten.

Es klang wie das Anmischen von Amalgam direkt vor der Plombierung.

Einen Augenblick atmete ich erleichtert auf. Dann war sie dort drinnen und assistierte ihm, und vielleicht warteten weitere Patienten, und deshalb war sicher die Tür zum Wartezimmer abgeschlossen.

Aber? Ich sah auf die Uhr. Keine weiteren Patienten um zehn vor zwei?

Tja, vielleicht unterrichtete der Zahnarzt am zahnmedizinischen Institut, oder er musste selbst zum Zahnarzt?

Das Geräusch hielt immer noch an, und . . .

Wenn es vom Amalgam-Mischen kam, dann hatten sie gerade eine Bulldogge auf dem Stuhl.

Nein! Jetzt erkannte ich das Geräusch. Es war . . . das Geräusch einer Kassette, die zurückgespult wurde!

Ich blieb stehen und lauschte. Plötzlich brach das Geräusch ab, es ertönte ein winziges Klicken, und wenige Sekunden später setzte der Bohrer wieder ein.

Ich klopfte aus reinem Reflex an die Tür. Entlarvt!

Aber warum, um Himmels willen?

Ich ging wieder zur Wartezimmertür und untersuchte das Schloss. Es war ein ganz gewöhnliches Sicherheitsschloss. Wenn ich in mein Büro ginge und meinen Beautycase holte, würde es mich weniger als ein paar Minuten kosten, es gegen seinen Willen zu öffnen.

Andererseits . . .

Ich kannte ein paar Leute an der Ecke Domkirkegaten und Allehelgensgate, die von einer solchen Aktion nicht so begeistert wären. Es war sicher das Beste, stattdessen dort anzurufen, für alle Fälle. Selbst wenn sie mir wohl auch diesmal kaum eine Verdienstmedaille überreichen würden.

2

Eine Reihe männlicher Kollegen waren an ihr vorbeigezogen und Kommissare geworden, aber Eva Jensen war Polizeiobermeisterin geblieben. Vielleicht war es ein Zeichen dafür, wie ernst man mein Anliegen nahm, dass man mich zu ihr durchstellte.

«Jensen», sagte sie ohne eine Spur von Erwartung in der Stimme. So weit ich wusste, war sie noch immer unverheiratet, und nach fast zwanzig Jahren beim Staat erwartete sie schon lange nicht mehr, dass sich der Traumprinz bei ihr melden würde, jedenfalls nicht am Telefon.

«Veum», sagte ich.

Sie seufzte. «Okay, hallo . . . Was kann ich für dich tun?»

Ich erklärte ihr die Situation, kürzer als ein Patentamtangestellter, aber mit weitaus weniger Autorität in der Stimme.

«Okay, Veum. Ich werde sehen, ob ich einen Streifenwagen rüberschicken kann, aber es ist gerade Stoßzeit, kann also eine Weile dauern.»

«Und sonst geht's dir gut?»

«Sonst geht's mir gut. Vielen Dank für dein Interesse. Schönen Tag noch, Veum.»

Sie legte auf. Ich war ganz einfach Luft für sie. Dem Tonfall nach zu urteilen, hätte sie seit Jahren Abteilungsleiterin sein sollen.

Eine halbe Stunde später kamen sie – zwei freundliche junge Leute in Overall und Schirmmütze, mit Handys am Gürtel und einem Schlüsselbund, das einem Securitas-Wachmann zur Ehre gereicht hätte. Sie hatten einen Smiling-Kurs absolviert und waren schneller vom Neanderthaler zum Mitmenschen geworden, als Ellingsen und Bøe es sich jemals würden vorstellen können. Wäre die Uniform nicht gewesen, hätte ich vermutet, es mit zwei frisch ausgebildeten Katecheten der Kreuzkirche zu tun zu haben, die einem verirrten Gemeindemitglied Trost und Rat spenden wollten.

«Bolstad», stellte sich der eine vor. Er hatte einen rotbraunen Schnauzbart und helles Haar.

«Und Ristesund hier», sagte der andere. Hier war der Schnauzbart schwarz, während das dunkle Haar schon einen grauen Schimmer aufwies.

Beide kamen offensichtlich aus dem Vestlandet, stellte ich

fest und zeigte ihnen den Weg. «Es ist das Büro hier nebenan.»

Sie wiederholten, was ich vor einer knappen Stunde getan hatte, als sei es eine Art einstudiertes Ritual: Sie klopften an, versuchten es an beiden Türen und lauschten auf das Geräusch des Bohrers.

Ristesund holte seinen Schlüsselbund hervor und suchte nach dem passenden Kandidaten, während Bolstad den Blick den Flur entlang von Tür zu Tür wandern ließ, als warte er darauf, dass jemand seinen Kopf herausstreckte, um zu sehen, was da vor sich ging.

Mit einem Klicken sprang das Schloss auf. Ristesund zögerte einen Moment, dann drückte er die Klinke hinunter und öffnete die Tür. Wir blieben direkt hinter der Tür stehen, wie drei überraschte Gäste vor einer zerbrochenen Vase aus der Ming-Dynastie.

Von Wartezimmer kaum eine Spur. An der Wand sah man weiße Felder von den Bildern, die der vorige Zahnarzt dort aufgehängt hatte, und die Stühle wirkten, als hätte man sie an einem Regentag vom Sperrmüll geholt. Andere Möbel gab es nicht, nicht einmal eine Wochenzeitschrift aus den 70er Jahren, wie bei mir drüben.

Die Luft war kalt und abgestanden.

Mitten im Raum lag ein unzufriedener Patient. Seine Beine verrieten, dass er auf dem Bauch lag. Jemand hatte ihm einen weißen Zahnarztkittel über Kopf und Oberkörper gelegt, wohl damit niemand sah, dass er sich gestoßen hatte. Aber ohne Erfolg. Das Blut war längst durchgesickert und hatte den weißen Kittel rot gefärbt.

«Teufel noch mal», stieß Bolstad hervor.

«Eine ungewöhnlich missglückte Wurzelfüllung», murmelte ich.

Ristesund sah mich verständnislos an. «Was?»

Bolstad beugte sich vorsichtig vor und hob den Kittel an. Der Mann, der darunter zum Vorschein kam, hatte dünnes, blondes

Haar über einem blutigen Scheitel, und die nächsten, die sich jetzt für seine Zähne interessieren würden, waren die Kollegen von der Pathologie.

Bolstad suchte nach seinem Handgelenk und tastete vergeblich nach dem Puls. Stumm schüttelte er den Kopf. Dann richtete er sich mit steifem Rücken wieder auf und sagte: «Das ist ein Fall für die Experten.» Er sah mich an, als erwartete er meinen Widerspruch, aber ich nickte zustimmend.

Ristesund hatte schon das Handy parat. «Hallo? Zentrale?»

Ich warf einen Blick durch die halb offene Tür zum eigentlichen Behandlungszimmer. Auf einem Stuhl mitten im Raum stand ein Kassettenrekorder. Die rote Batterielampe leuchtete und aus beiden Lautsprechern dröhnte der Zahnarztbohrer. Sonst war der Raum leer. Nicht einmal ein Amalgamfleck war zu sehen.

Bolstad nickte zum Flur hin. «Ich glaube, wir sollten draußen warten.»

Auch diesmal fand ich keinen Grund zu widersprechen. Außerdem war ich weit weg. In Gedanken versuchte ich, mich so klar wie möglich an das Gespräch zu erinnern, das ich mit der Frau geführt hatte, von der ich gedacht hatte, sie sei die neue Zahnarzthelferin.

Ich ging zur Tür zu meinem Büro und sagte: «Wenn Sie hier drinnen warten wollen, können Sie das gerne tun.»

Die beiden uniformierten Katecheten schüttelten ernst die Köpfe und sagten mit milden Stimmen: «Nein, wir sollten sicher hier draußen Wache halten . . .»

«. . . falls jemand . . .»

«. . . versucht, abzuhauen?», schlug ich vor.

«Kommt, wollte ich sagen.»

Ich nickte, öffnete die Tür zu meinem eigenen Wartezimmer und sagte: «Wenn noch etwas sein sollte, finden Sie mich hier.»

Sie nickten und ich ging hinein.

Als erstes schlug ich das Telefonbuch auf.

Zwei Namen. Aber ich hatte bei keinem von beiden Glück.

Es gab keinen Zahnarzt Per Austbø, weder am Danmarks-plass noch sonst irgendwo. Es gab auch keine Live Dyrdal. Wenn sie nicht unter dem früheren Besitzer aufgeführt stand.

Nachdem ich ein wenig nachgedacht hatte, rief ich den Hausbesitzer an, eine Investitionsfirma mit Hauptfiliale im Fyllingsdalen. Dort hatte man ein reserviertes Verhältnis zu mir. Ihnen gefiel die Klausel nicht, auf der der letzte Besitzer beim Verkauf bestanden hatte, und die garantierte, dass ich mein Büro als fester Mieter behalten durfte «so lange ich wollte», als Dank für die unschätzbaren Dienste, die ich ihm erwiesen hatte, oder richtiger seinen Enkelkindern, während meiner Zeit im Außendienst des Jugendamtes.

Sie klangen nicht unbedingt weniger reserviert, als sie erfuhren, weshalb ich anrief. «Die Zahnarztpraxis?», sagte eine jugendliche Männerstimme von der Sorte, die immer Fliege und Hosenträger ankündigte. «Die steht doch immer noch leer.»

«Aber . . . War jemand da und hat sie sich angesehen?»

«Bestimmt nicht.»

«Und die Schlüssel? Haben Sie die?»

«Selbstverständlich.» Ich hörte, wie eine Schublade herausgezogen wurde. «Ich hab sie hier, in meinem Büro.»

«Und dort liegen sie sicher?»

«Was glauben Sie? Sollten wir Sie engagieren, um auf sie aufzupassen, oder was? Sind Sie hinter einem Auftrag her?»

«Nein, nein, ich frag ja nur.»

«Aha. Gibt's sonst noch was?»

«Nein – danke.»

Ich legte den Hörer vorsichtig auf, als hätte ich Angst, dass er nach mir schnappt.

Kurz darauf hörte ich draußen im Flur das wilde Heer eintreffen. Ich trat aus der Tür, um mich zu zeigen – und um zu sehen, wer die Untersuchungen leiten würde.

Kriminalkommissar Jakob E. Hamre schaute mich missbilligend an. «Du konntest keine Ruhe geben, bevor du sie im Nachbarbüro hattest, was, Veum?», sagte er mit seiner dunklen Stimme, als stünde er in der hinteren Reihe eines gemischten Chores nach stundenlangen Proben für die Matthäuspassion.

«Tut mir Leid, Hamre, aber das hier gibt wohl Überstunden, was?»

«Ich fürchte, ja, Veum.»

Er ging gemeinsam mit den anderen Neuankömmlingen in die leere Zahnarztpraxis – einem Polizisten, dessen Namen ich nicht kannte, und einem, der Karstensen hieß und dessen Spezialgebiet Tatortbesichtigungen waren.

Ich folgte ihnen und blieb in der Tür stehen.

Nachdem sie sich die Leiche angesehen hatten, wandte Hamre sich an mich, als habe er nichts anderes erwartet, als dass ich ihnen folgte.

«Jemand Bekanntes, Veum?»

«Völlig unbekannt.»

Er sah sich um. «Wer mietet das hier eigentlich?»

«Keiner, offenbar.» Ich erklärte ihm meine Version dessen, was ich beobachtet hatte.

Als ich zu meinem Anruf beim Hauseigentümer kam, seufzte er schwer, sparte sich aber die Kommentare, und als ich fertig war, sah er durch die halb offene Tür ins Nebenzimmer. Die Kassette spulte gerade zurück, aber die Batterie gab langsam ihren Geist auf; es würde nicht mehr lange dauern, dann wäre auch sie tot.

«Merkwürdiges Arrangement», murmelte er. «Wie lange waren sie hier drin?»

Ich zögerte, während ich nachdachte. «Nicht mehr als ein paar Tage, glaube ich. Das erste Mal, dass ich das Geräusch des, äh, Bohrers gehört habe, war gestern.»

«Und diese Frau – kannst du eine Beschreibung von ihr geben?»

«Das kann ich.»

Er nickte dem neuen Polizisten zu, der in Zivil war, dunkelblond und ohne jeden Bartwuchs über der Oberlippe. «Paulsen, geh mit Veum rein und schreib auf, was er zu sagen hat.»

Paulsen ging mit rein. Er sah sich erstaunt um, als würde er sich fragen, ob es denn einen Sinn habe, auf diese Branche zu setzen, aber offenbar kam er schnell auf andere Gedanken.

Dann stellte er einen kleinen Kassettenrekorder auf meinen Schreibtisch, drückte auf Aufnahme und bat mich, die Frau, mit der ich gesprochen hatte, so gut es ging mit eigenen Worten zu beschreiben. Ich hätte ihn natürlich fragen können, ob er bereit sei, mir welche zu leihen, falls mir die eigenen ausgingen, aber ich dachte, es sei das Beste, die gute Atmosphäre, die Bolstad und Ristesund hinterlassen hatten, nicht zu verspielen und ließ es sein.

Ich schloss die Augen halb und beschwor im Geiste ein Bild von Live Dyrdal herauf. Dann beschrieb ich sie, so gut ich konnte; so gut, dass ich plötzlich das Erstaunen in meinem Unterleib zurückkehren spürte, obwohl ich zugeben musste, dass sie ihren natürlichen Charme nur benutzt hatte, um mich hinters Licht zu führen.

Wer war sie eigentlich?

Was war der Sinn der Sache gewesen?

Und wer in aller Welt war der Tote da drinnen?

«Möchten Sie uns noch mehr erzählen?», platzte Paulsen in meine Gedanken.

«Nein, das – das war wohl alles», sagte ich.

Er nickte, drückte auf Stop, spulte ein Stück zurück, um sicher zu gehen, dass der Ton gut genug war, nickte und steckte den Rekorder wieder in die Jackentasche. Dann bedankte er sich und ließ mich allein zurück.

Hinters Licht geführt ... Das gefiel mir nicht. Es war auf jeden Fall schlechte Reklame. Aber nicht nur mich ... Es gab jemanden, der größeren Schaden erlitten hatte als ich. Als ich wieder auf den Flur trat, trugen sie ihn gerade hinaus. Hamre kam gleich hinterher, ein Gesicht, so düster wie ein Vertreter eines Beerdigungsinstituts.

Als er mich entdeckte, bekam er einen schmerzvollen Gesichtsausdruck, wie bei akuten Zahnschmerzen. Während die anderen weiter zum Fahrstuhl gingen, blieb er einen Augenblick vor mir stehen.

«Veum . . .»

«Ja?»

«Was du auch tust, was du auch vorhast . . . Keine weiteren Telefonate. Überlass die Untersuchungen uns. Und um Gottes willen, such uns keine weiteren Leichen!»

«Na gut. Ich werd's versuchen», murmelte ich und ging wieder in mein Büro, ohne mit einer Miene zu verraten, wie traurig und geknickt ich war.

3

Keine weiteren Telefonate!, hatte Hamre mir befohlen. Das bedeutete aber nicht, dass er mir verbieten konnte abzunehmen, wenn jemand mich anrief.

«Veum?»

Ich erkannte ihre Stimme sofort, als sie meinen Namen sagte, und das brachte meinen Puls im Laufe von Sekunden auf Hundert.

Es war der Tag danach, und der plötzliche Todesfall war schon auf den Titelseiten beider Lokalzeitungen erschienen.

«Ja.»

«Sind Sie allein?»

«Ja, und ich weiß, wer Sie sind. Sie sollten –»

«Ja, hier ist . . . Aber bitte unterbrechen Sie mich nicht, bevor ich ausgeredet habe. Ich hab meine letzten Münzen eingeworfen, und die Zeit läuft.»

Ich hörte das Ticken des Zählwerkes in einer Telefonzelle und sagte schnell: «Spucken Sie's aus, wie Ihr Chef zu sagen pflegt.»

«Er ...»

«Zahnarzt Per Austbø meine ich.»

«Ja, ich ...»

«Nur merkwürdig, dass er nicht im Telefonbuch steht.»

«Veum! Die Geschichte ist viel zu verwickelt, um ... Aber Per ... Sagt Ihnen der Name Birger Bjelland etwas?»

Ich war sofort hellwach. Natürlich sagte mir der Name Birger Bjelland etwas. Er war einer der Fürsten unter den Geldhaien der Stadt. Ich sah automatisch zur Tür, als wünschte ich, ich hätte sie abgeschlossen. Einmal hatte jener Birger Bjelland mein Büro betreten, ungebeten, und es war wirklich absolut nichts Gutes dabei herausgekommen. Ein anderes Mal, in Oslo, hatte ich belauscht, wie derselbe Bjelland jemandem anbot, sich um mich «zu kümmern, endgültig», wenn ich nach Bergen zurück kehrte. Gott sei Dank war das Angebot bis jetzt nicht angenommen worden.

«Hat er etwas damit zu tun?»

«Ja, Per ... Wir schulden ihm Geld, und ...»

«Per ... ist das Ihr Mann oder so etwas?»

«Ja, er ...»

«Und wie heißt er weiter?»

«Hjertevik. Wir ... Hören Sie, Veum ... Heute Abend ist ein Rennen im Travparken. Kann ich Sie dort treffen, ohne Polizei?»

«Na ja, ich ...»

«Bitte ...»

«Na gut! Aber wo?»

In der Leitung begann es zu piepen, als Signal dafür, dass ihre Gnadenfrist vom Televerket abgelaufen war.

«Oh, nun ist Schluss! Auf dem Parkplatz! Ich fi–»

Dann wurde die Verbindung unterbrochen.

Ich schlug wieder das Telefonbuch auf. Dieses Mal hatte ich mehr Glück. Es gab tatsächlich einen Per Hjertevik. Er hatte sogar eine Adresse, auf dem Natlandsfjellet.

Aber als ich die Nummer wählte, nahm niemand ab.

Stattdessen klopfte es an meiner Bürotür.

«Ja?», sagte ich und stand auf.

Der Mann, der eintrat, war kaum älter als Ende zwanzig. Er war dunkelhaarig und wirkte aggressiv, hatte wütende braune Augen und eine muskulöse Kinnpartie, als würde er in seiner Freizeit Eisen kauen. Sein Name war Jarle Mykland und ich kannte ihn flüchtig von früher. Er war Kriminalreporter bei der kleineren der beiden Lokalzeitungen.

Er grüßte mit dem Zeigefinger an der Stirn. «Hast du eine Minute, Veum?»

«Vielleicht sogar zwei. Worum geht's?»

Er nickte nach Süden. «Um den plötzlichen Todesfall bei dir nebenan. Das kann deiner Aufmerksamkeit kaum entgangen sein.»

«Nein, ich habe es mitbekommen. Setz dich.»

Er ließ sich schwer auf dem Gästestuhl nieder, legte ein jeansbekleidetes Bein über die Armlehne, fischte Notizbuch und Kugelschreiber aus der braunen Lederjacke, blickte über den Schreibtisch zu mir und sagte: «Du weißt, dass die Polizei den Toten identifiziert hat?»

«Nein, ich . . . Das habe ich nicht . . .»

«Ein Kerl namens Per Hjertevik.»

Ich verspürte einen Stich. «Was sagst du da?»

«Per Hjertevik. Kennst du ihn?»

«Nein, ich glaube nicht.»

Er sah mich misstrauisch an. «Bekannt im Milieu um den Travparken. Hat mit hohem Einsatz gespielt – und verloren. Im letzten halben Jahr hat man ihn da draußen nicht mehr gesehen.»

«Ach, nein?»

«Aber ich hab ein bisschen nachgeforscht. Während der letzten drei Monate hat er auf mehreren Trabrennbahnen im Osten hoch gespielt, in Jarlsberg und Bjerke.»

«Aha.»

«Und du hast ihn also gefunden?»

23

«Ja, ich ... Aber nur weil ich, wie du selbst gesagt hast: nebenan.»

«Soll das mit anderen Worten heißen, dass du nicht die geringste, wie soll ich sagen, professionelle Verbindung zu Hjertevik hattest?»

«Professionell? Was meinst du damit? Ich gehöre nicht zu den Stammgästen im Travparken. Ich habe seinen Namen noch nie gehört – bis jetzt.»

«Und das soll ich dir glauben?»

«Mach doch, was du willst. Ich war noch nie in der Glaubensbranche. Zweifler steht auf meiner Visitenkarte.»

«Diese Zahnarztpraxis – die stand doch leer, oder?»

«Ja, seit – vor dem Sommer.»

«Was glaubst du, hat Hjertevik damit gewollt?»

Ich zuckte mit den Schultern. «Ist es so sicher, dass er sie tatsächlich gemietet hatte?»

«Wie lange ist er drin gewesen?»

«Ich hab vorgestern zum ersten Mal was gehört.»

«Hm.» Er musterte mich misstrauisch. «Und du hast Hjertevik nie getroffen?»

«Nein, die einzige, die ich ... Ich habe kurz seine Helferin kennen gelernt.»

«Und? Wie hieß sie?»

«Das hat sie nicht gesagt.»

«Nicht?»

«Nein.»

«Dir ist klar, dass sie möglicherweise in großer Gefahr ist?»

«Ja?»

«Als Zeugin eines Mordes endet sie schnell als nächstes Opfer.»

«Aber warum ...»

«Ach, ich weiß auch nicht.»

In mir hörte ich das Echo von Hamres Stimme: «Und um Himmels willen, suche nicht noch mehr Leichen für uns!»

Als Jarle Mykland gegangen war, rief ich Hans Hoprekstad

an, einen Typen, mit dem ich zusammen beim Militär war, und mit dem ich immer noch ab und zu ein Bier trinken ging. Hansemann war Lastwagenfahrer von Beruf und in seiner Freizeit Spieler, wenn nicht umgekehrt. Die Leidenschaft hatte ihn im Laufe der Jahre einige Lastwagen und eine Frau gekostet, aber es hatte ihm auch eine Millionenvilla in Åsane eingebracht, für die er selbst nie die Architektenzeichnungen bestellt hatte. Dort wohnte er mit seiner neuen Frau, die er, so viel ich weiß, als Bonus zum Haus dazu bekommen hatte. Ich erreichte ihn auf seinem Handy unterwegs nach Norden, irgendwo zwischen Knarvik und Mongstad.

«Varg? Wat zum Teufel gibt's denn?»

«Ich wollte dich fragen, ob du einen Spieler draußen vom Travparken kennst, der Per Hjertevik heißt?»

«Den Per, ja klar! Aber der is nich mehr im Rennen!»

«Ja, das . . .»

«Ich mein, er spielt nich mehr hier inner Gegend.»

«Nein? Warum nicht?»

«Das letzte, was ich gehört hab, is, dass er auf den Trabrennbahnen im Osten hoch gespielt hat, mit frisch geliehenem Geld von da drüben.»

«Aber ich hab es so verstanden, dass er Schulden hatte . . .»

«Je mehr Schulden du hast, desto höher spielste, Varg!»

«Diesmal hat er jedenfalls zu hoch gespielt.»

«Der Per? Wieso?»

«Na ja . . . Er hat gestern gegen Mittag seinen allerletzten Kupon abgeliefert.»

«Meinste . . . Is er tot?»

«Er hat jedenfalls nichts mehr zu verlieren.»

«Scheiße!»

Dazu hatte ich nichts zu ergänzen.

«Aber . . . Warum rufste eigentlich mich an, Varg?»

«Ich musste mit jemandem reden, der das Milieu im Travparken etwas besser kennt als ich. Ist Birger Bjelland da immer noch Stammgast?»

Es knisterte ein wenig in der Leitung. «Die Verbindung wird schlechter, Varg . . . Bjelland, ja. Wenn du da nich rechtzeitig bezahlst . . .»

«Ja?»

«Dann . . . Punkt, Punkt, Punkt, Varg.»

«Punkt, Punkt, Pu-»

«Jetzt fahren wir innen Lindåstunnel! Muss auflegen!»

«Na gut. Lass uns ein Bier trinken gehen, wenn wir das nächste Mal . . .»

«Tschüss, Varg!»

«Tschüss!»

Aber die Verbindung war schon unterbrochen.

Punkt, Punkt, Punkt, hatte er gesagt. Als sei er sich nicht ganz sicher, auf welches Pferd er setzen sollte.

4

Es war ein ganz gewöhnlicher Donnerstagabend im Travparken. Der Publikumszustrom war eher dünn, auf dem Parkplatz gab es viel Platz und keine Schlangen vor den Spielluken.

Ich parkte meinen Wagen, öffnete die Tür und zeigte mich, aber nichts geschah. Ich schlenderte um das Auto herum und tat so, als würde ich die Reifen inspizieren, ohne dass jemand Kontakt zu mir aufnahm.

«. . . um Himmels willen, finde nicht noch mehr Leichen für uns.»

Ich setzte mich wieder ins Auto und wartete, während ich jeden Wagen beobachtete, der ankam.

Live Dyrdal saß in keinem.

Als aus dem Lautsprecher angekündigt wurde, dass auf der Bahn nun das erste Rennen startete, stieg ich aus dem Wagen und betrat das Tribünengebäude. Konnte ich sie missverstanden haben? Hatte sie gemeint, wir sollten uns drinnen treffen?

Ich ging auf die überdachte Sitztribüne hinauf und sah mich um. Dort waren nicht viele – und keine einzige Frau, so weit ich erkennen konnte.

Ich ging hinüber in den Restaurantteil.

Auch der war spärlich besetzt. Die feste Klientel saß auf ihren Plätzen, und ich nickte ein paar Polizisten und einem Journalisten zu, die ich kannte. Alle sahen aus, als seien sie in ihrer Freizeit hier.

Hier war auch eine Hand voll Frauen. Einige von ihnen verfolgten eifrig, was sich draußen auf der Bahn abspielte. Die anderen saßen mit steifem Lächeln rum und rauchten eine Mentholzigarette nach der anderen, als seien sie ein Teil der Einrichtung.

An seinem Stammplatz saß Birger Bjelland mit ein paar von denen, die er seine Bürovorsteher nannte. Wenn die Bürovorsteher waren, war ich Justizminister. Das einzige, worin sie vielleicht Examen gemacht hatten, war Gewichtheben und Drücken. Ich wusste, dass er wusste, wer ich war. Aber wir waren einander nie offiziell vorgestellt worden, und ich war mir ganz und gar nicht sicher, ob dies dafür der richtige Augenblick war.

Als ich mich seinem Tisch näherte, beugten sich einige der Kerle schwer nach vorn, bereit, sowohl Heben als auch Drücken zu demonstrieren, sobald sie das Startsignal bekämen.

Ich blieb direkt vor dem Tisch stehen. «Bjelland? – Veum. Wir sind uns noch nie richtig vorgestellt worden, offiziell.»

Er schaute mich an, mit dem kältesten Blick nördlich von Randaberg. «Worum geht's?», fragte er in seinem angeschliffenen Stavangerdialekt.

«Sie kennen doch einen Typen namens Per Hjertevik, oder?»

«Ja, und?»

«Er schuldet Ihnen Geld, oder?»

«Sind Sie in seinem Auftrag hier, oder?»

«In dem Fall hätte ich wohl eine Vollmacht von Herrn Petrus.»

Er lehnte sich einen Deut nach vorn. «Wollen Sie damit sagen...»

«Ich erzähle Ihnen sozusagen, dass Sie, wenn Sie Geld von ihm wollen, in den Himmel kommen müssen, je nachdem, welche Auszahlungsstelle für Sie zuständig ist.»

Er straffte die Lippen, wie ein beleidigter Prediger. «Wisst ihr was darüber, Jungs?»

Seine beiden Bürovorsteher schüttelten verneinend den Kopf.

«Nein», sagte einer von ihnen.

«Ich versteh nicht ganz, wovon er redet», sagte der andere.

«Wissen Sie was über seine Frau, Bjelland?»

«Per Hjerteviks Frau? Was sollte ich von ihr wissen? Meinen Sie, ich hätte ihr eine Kondolenzkarte schicken sollen?»

«Ich meine ... Sie hat sich nicht bei Ihnen gemeldet?»

«Warum sollte sie? Will sie etwa ihr Erbe mit mir teilen?»

«Und wenn...»

Er unterbrach mich brüsk: «Hör zu Veum. Wir haben schon früher unsere Klingen gekreuzt. Du weißt das und ich weiß das. Und ich bin mir ziemlich sicher, dass du dir keine Wiederholung dieses Erlebnisses wünschst. Wenn Per Hjertevik tot ist, geht mich das nichts an. Die läppischen Schulden, die er hinterlassen hat, kann ich ganz schnell bei seinen Gläubigern im Osten einfordern. Das ist mein einziger und letzter Kommentar zu der Sache.» Wie um zu demonstrieren, wie endgültig diese Aussage war, griff er nach einer Zeitung, schlug die Seite mit den Wettrennergebnissen auf und hob sie vor sein Gesicht, um zu lesen.

Die Blicke, die mir seine Bürovorsteher schickten, zeugten von so viel Schulden auf dem Konto, dass es mir als das Sicherste erschien, mich zurückzuziehen, damit sie nicht ihre Buchhaltung noch einmal überprüften, bevor ich einen neuen Vorstoß wagte.

Nachdem ich einen letzten Blick durch den Raum geworfen hatte, ohne jemanden zu bemerken, der an Live Dyrdal erinnerte, ging ich den gleichen Weg hinaus, den ich gekommen war.

Vor den Fenstern trotteten eine Hand voll Pferde um die Bahn herum. Bei dem Tempo hätte ein mittelmäßiger Schlittschuhläufer durchaus mithalten können. Die Stimme aus dem Lautsprecher versuchte vergeblich, das Publikum in Begeisterung zu versetzen, aber der Ansager sprach so engagiert, als habe er nur ganz zufällig von seinem Tototipp in der heutigen Tageszeitung aufgeschaut.

Ich ging zurück zum Parkplatz.

Als ich gerade meinen Wagen aufschließen wollte, glitt ein rotbrauner Nissan neben mich. Trotz der glatten, blonden Perücke erkannte ich sie schon, bevor sie die Scheibe herunterkurbelte.

«Tut mir Leid, dass ich etwas spät bin», sagte sie, als ginge es um einen zufälligen Kinobesuch.

Ich sagte nichts.

«Ich . . . Wollen Sie nicht einsteigen?»

Ich nickte und ging um den Wagen herum zur Beifahrerseite. Sie öffnete die Tür mit der Zentralverriegelung und ich setzte mich neben sie. Bevor sie weitersprach, parkte sie rückwärts in eine Lücke, ein, zwei Autos neben meinem.

Sie hatte Jeans an und eine rotbraune Lederjacke. An den Händen trug sie Autohandschuhe aus hellem Leder. Es roch nach schwerem Parfüm, etwas zu schwer für meinen Geschmack.

«Ich bin froh, dass Sie kommen konnten», sagte sie ernst.

«Es tut mir Leid, wegen Ihres Mannes», sagte ich.

«Aber . . . Wissen Sie es schon?»

«Die Polizei hat ihn identifiziert. Sie sollten sich unbedingt dort melden, je eher desto besser.»

«Ja, ich werde . . . Natürlich, aber . . . Es ist alles schief gegangen, Veum.»

«Was ist schief gegangen?»

«Ich werde versuchen, mich kurz zu fassen.»

«Tun Sie das.»

«Mein Mann – Per – hat seit vielen Jahren auf Pferde gesetzt. Es begann mit einer Steuerrückzahlung. Die ersten Jahre ging es gut. Er hat viel gewonnen. Aber dann drehte sich das Ganze um, und er . . . Um aus der Klemme herauszukommen, musste er Geld leihen. Zuerst bei der Bank. Aber als die Rückzahlung fällig wurde und er nicht zahlen konnte, war es entweder das Haus oder . . . Und so gerieten wir in die Klauen dieser Kredithaie.»

«Birger Bjelland?»

Sie nickte. «Und jetzt hatte er das Messer am Hals. Per . . . Per konnte ihnen eine Geschichte verkaufen, dass er einen Freund hätte, der ihm Geld schuldete. Sie haben den Namen aus ihm herausgequetscht. Per Austbø, sagte er, Zahnarzt. Da sagten sie, okay, dann gehen wir zu ihm und holen uns das Geld von ihm. Per wollte das nicht, aber sie bestanden darauf. Und wenn solche Leute auf etwas bestehen . . .»

«Danke, ich weiß . . . Dann laden sie einen nicht gerade zu einem Tänzchen ein.»

«Nein. Wir . . . Wir gaben eine Adresse an, sagten, der Zahnarzt sei mit seiner Praxis gerade umgezogen, und dann . . .»

Ich hob die Hand. «He, he, he! Nun mal langsam. Wenn Sie erwarten, dass ich Ihnen dieses Märchen glaube, dann . . . Woher wussten Sie von dieser leer stehenden Zahnarztpraxis?»

«Ich . . .» Sie sah zur Seite. «Wir waren beide Patienten bei Zahnarzt Breim gewesen.»

«Aha. Und woher hatten Sie die Schlüssel zu der Praxis?»

«Per hat sie besorgt. Aber als dieser Mann kam, um das Geld zu holen . . .»

«Hatten Sie denn Geld beschaffen können?»

«Wir hatten etwas zusammen gekriegt. Drüben im Østlandet. Aber nicht genug.»

«Aha?»

«Per versuchte es zu erklären, aber der Mann . . . Die Zeit sei uns davon gelaufen, sagte er, und dann holte er – ein Schlagholz hervor . . .»

«Aha.»

«Er drohte uns. Per versuchte, den Angriff abzuwehren, aber . . . Der Mann schlug ihn auf den Kopf, hier . . .» Sie zeigte auf ihre linke Schläfe. «Es kam ein Laut, als wenn ein Sparschwein zerschlagen wird . . . Oh Gott! Es war so furchtbar . . . Ich weiß nicht, ob ich . . .»

Sie sah mich mit tränenfeuchten Augen an. Hektisch öffnete sie ihre Handtasche und holte ein Taschentuch hervor, das sie zu einem kleinen Ball zusammen drückte und an ihre Augen presste.

«Na, na», sagte ich und berührte vorsichtig ihre Schulter.

Einen Augenblick lang zögerte sie. Dann legte sie den Kopf an meinen Hals und schluchzte laut.

Ich legte die Arme um sie und strich ihr sanft über den Rücken. Der Parfümgeruch war jetzt noch stärker, als hätte sie in exotischen Extrakten gebadet. «Na, na», wiederholte ich.

Sie sah mich an. «Per, er . . . Er hat sich zu mir umgedreht, mich angesehen, mit Augen wie ein kleines Kind, das ausgeschimpft wird und nicht weiß, warum, und dann ist er einfach – vornüber gefallen . . .»

«Und dann . . .»

«Ich glaube . . .» Sie machte sich frei. Plötzlich schien sie sich zu schämen, mir so nah zu sein, und zog sich so weit wie möglich zurück, ohne aus dem Auto zu steigen. «Er . . . Zuerst glaube ich, war ihm gar nicht klar, was er getan hatte . . . Er . . . Er ging in die Knie, fühlte nach – dem Puls, hier . . .» Sie fasste sich an die Seite des Halses. «Am Ende . . . Er stand abrupt auf, sah sich um, als ob – als ob er überlegte, ob er irgendwo seine Fingerabdrücke hinterlassen hatte. Und dann . . . Er hielt das Schlagholz vor mir hoch, so, und dann: Kein Wort! Nicht ein Wort! Und dann verschwand er.»

«Und Sie . . .»

«Ich war – wie gelähmt. Intuitiv begriff ich, dass Per . . . Aber ich musste es genau wissen. Ich fühlte selbst . . . nach seinem Puls. Ich konnte ihn nicht ansehen, deshalb legte ich . . . Dann bin ich gegangen.»

«Wohin?»

«Raus. Ich war völlig durcheinander. Ich weiß kaum noch, wo ich war. Am Ende nahm ich ein Taxi nach Hause und holte den Wagen. Ich konnte nicht im Haus bleiben, hielt es nicht aus! Erst heute, heute Vormittag, kam ich irgendwie wieder in die Welt zurück. Da wurde mir klar, was ... Und dann rief ich Sie an ... Ich muss unter Schock herum geirrt sein!», schloss sie und sah mich fragend an, als wolle sie sehen, ob ihre Geschichte angekommen war.

Aber ich musste sie enttäuschen. Mit leiser Stimme sagte ich: «Nein. Das stimmt nicht. Da ist zu viel, was nicht stimmt.»

«Was meinen Sie?»

Ich nickte zum Ausgang der Tribünenanlage. «Birger Bjelland sitzt da drinnen. Wir können ja reingehen und ihn nach seiner Version der Geschichte fragen.»

«Glauben Sie ... Vertrauen Sie einem wie ihm mehr als mir?»

«Sie vergessen, dass ich im Büro nebenan gesessen habe. Ich habe das meiste gehört. Ich habe den Mann kommen hören, die lauten Stimmen, das Geräusch von etwas, das auf den Boden fiel. Gleich danach hörte ich Schritte von zwei Personen, die gemeinsam weggingen. Also warum hat der Hund nicht gebellt, Frau Hjertevik?»

«... der Hund?»

«Na ja, um es anders auszudrücken ... Warum riefen Sie nicht um Hilfe? Sie wussten, dass ich mich aller Wahrscheinlichkeit nach in meinem Büro befand. Und es waren noch andere auf dem Flur.»

«Ich ... der Schock ...»

«Nein, nein. Ich glaube nicht, dass einer von Birger Bjellands Männern da war. Dieses eine Mal ist er sicherlich unschuldig. Ich glaube, es war ein anderer Mann. Einer, den Sie kannten, und mit dem Sie das Ganze gemeinsam geplant hatten ... Darf ich annehmen, dass Sie vielleicht einen besonderen Freund hatten?»

«Ich ... Wer sollte das sein?»

«Tja, wer wohl?»

«Das . . . Das lasse ich mir nicht gefallen, Veum!»

«Das ist vollkommen in Ordnung. Ich habe weiter kein Interesse an der Sache. Sie haben nur angerufen und mich gebeten, hierher zu kommen. Warum? habe ich mich gefragt. Weil Sie glaubten, es würde Ihnen gelingen, mir Sand in die Augen zu streuen. Weil Sie einen neutralen Zeugen brauchten für das, was Ihrer Behauptung nach in meinen Nachbarräumen passiert ist. Okay. Ich schlage vor, dass Sie aussteigen, mit zu meinem Wagen kommen und mit mir zur Polizei fahren. Da können wir jeder eine neutrale Zeugenaussage abgeben, und dann muss die Polizei entscheiden, wer von uns beiden den Hauptgewinn bekommt.»

«Wer von uns . . .»

Mit einer abrupten Bewegung riss sie sich die blonde Perücke herunter und warf sie auf den Rücksitz. «Veum, ich . . .» Sie packte mich an den Schultern.

«Und es nützt nichts, egal, was Sie tun oder sagen. Ich bin gegen so was geimpft, schon seit vielen Jahren.»

Einen Augenblick lang starrte sie mich an. Dann sagte sie verächtlich: «Ihre Nase wächst!»

«Das ist aber auch das einzige . . .»

Vom Travparken her hörten wir die metallische Stimme aus dem Lautsprecher. Ein Pferd namens Golden Lightning übernahm gerade die Führung in einem Lauf, der niemals in irgendwelchen Erinnerungsbüchern stehen würde, ausgenommen vielleicht in Golden Lightnings eigenem.

Als ich den Wagen auf einem der Stellplätze parkte, die für die Polizeiwagen reserviert waren, schoss es mir plötzlich durch den Kopf: Der Schlüssel!

Aber ich sprach es nicht aus. Der Polizei gegenüber allerdings auch nicht.

5

Ich hätte natürlich zu ihm rausfahren können. Aber schließlich war ich gerade in Åsane gewesen. Außerdem hatte ich keinen Bedarf an einer persönlichen Abrechnung mit dem Herrn Zahnarzt. Stattdessen rief ich an.

Der Sprechstundenhilfe stellte ich mich als Per Hjertevik vor. «Ich rufe für meine Frau an. Sie hat nächste Woche einen Termin . . .»

Ihre Stimme war hell und freundlich. «Einen Moment, ich werde nachsehen . . .»

Ich hörte, wie sie blätterte und blätterte und versuchte derweil, sie mir vorzustellen. War sie vom Strandkaien mit ihm umgezogen, oder war sie ein weiteres neues Exemplar? Dann kam sie wieder an den Apparat. «Ich kann nicht . . . An welchem Tag sollte es gewesen sein?»

«Oh, das weiß sie nicht mehr. Aber . . . Wann war sie denn zuletzt da?»

«Zuletzt? Ich kann natürlich auf ihrer Karte nachsehen, aber was . . .»

«Nein, nein! Das ist nicht so wichtig. Und was ist mit meinem Termin?»

«Äh, mit Ihrem Termin?»

«Ja.»

«Aber . . . Das muss ein Missverständnis sein. Sie sind doch nie Patient bei uns gewesen, Herr Hjertevik.»

«Und wie lange arbeiten Sie schon dort?»

«Ich . . . Fast zwei Jahre . . .» Jetzt hatte ich sie! Die Blondine mit den kurzen Haaren.

«Könnte ich mit Breim selbst sprechen?»

«Er ist gerade beschäftigt mit . . .»

«Es geht um Leben und Tod!»

«Okay, okay!»

«Sagen Sie einfach, Hjertevik sei am Telefon. Per Hjertevik.»

«Ja, das habe ich mitbekommen!»

Das war ein effektives Passwort. Der Zahnarzt war binnen zwanzig Sekunden am Apparat. Aber seine Stimme war extrem reserviert. «Breim. Mit wem spreche ich?»

«Hier ist Veum. Woher wussten Sie, dass es nicht Hjertevik war?» Lange Pause.

«Sie erinnern sich an mich?»

«Ja, ich erinnere mich an Sie, Veum», sagte er in einem Ton, als wünschte er mir eine tiefe und langwierige Zahnwurzelentzündung.

«Ich komme gerade von der Polizei. Ich glaube, man erwartet Sie dort, und zwar recht bald. Und ich habe das Gefühl, dass es um Ihren Fall weitaus besser stünde, wenn Sie sich freiwillig meldeten. Alle Zahnkarten auf den Tisch legten, sozusagen.»

«Meinen Fall, Veum?» Er begann zu stottern.

«Der Schlüssel, Breim. Niemand hatte beim Vermieter einen Schlüssel ausgeliehen, und bei Ihrem Verbrauch an Helferinnen gehe ich davon aus, dass Sie eine reiche Auswahl an Ersatzschlüsseln hatten.»

«Ersatz-»

«Die vergisst man manchmal zurückzugeben, wenn das Büro wieder abgegeben wird, stimmt's? Und wer kommt einfacher an Tonbandaufnahmen von einem Zahnarztbohrer als ein Zahnarzt?»

«Aufnahmen? Hören Sie . . .»

«Und diesmal reichten Ihnen die Helferinnen nicht mehr, Sie gingen auch auf Ihre Patienten los, wie ich höre.»

«Patienten? Welche Patienten? Sie können mir gar nichts beweisen, Veum!»

«Nein. Vielleicht nicht. Aber Live Hjertevik kann gestehen, jederzeit.»

«Das werde ich . . .»

«Verhindern? Ja ja, das können Sie versuchen. Aber machen Sie schnell, Breim. Niemand geht gern zum Zahnarzt. Nicht einmal die Polizei.»

Keiner von uns fand es nötig, das Gespräch fortzusetzen. Aber ich muss zugeben, dass er zuerst auflegte.

Ich rief schnell Hamre an und erzählte ihm, was mir «plötzlich eingefallen» war. Auch er fiel nicht dankbar vor mir auf die Knie.

Ein paar Tage später rief er trotzdem zurück, um mir zu erzählen, dass beide ein vollständiges Geständnis abgelegt hätten. Was weiter mit ihnen geschah, lag nun in den Händen der Staatsanwaltschaft.

Nachdem ich aufgelegt hatte, saß ich tatenlos da und horchte.

Tief in einem meiner Backenzähne spürte ich ein schwaches Murren. Zahnschmerzen sind wie der Tod: Sie kommen, wenn man es am wenigsten erwartet.

Früher hatte ich die nette Nachbarschaft genutzt und mich ein paar Mal der professionellen Behandlung Asle Breims ausgesetzt. Jetzt war es auch damit vorbei.

Kein Laut drang von nebenan herüber. Alles, was ich hörte, war das Echo des Nichts. Mir schoss der Gedanke durch den Kopf, dass so vielleicht der Tod war, der als zufälliger Abschluss eines leeren Lebens kam.

Nicht wie ein vorsichtig murrender Zahnschmerz.

Sondern wie ein Echo des Nichts,

des Nichts,

des . . .

Das Unvollendete

I

Es war an einem dieser Tage Mitte März, an denen das Jahr auf der Kippe zwischen Winter und Sommer stand. Wie eine offene Fahrrinne im Eis lag der Winter hinter uns. Die Eisbrecher, die uns sicher durch die kalte Jahreszeit gebracht hatten, ankerten nun an einer Küste, deren Berghänge lila gesprenkelt waren. Die Sonne brachte junge Knospen zum Schwellen, vielleicht besonders hier im Vestlandet, wohin der Frühling oft früher kommt, als zum Rest des Landes.

Die Frau, die an diesem Frühlingstag mein Büro betrat, sah auch aus, als sei sie gerade an Land gestiegen, und zwar nach einer langen und kalten Reise. Sie war blass und hager und ihre runde Brille hatte die Tendenz, ihr beim Sprechen auf die Nase zu rutschen. Sie hatte dunkles Haar mit grauen Strähnen und trug es in einer Art Pagenfrisur ohne jegliche Wellen, weder natürlichen noch künstlichen. Sie trug einen karierten Rock und eine braune Wildlederjacke im Stil des letzten Jahrzehnts. Ich schätzte sie auf Ende fünfzig. Ihr Dialekt verriet, dass sie von einer der Stadt Bergen vorgelagerten Inseln kam.

Sie sah sich mit großen Augen in meinem Büro um, wie eine Schülerin in einem Museum. «Liv Viken», sagte sie und streckte eine schmale Hand aus. «Sind Sie . . .?»

«Veum. Varg Veum. Kann ich Ihnen eine Tasse Kaffee anbieten?»

«Nein, danke, ich habe gerade ... Es geht um meinen Mann.»

Ich legte mein Gesicht in melancholische Falten. «Wenn es um eine Eheangelegenheit geht, dann bedaure ich sagen zu müssen, dass ich solche Fälle nicht annehme.»

Sie wurde rot. «Oh nein, es ist nicht ... so etwas!»

«Gut, gut», sagte ich schnell. «Dann ist es in Ordnung.»

«Eigentlich habe ich das alles auch nicht miterlebt, außer im Nachhinein ...»

Ich machte ein Zeichen, dass sie fortfahren solle.

«Ich heiße also Liv Viken und ... eigentlich komme ich von Tjeldstø draußen vor Bergen. Mein Mann, Peder, ist von Askøy, und seine Familie hat eine große Tragödie erlebt, während des Krieges, die dazu führte, dass Peder seine beiden Brüder verlor.»

«Was ist geschehen?»

«Sie haben sicher davon gehört. Manchmal steht noch etwas darüber in den Zeitungen. Es war 1943. Peder war zehn Jahre alt, er hatte zwei Brüder, Karl war zweiundzwanzig und Anders zwanzig. Sie kannten beide ein Mädchen, oben von Herdla, die Grete hieß. Sie war nur achtzehn Jahre alt und verliebte sich, nach dem, was die Leute im Dorf so redeten, in einen deutschen Soldaten, der dort stationiert war.»

«Nach dem, was die Leute im Dorf so redeten?»

«Ja, Sie werden es noch verstehen. Es gab viel Geflüster und Getuschel über die Sache. Aber es war sicher auch nicht so leicht, in einem kleinen Ort aufzuwachsen, in einer so schweren Zeit. Und dieser Deutsche, er war wohl auch ein junger Kerl, blond und unerfahren und lustig wie eine Lerche. Mit all den anderen Jungen war sie ja zusammen aufgewachsen, die kannte sie von Kindesbeinen an. Aber Sie können sich denken, in einem Dorf, wo jeder alles mitbekam, wo man kaum um die Ecke gehen konnte, ohne dass einen jemand sah ... Erst achtzehn und zum allerersten Mal wirklich verliebt ...»

Ihr Gesicht bekam einen verträumten Ausdruck, als würde

das, was sie erzählte, einen Schleier über ihre eigene Jugend breiten und über ihre eigene erste Verliebtheit.

«Doch», murmelte ich und räusperte mich, um sie wieder in die Gegenwart zurückzuholen.

«Na ja . . . Und dann sind sie geflohen.»

«Dieses Mädchen und der deutsche Soldat?»

«Ja.»

«Und wann war das?»

«Im September 1943.»

«Er ist desertiert?»

«Ja, so heißt das wohl. Was geschehen ist, weiß eigentlich keiner. Aber eines wissen wir. Karl hatte ein Boot, ein kleines Motorboot, mit dem er auf den Fjord fuhr, um zu angeln, oft zusammen mit Anders. In der Nacht, als Grete und der Deutsche verschwanden, verschwanden auch Karl und Anders.»

«Verschwanden? Sie meinen . . .»

«Niemand wusste, was geschehen war. Sie waren früh morgens auf den Fjord hinausgefahren, wie so oft. Das Wetter war ruhig, jedenfalls ging nicht mehr Wind als gewöhnlich. Dann wurde die Sache mit Grete und dem Deutschen bekannt, und dann kam der Verdacht auf, dass etwas . . . etwas wirklich Hässliches passiert sein könnte. Vierzehn Tage später kam die Bestätigung. Da wurde ihr Boot gefunden, weit drinnen im Sørfjord, in der Nähe von Garbes. In den Boden war ein Loch geschlagen, aber es lag in flachem Wasser. Jemand, der Reusen aussetzte, hatte es entdeckt. Die Polizei wurde benachrichtigt und kam auch, um es zu untersuchen – ja, auch deutsche Polizei. Im Dollbord fand man eine Kugel aus einer deutschen Pistole, aber – die beiden Jungs . . . Sie wurden nie gefunden.»

«Und die beiden anderen?»

«Man nahm an, dass der Deutsche gefälschte Papiere bei sich hatte, dass sie in Garnes in den Zug gestiegen sind und er sie als ‹Häftling› nach Oslo brachte. Von dort aus sollen sie nach Schweden gegangen sein, wo sie unter falschem Namen wohnten, bis der Krieg vorbei war. Ein Journalist hat einen Artikel darüber geschrieben, in der *Bergens Tidende*, vor ein paar Jahren. Er meinte, er habe herausgefunden, dass sie bis 1958 als Mann und Frau in Schweden gelebt hätten, und dass sie sogar Kinder hatten. Dann zogen sie nach Deutschland – wieder unter eigenem Namen – und ließen sich dort nieder.»

«Im damaligen Westdeutschland?»

«Nein. In Ostberlin. Der Journalist meinte, sie hätten sich dort niedergelassen, weil Norwegen viel schlechtere Verbindungen zur DDR unterhielt als zur Bundesrepublik, so dass sie sich dort sicherer fühlen konnten.»

«Kannte Grete die beiden Jungen?»

«Alle kannten sich da draußen! Sie waren zusammen zur Schule gegangen. Sie und Anders galten sogar einige Jahre als Paar.»

«Aha . . .»

«Aber als der Deutsche ins Spiel kam, war es schon vorbei gewesen.»

«Wäre es denkbar, dass die Brüder die beiden freiwillig über den Fjord gesetzt haben?»

Sie schüttelte heftig den Kopf. «Das ist undenkbar. Sie waren beide überzeugte Anhänger der Widerstandsbewegung. Karl hatte sogar mit einem Onkel mütterlicherseits jüdische Flüchtlinge über die Nordsee geholt.»

«Und dieser Onkel . . .»

Sie nickte. «Er wurde 1942 nach Deutschland geschickt, ja. Und er kam nie zurück. Es ist also völlig undenkbar, dass Karl ein Jahr später einem Deutschen helfen würde, bei was auch immer!»

«Nicht einmal dabei, von der Wehrmacht zu desertieren?»

«Nicht einmal das!»

«Man geht also davon aus, dass Grete und der deutsche Soldat Karl und Anders mit der Waffe in der Hand gezwungen haben, sie über den Fjord nach Garnes zu bringen, und sie anschließend erschossen haben?»

Sie nickte ernst. «Die Strömung dort ist stark, es kann sie ins

Meer gezogen haben. Jedenfalls wurden sie nie gefunden, und das Leben in Askøy wurde nie mehr so, wie es vorher war. Sowohl die Mutter als auch der Vater waren von den Geschehnissen gezeichnet. Peder wuchs in einer freudlosen Atmosphäre auf, und das hat bestimmt seinen Charakter geprägt. Das Schlimmste war, dass nie ein Schlussstrich unter die Sache gezogen wurde. Menschen, die auf See bleiben, bekommen ja nie ein Grab. In gewisser Weise ist es, als wären sie überhaupt nicht tot. Weder der Deutsche noch Grete wurden jemals für ihre Tat bestraft, jedenfalls nicht vom Gesetz.

Aber Gretes Familie hat für sie eine Strafe verbüßt, und die war so schwer, dass sie die Insel schon vor vielen Jahren verlassen haben.»

«Und warum kommen Sie jetzt damit zu mir?»

«Weil wir einen Brief bekommen haben. Aus Deutschland. Von jemandem, der gleichzeitig mit diesem anderen in Herdla gewesen war. Er hätte Grete im Theater getroffen, vor ein paar Monaten, im neuen Berlin, und sie wieder erkannt. Er hätte sie angesprochen, und sie hätte ihm erzählt, dass sie und ihr Mann nach Norwegen kommen wollten, zum ersten Mal nach dem Krieg. Sie wären beide krank und wüssten nicht, wie viel Zeit ihnen noch bliebe. Dieser Mann meinte, wir sollten das wissen, weil er selbst viele Jahre lang ein schlechtes Gewissen gehabt hätte wegen all dem, was geschehen war. Ich habe nicht alles verstanden, was er geschrieben hat, aber es schien, als hätte er ihnen mit den falschen Papieren geholfen. Und vor ein paar Tagen bekamen wir eine Karte von demselben Mann: Sie kommen am Mittwoch und mieten sich im Hotel Admiral ein.»

«Und dann?»

«Dann ist Peder verschwunden.»

«Nachdem er die Karte bekommen hatte?»

«Ja, er war schrecklich deprimiert, schon seit der erste Brief kam. Als wären all seine schlimmen Erinnerungen wieder hoch gekommen. Er ist immer bitter gewesen – besonders gegen die

Deutschen. Aber jetzt ist es wieder aufgeflammt, und stärker als jemals vorher.»

«Wann war das, sagen Sie?»

«Dass er verschwunden ist?»

«Ja.»

«Am Samstag. Er ist früh aufgestanden, aber das bin ich gewohnt. Als ich in die Küche runter kam, war er weg, und er hatte etwas Ausrüstung mitgenommen.»

«Ausrüstung?»

«Ja. Ein paar Kleider und die Schrotflinte, die er im Herbst benutzt, wenn er auf die Jagd geht.»

«Und seitdem haben Sie ihn nicht gesehen?»

«Nein.»

«Haben Sie eine Ahnung, wohin er . . .»

«Nein! Wir haben eine Hütte auf einer der Inseln, und ich habe meinen Bruder angerufen und ihn gebeten, dort nachzusehen. Da ist er jedenfalls nicht gewesen. Wo er sonst sein könnte, weiß ich nicht.»

«Sein Arbeitsplatz?»

«Er hat keinen. Er ist seit bald zwei Jahren arbeitslos, nachdem aus dem nichts wurde, was sie uns bei den Verhandlungen in Hanøytangen alles versprochen hatten. Das hat seine Stimmung nicht gerade verbessert.»

«Sie haben also Angst, dass er . . .»

«Ja, dass er ihnen was antut! Oder sich selbst. Ich weiß nicht, wen er mehr verachtet . . .»

«Hören Sie, Frau Viken. Das hier klingt nach einem Fall für die Polizei.»

«Oh nein! Was glauben Sie, warum ich zu Ihnen gekommen bin? Ich will nicht . . . Was ich will, ist, dass Sie zu ihnen gehen, wenn sie kommen, und sie dazu bewegen, wieder nach Hause zu fahren. Und wenn sie das nicht wollen, dann müssen Sie die zwei unterwegs begleiten, aufpassen, damit nichts geschieht. Oder Peder aufhalten, bevor er . . . Er wird sich doch nur selbst schaden!»

«Allerdings.»

«Schauen Sie . . .» Sie öffnete ihre Tasche und holte zwei Fotos heraus.

Das eine, das neueren Datums war, zeigte einen grauhaarigen Mann mit einem etwas viereckigen Gesicht und einem bitteren Zug um den Mund. «Das ist Peder, im letzten Winter, an seinem sechzigsten Geburtstag.»

Das andere Foto war älter, ganz in Brauntönen und mit den Jahren verblasst. Darauf waren zwei junge, dunkelhaarige Männer zu sehen, beide mit der gleichen ausgeprägten Kopfform, der jüngere vielleicht mit etwas runderen Konturen. «Ich dachte, Sie sollten – auch das hier sehen. Das sind die beiden. Karl und Anders.»

«Aber der Deutsche und Grete . . . Von ihnen haben Sie keine Fotos?»

«Nein.»

«Wie lautete ihr voller Name?»

«Sie hieß Grete Hestad. Und er Karlheinz Mittelmeyer. Wir haben auch ihre Adresse in Berlin.»

«So, wie Sie ihren Gesundheitszustand beschrieben haben, scheint es, als wollten sie dem Schicksal nur noch ein bisschen nachhelfen, sich jetzt an ihnen zu rächen, fünfzig Jahre danach.»

Sie nickte heftig. «Das meine ich ja auch! Sie sind selbst alt, haben ihr Leben hinter sich, sie haben erwachsene Kinder, vielleicht Enkelkinder. Sagen Sie das Peder, wenn Sie ihn treffen, Veum. Sagen Sie es ihm!»

Wenn ich ihn treffe, dachte ich, und wenn er mir überhaupt eine Gelegenheit gibt, etwas zu sagen.

2

Das Hotel Admiral liegt direkt am Wasser, am unteren Ende der C. Sundsgate. Aus den Fenstern sieht man über Vågen auf die ältesten Stadtteile von Bergen: die Festungsanlage mit der Håkonshalle und dem Rosenkrantzturm, die Mariakirche, viele Jahre lang Tyskekirken genannt, und das alte Hanseviertel um Bryggen, das während der Besatzungszeit auch Tyskerbryggen genannt worden war. Hinter den vergänglichen Gebäuden erheben sich die Berge als die Repräsentanten des wirklich Beständigen: das Sandviksfjell und Fløien. Aber auch das Fjell wird einmal weggewischt werden, wenn eine neue Eiszeit über das Land kriecht und selbst die härtesten Minerale ins Meer zurück zwingt. Kein Monument ist ewig.

Ich hatte vorher angerufen und mich erkundigt, ob tatsächlich am Mittwoch eine deutsche Reisegruppe erwartet wurde. Doch, das war richtig, um halb eins vom Flughafen Flesland. Wie lange sie bleiben würden? Zwei Tage, bis Freitag. Hatten sie ein Ehepaar Mittelmeyer auf der Liste? Einen Moment, man werde nachsehen . . . Ja, richtig, G. und Karlheinz Mittelmeyer, stünde hier. Nur G.? Nur G.

Der Mittwoch war einer jener Tage, die man sich golden im Kalender ankreuzt. Die Sonne ergoss sich wie aus einer frisch entsprungenen Quelle über die Stadt, als habe sie das Eis, das die Himmelswölbung solange bedeckt hatte, aufgelöst und es würde nun durch muntere Flüsse zum Meer gespült, zu Klängen von Edvard Grieg. Schnee lag nur noch in einzelnen Flecken oben um das Storefjell herum und auf der Ebene zwischen Fløien und Ulriken, aber unten am Meer zwangen der Golfstrom und der Sonnenschein in fröhlicher Gemeinschaft die Temperatur auf zweistellige Werte hinauf – das Evangelium von Celsius: «Es sind wohl schöne Stunden, wenn hier der Frühling kommt . . .»

Draußen vor dem Hotel tanzte Per Ungs «Salome» mit ausgestreckten Armen so hingerissen in den Himmel wie immer.

Bevor ich das Hotel betrat, sah ich mich in alle Richtungen um. Nirgends jemand, der an Peder Viken erinnerte.

An der Rezeption machte ich es mir mit einem kleinen Stapel Tageszeitungen auf dem Schoß bequem und wartete auf die deutsche Reisegesellschaft. Als der Bus kam, legte ich die Zeitungen beiseite, ging hinaus und verschaffte mir erneut einen Überblick.

Die Deutschen luden das Gepäck aus. Nach der Zahl der Koffer zu urteilen, planten sie eine neue Besatzung. Die meisten waren ältere Menschen, und die jüngsten, ein Paar von Ende vierzig, sahen aus, als hätten sie ihr Land noch nie zuvor verlassen.

Eine norwegische Reiseleiterin, blond und Anfang dreißig, ging ihnen voraus. Ich folgte ihnen diskret zur Rezeption. Als ich mich wieder zu meinen Zeitungen setzte, begann die Reiseleiterin, die Namen aufzurufen und die Zimmer zu verteilen.

Es ging alphabetisch voran: Braun, Dreyer, Hesselberg, Junghaus, Lübke . . . «Mittelmeyer!»

«Hier, bitte!»

«Zimmer 412.»

Eine sehr schmale, weißhaarige Frau trat vor, bekam den Zimmerschlüssel und ging zu ihrem Begleiter zurück, einem gebeugten, korpulenten Mann mit goldgefasster Brille, der es – möglicherweise aus gesundheitlichen Gründen – seiner Frau überließ, die beiden Koffer zum Fahrstuhl zu tragen.

Ich erhob mich schnell, ging an ihnen vorbei, drückte auf den AB-Knopf, und hielt ihnen, als der Fahrstuhl kam, die Tür auf.

Die Frau lächelte scheu, der Mann brummte etwas zum Dank. Er bewegte sich mit langsamen, umständlichen Schritten, als habe er nach einem Schlaganfall erst wieder zu gehen gelernt.

Ich stieg mit ihnen in den Fahrstuhl.

Bevor ich auf den Knopf drückte, fragte ich: «Welche Etage?»

Die Frau hielt wortlos den Schlüssel mit der 412 hoch.

Wir fuhren stumm hinauf. Die beiden wechselten auch untereinander kein Wort. Als die Tür zum vierten Stock aufglitt, fragte ich: «Soll ich Ihnen mit dem Gepäck helfen?»

«Ja, danke», sagte die Frau.

Ich beugte mich hinunter und nahm die beiden Koffer. Sie waren nicht besonders schwer. «Sie verstehen Norwegisch?»

«Ja, ein wenig», sagte die Frau zaghaft lächelnd.

Ich begleitete sie zu ihrem Zimmer, stellte das Gepäck hinein, lehnte zehn Kronen Trinkgeld ab und fuhr mit dem Fahrstuhl zur Rezeption hinunter.

Die blonde Reiseleiterin war fertig mit Einchecken. Sie stand an der Rezeption und blätterte in Papieren.

Ich trat zu ihr und stellte mich vor.

Sie sah mich klar distanziert an. «Aha? Ich bin Linda Lygren. Was kann ich für Sie tun?»

Ich lieferte ihr eine Kurzversion der Geschichte und fragte, ob sie etwas dagegen habe, wenn ich während des offiziellen Programms mit im Bus sitzen würde.

«Wäre das nicht ein Fall für die Polizei?»

«Ich bezweifle, dass die bei so vagen Angaben die Kapazitäten hätten zu reagieren.»

Nach kurzer Bedenkzeit sagte sie: «Ich sehe keinen Grund, Nein zu sagen. Können Sie sich ausweisen?»

Ich zeigte ihr meinen Bankausweis. «Ob die Bank sich ausweisen kann, ist die zweite Frage.»

«Glauben Sie wirklich, dass sie in Lebensgefahr sind?»

Ich zuckte mit den Schultern. «Das ist schwer zu sagen. Wie sieht das Programm aus?»

«Eine Kulturrundfahrt. Nach dem Mittagessen fahren wir nach Lysøen ins Konzert. Abendessen im Hotel. Morgen auf den Fløien, um die traditionelle Aussicht zu bewundern, danach in die Håkonshalle, dann der Rosenkrantzturm, Bryggen und am Nachmittag eine Tour zum Troldhaugen. Freitag am Vormittag haben sie frei für Shopping, einen Besuch im Aquarium, in Museen oder Galerien, je nach eigenem Wunsch. Werden Sie inkognito auftreten?»

Ich nickte.

Sie lächelte schief. «Dann werde ich Sie als meinen Assistenten vorstellen. Sie können ihnen beim Ein- und Aus- und Treppensteigen eine stützende Hand reichen.»

«Brauchen Sie nicht vielleicht auch eine stützende Hand?»

«Noch nicht.»

3

Der größte Teil des Programms verlief wie geplant.

Als wir auf dem Weg nach Lysøen an der Stabkirche von Fantoft vorbeikamen, musste Linda Lygren allerdings bedauern, dass der an sich planmäßige Besuch dort ausfallen würde, da die Kirche im letzten Sommer abgebrannt sei, «wahrscheinlich das Werk von Satanisten». Aber sie versicherte ihnen, dass sie schon wieder aufgebaut würde, und wenn sie das nächste Mal zu Besuch kämen . . .

Die Touristen nickten und lächelten, leicht resigniert, wie mir schien, als ob sie wüssten, dass für einige von ihnen das nächste Mal im nächsten Leben sein würde.

Die Ruine von Lysekloster stand unverändert da. Das Kloster war von einem Dänenkönig abgerissen worden, allerdings bereits 1590, es würde also wohl kaum wieder aufgebaut werden.

Unter den Zwiebeltürmen in Lysøen lauschten wir einem lokalen Virtuosen, der Ole Bull linkshändig spielte – der Anblick war schon für sich ein faszinierendes Erlebnis.

Herr und Frau Mittelmeyer machten alles brav mit, als es auf den Abend zuging vielleicht ein wenig indisponiert, und zogen sich nach dem Abendessen früh zurück. Die meisten anderen ließen den Abend in der Bar ausklingen, unter ihnen auch

Linda Lygren und ihr Assistent. Aber als ich versuchte, sie zu küssen, wandte sie nur lächelnd ihr Gesicht zur Seite, und kurze Zeit später ging auch sie ins Bett. Von Peder Viken sah ich nirgends eine Spur.

Der Donnerstag bereitete mir mehr Sorge. Fløien, die Festungsanlage und Bryggen waren offene Terrains, wo sich jeder, der wollte, an uns heranschleichen konnte.

Wir fuhren mit der Fløienbahn hinauf. Die einzigen Fahrgäste außer uns war eine Gruppe von Kindern auf dem Weg zu einem Kindergarten dort oben.

Von oben konnten wir feststellen, dass die Aussicht dieselbe war wie immer – wenn man von gewissen kosmetischen Veränderungen des Stadtbildes und davon, dass das schöne Wetter langsam abzog, einmal absah. Draußen im Westen bauten sich dunkle Wolken auf, aber kein Peder Viken erschien, um dieselben meteorologischen Beobachtungen zu machen.

In der Halle des Rosenkrantzturmes bekam ich ein Problem. Frau Mittelmeyer wollte den Turm besteigen; ihr Ehemann zog es vor, unten sitzen zu bleiben und sich solange auszuruhen.

Ich verlor augenblicklich das Interesse für den Turm, ließ die Alten sich selbst hinaufhieven und ging nach draußen, um frische Luft zu schnappen, während ich die Daumen drückte, dass Peder Viken nicht oben auf dem Aussichtsplateau stünde, bereit, einen von ihnen hinunter zu werfen.

Aber alles, was von oben kam, waren die ersten, zaghaften Regentropfen. Ich begann mich zu entspannen.

Noch besser fühlte ich mich, als sie beschlossen, Bryggen auszulassen. Ich bot an, sie mit einem Taxi zum Hotel zu begleiten, was sie lächelnd annahmen. Im Auto waren sie genauso gesprächig wie im Fahrstuhl. Nach allem, was ich sie zueinander hatte sagen hören – und zu mir – hätten sie äußerst entfernte Bekannte aus der Äußeren Mongolei sein können.

Nach dem Mittag stand als letzter offizieller Punkt Edvard Griegs Haus in Troldhaugen auf dem Programm. Die Gruppe stieg auf dem öffentlichen Parkplatz aus dem Bus und begann die verwunschene Allee entlang zum eigentümlichen Haus des Komponisten zu wandern. Das Ehepaar Mittelmeyer war noch immer dabei, aber es war unverkennbar, dass er sich immer schwerfälliger bewegte. Ich selbst bildete die Nachhut, und wir blieben alle drei weit hinter den anderen zurück.

Die Sonne hatte sich endgültig abgewandt. Sie verbarg ihr Gesicht hinter einem Schleier aus leichtem Regen, zwar mit frühlingshaftem Anschlag, aber von winterlicher Temperatur. Er legte sich wie eine kalte Maske über die Haut und ließ sie taub werden.

Etwas verzögert, wie eine Art verspätetes Echo, bemerkte ich, dass unten auf dem Parkplatz eine Autotür zugeschlagen wurde. Jetzt hörte ich schnelle Schritte auf dem Schotter hinter uns. Schwere, schicksalsschwangere Schritte.

Ich trat automatisch einen Schritt zur Seite, wie um zwischen Mittelmeyers und den Ankömmling zu treten. Dann drehte ich mich um.

Er war es. In einem halblangen, dunklen Mantel, das Haar stand voller Regentropfen wie ein verblasster Glorienschein um seinen Kopf, blieb Peder Viken fünf Meter hinter uns stehen.

Er schob den Mantel zur Seite, und ein kurzer Flintenlauf wippte hervor.

Mittelmeyer grunzte unartikuliert hinter mir.

«Å nei!», stieß seine Frau auf Norwegisch hervor. «Nicht!»

Ich blieb wie am Schotter festgefroren stehen. «Viken! Nein! Sie begehen ein Verbrechen – gegen sich selbst! Ich habe mit – Liv gesprochen . . . Sie bittet Sie – tun Sie es nicht!»

Der blaue Blick zielte direkt an mir vorbei. Einige Sekunden lang stand er Auge in Auge mit dem Paar, das den allzu frühen Tod seiner beiden Brüder verursacht hatte.

Etwas geschah in seinem Gesicht. Sein Mund öffnete sich und schloss sich wieder und die Augen wurden milchweiß und blind. Tränen liefen über seine Wangen. Die Flinte zitterte in seinen Händen.

Er formte ein Wort mit den Lippen, lautlos. Dann wippte die Flinte wieder unter seinen Mantel, er drehte sich abrupt um und ging mit ebenso schweren Schritten davon; so wie nur ein Mann geht, der in die Vergangenheit zurückkehrt.

«Peder?», sagte Frau Mittelmeyer hinter mir.

«Nicht jetzt! Es ist zu spät!», sagte ihr Mann, ebenfalls in fehlerfreiem Norwegisch.

4

Am nächsten Vormittag fuhr ich sie nach Askøy.

Ich hatte ihnen erklärt, dass ich den Hintergrund der Geschichte kannte, und Grete Mittelmeyer sagte, es sei der größte Wunsch ihres Mannes, einmal den Ort wieder zu sehen, an dem sie sich damals begegnet waren, «ein letztes Mal, bevor er stirbt», wie sie nüchtern feststellte.

Sie sahen mich verwundert an, als ich ihnen erzählte, dass Askøy seit 1992 durch eine Brücke ans Festland angeschlossen war und uns die Fahrt weniger als eine Stunde kosten würde – und das auch nur, falls wir mit dem Verkehr in Laksevåg Pech hätten.

Der Regen war vorübergezogen, der Himmel zeigte blaue Flecken, und als wir die Brücke überquerten, blickten wir über Askøy und die Inseln dahinter bis aufs offene Meer, das wie eine Falltür zur Ewigkeit da lag und auf uns alle wartete.

Ein paar Kilometer vor Herdla, wo eine Schotterstraße von der Hauptstraße zweigte, legte Herr Mittelmeyer plötzlich die Hand auf meine Schulter. «Hier bitte rechts, wenn Sie so nett wären.»

Ich sah seine Frau an, die neben mir saß.

Sie nickte. «Er will es sehen.»

Wir folgten der Schotterstraße in Richtung Meer. Hier fuhren nicht oft Autos. Wir kamen an den Resten eines alten Gatters und an einer moosüberwachsenen Mauer vorbei.

Den Rest des Weges gingen wir zu Fuß. Schließlich erreichten wir einen verlassenen Hof, einen zusammengesunkenen Schafstall und ein graues Wohnhaus mit zerbrochenen Fensterscheiben. Die Tür hing in den Angeln.

Unten an dem kleinen gemauerten Anleger lag ein kleines Holzboot mit modernem Außenbordmotor. Von der anderen Seite des Hauses her hörten wir Stimmen. Liv und Peder Viken kamen um die Ecke. Als sie uns entdeckten, blieben sie stehen.

Die beiden Paare verteilten sich wie in einer Bühnenformation auf dem zugewachsenen Hof: Liv und Peder Viken vor dem Hintergrund des Herdlefjords und dem großen Fjell auf Holsnøy. Grete und Karlheinz Mittelmeyer dichter beieinander, wie um sich gegen das zu schützen, was sie erwartete, vor den grauen Felsen. Es war die Schlussszene einer griechischen Tragödie, in der die Hauptperson endlich begreift, was sie getan hat. Und außerhalb der Szene stand ich, als eine Art olympischer Richter, der aber die Regeln nicht kannte.

Lange standen sie sich gegenüber und beobachteten einander, als hofften sie, die Zeit würde das Schmerzhafte abbröckeln lassen. Aber allen war klar, dass das niemals geschehen konnte.

Schließlich brach Peder Viken die Stille. «Ich konnte dich nicht töten, Karl», sagte er leise.

«Aber du konntest es!», stieß seine Frau heftig hervor. «Deinen eigenen Bruder töten!»

Der Mann, der sich fast fünfzig Jahre lang Mittelmeyer genannt hatte, senkte den Blick. «Es war nicht so einfach!»

Liv Viken trat dicht an ihn heran und starrte ihm ins Gesicht. «Du hast das Kainsmal auf der Stirn! Ich kann es sehen!»

«Liv ...», sagte Peder hinter ihr, wie um sie zurückzuhalten.

Aber sie war jetzt nicht leicht zu bremsen. «Hast du eine Ahnung, wie viele Leben du zerstört hast? Nicht nur 1943, sondern auch all die Jahre danach? Hast du eine Ahnung, wie viele Lebensfäden du zerrissen hast?»

Peder Viken sagte monoton: «Weißt du ... Es kam wie ein

Schock, als ich plötzlich begriff . . . Als ich sah, dass es nicht der verhasste Deutsche war, der so viele Jahre mein Feindbild war, dem ich gegenüberstand, sondern im Gegenteil . . . du, dessen Erinnerung ich ebenso viele Jahre so treu bewahrt hatte . . .»

Seine Frau nickte bestätigend, und er fuhr fort: «Ich habe dich sofort erkannt, obwohl du auch fünfzig Jahre älter geworden bist. Du warst damals zweiundzwanzig, ich erst zehn. Aber wenn du wüsstest, was du deinem kleinen Bruder angetan hast . . .»

Karl sah seinen Bruder düster an. Dann hob er den Kopf und ließ seinen Blick an ihnen vorbei in die Höhe wandern, als suche er nach einem höheren Richter. «Ihr glaubt, dass ihr alles wisst», sagte er düster. «Aber ihr wisst gar nichts.»

«Dann erzähl es uns doch!», stieß Liv höhnisch hervor.

Karls rundes Gesicht zitterte vor Bewegung. Es war, als würde die Landschaft in seinem Gesicht den dunklen Morgen im September 1943 widerspiegeln, als die Landschaft noch verwehter und isolierter war als heute: grau, düster und schicksalsbeladen.

«Grete bekam . . . Wir hatten uns geeinigt zu fliehen, zu versuchen, nach Schweden zu kommen . . .»

Wie ein Dolmetscher übernahm Grete: «Wir konnten nicht bleiben. Ich war doch mit Anders zusammen gewesen, aber als ich endlich begriff, dass Karl der Mann meines Lebens war, zählte kein anderer mehr.» Sie sah ihren Mann mit einem Blick an, in dem man selbst nach fünfzig Jahren Flucht noch die Flamme erahnen konnte, die dort 1943 gebrannt haben musste.

«Aber wir brauchten Papiere», sagte Karl schwerfällig.

Seine Frau kam ihm wieder zu Hilfe. «Es war nichts zwischen mir und dem jungen Deutschen! Aber ich hatte bemerkt, dass mehrere der Soldaten ein Auge auf mich geworfen hatten. Ich hab ihm schöne Augen gemacht, hab ihn glauben lassen . . . wegen der Papiere und der Pistole, Geld hatte er auch . . . wir haben nur . . . Sie waren Besatzer! Manche hätten gesagt, es sei für das Vaterland gewesen.»

Liv schnaubte. «Vaterland! Zeig mir deine Medaillen, Mädchen!»

«Aber», mischte ich mich ein, «was ist geschehen?»

Alle sahen mich verwundert an, als hätten sie völlig vergessen, dass ich da war.

Diesmal war es Karl, der antwortete: «Grete hatte ein Treffen mit dem Deutschen vereinbart...» Er nickte zum Meer hin. «Da unten. Ich lag schon versteckt hinter dem Felsen. Als sie die Pistole und die Papiere von ihm bekommen hatte, habe ich ihn überwältigt und...»

«Nein, Karl!», sagte Grete in scharfem Ton. «Du hast genug getragen, all diese Jahre. Heute soll alles auf den Tisch!»

«Heute ist der Tag des Jüngsten Gerichts!», sagte Liv hart.

Grete überhörte sie und wandte sich an Peder. «Ich habe den Deutschen erschossen. Sobald ich die Pistole bekommen hatte, und er mir gezeigt hatte, wie ich sie benutzen musste, habe ich sie gegen ihn selbst gerichtet und abgedrückt.»

Ein Schuss im Dunkeln, ein Lichtblitz, der deutsche Soldat, der rückwärts taumelte, der Rückstoß, der Grete selbst ins Wanken brachte, der schwarze Fjord hinter ihr... Ich sah alles vor mir, so deutlich, als wäre ich dabei gewesen.

«Und dann kam Anders», sagte Karl düster.

«Aber...?», begann Peder.

Wieder war Grete schneller. «Er muss mir und dem Deutschen gefolgt sein, war sicher eifersüchtig. Aber als er...» Dann brach ihre Stimme und sie wandte sich ab.

Karl legte ihr einen Arm um die Schultern und fuhr dann selbst fort: «Wir haben nie erfahren, wie viel er mitbekommen hatte, aber er wollte ihr die Pistole wegnehmen, und sie fiel ihr aus der Hand. Ich trat aus meinem Versteck, griff nach ihr, und...» Er wischte sich über die Augen, wie um das innere Bild wegzuwischen. «In dem Augenblick trafen sich unsere Blicke und ich sah, dass er begriff – dass es nicht der Deutsche war, wegen dem Grete sich von ihm zurückgezogen hatte, sondern ich... Dann ging er auf mich los... Er wollte mich verprügeln, da bin ich sicher . . . Aber ich hatte die Pistole in der Hand und . . .»

Er wandte den Blick zu seiner Schwägerin und sah ihr direkt in die Augen. «Fünfzig Jahre lang habe ich mir die Frage gestellt . . . War es ein Unfall, dass die Pistole losging, oder war es gewollt?»

«Ach, du und ein Unfall!», schnaubte Liv und zog sich ein paar Meter zurück.

«Wir haben sie beide mit ins Boot genommen», fuhr er fort, fast mechanisch. «Banden ihnen Steine um die Füße und haben sie versenkt – irgendwo da draußen.» Sein Blick zuckte einen Augenblick über den Fjord, so kurz, als habe er Angst, die Toten würden wie Zeugen der Wahrheit aus dem Wasser emporsteigen. «In all den Jahren danach habe ich den toten Deutschen mit mir getragen, seinen Namen, seine Identität benutzt.»

«Den toten Deutschen, ja! Aber was ist mit Anders? Was ist mit deinem eigenen, leiblichen Bruder?»

Er senkte den Blick wieder. «Ich habe versucht, so wenig wie möglich an ihn zu denken. Fünfzig Jahre lang habe ich versucht, ihn aus meiner Erinnerung zu streichen, als ob – als ob das alles damals nie geschehen wäre, sondern nur . . . ein böser Traum.»

Grete trocknete sich die Tränen ab und sah auf. «Ihr müsst nicht glauben, dass es leicht war! Ich habe . . . habe das Kind schon in Oslo verloren. Der Rest unseres Lebens war Flucht, vor allem vor der Vergangenheit, voreinander . . .»

«Flucht», wiederholte Liv Viken. «Aber jetzt seid ihr an der Endstation.» Sie zog den Reißverschluss ihres weiten Mantels auf. Heute trug sie die Schrotflinte, und sie zeigte direkt auf Karl Viken. «Und mein Bruder bist du nicht!»

Wie ein fallender Engel stolperte ich ins Bild. «Liv! Denken Sie an das, was Sie mir selbst gesagt haben! Denken Sie daran! Sie verurteilen niemanden anderen als sich selbst!»

Einen Moment lang sah sie zur Seite, lange genug, damit ich sie erreichen konnte, damit ich nach dem Flintenlauf greifen und ihn zur Seite schieben konnte . . . in derselben Sekunde, als der Schuss sich löste.

Er schlug wie ein höchst lokaler Donnerschlag durch die kleine Schlucht. Er klang mir in den Ohren wie der Klang von tausend Zimbeln, und eine Sekunde lang dachte ich wie gelähmt: Das hätte deine letzte Tat sein können, Varg! Völlig nutzlos – auch für dich . . .

«Ich habe es jedenfalls versucht», sagte sie matt und sah mich durch ihre runden Brillengläser an, während ich ihr vorsichtig die Flinte aus den Händen nahm.

Der Knall hatte uns erschüttert. Wir starrten einander wie durch eine zersprungene Glasscheibe an.

Peder Viken schaute zu seinem zwölf Jahre älteren Bruder. Mit einer Handbewegung zum Meer hin sagte er matt: «Die Toten liegen immer noch da draußen irgendwo, Karl.»

Sein Bruder schluckte schwer. Er hatte nichts mehr zu sagen. Er war dorthin zurück gekehrt, woher er gekommen war . . . in die Äußere Mongolei.

Aber über das faltige Gesicht Grete Hestads aus Herdla liefen leise die Tränen, als sei sie viel zu spät zu einer Beerdigung ohne Särge und einer Predigt ohne Pfarrer gekommen.

5

Dann kehrten sie einander die Rücken zu. Liv und Peder gingen zum Meer hinunter; ich selbst begleitete die beiden anderen zum Wagen und fuhr sie zurück in die Stadt. Nach Herdla kamen sie nicht mehr und noch am selben Nachmittag saßen sie in einem Flugzeug, das sie über Oslo, Stockholm und Kopenhagen zurück nach Deutschland brachte.

Direkt bevor wir auf dem Rückweg die Askøybrücke überquerten, fuhr ich an den Straßenrand, hielt den Wagen an und drehte mich zu ihnen um. «Enttäuscht?»

Karl Viken sah mich an. «Enttäuscht? Was meinen Sie?»

«Sie hatten gehofft, er würde Ihnen vergeben, wenn er erst begriffen hatte, wer Sie waren. Sie hatten auf eine Versöhnung gehofft – vor Ihrem Tod.»

Er wandte abrupt sein Gesicht ab. Seine Frau machte eine Handbewegung.

«Sie haben den Brief und die Postkarte aus Berlin geschickt, stimmt's? Ein letzter Versuch, der Wahrheit in die Augen zu sehen. Aber es schlug fehl. Die Wahrheit kann ganz schön stur sein, wenn man sich erst mit ihr überwirft.»

Keiner von beiden antwortete. Nach einem Moment der Stille warf ich den Motor wieder an und fuhr weiter. Den Rest des Weges in die Stadt fiel kein einziges Wort.

Ich hörte auch nie wieder von Liv Viken.

Ein paar Tage lang fragte ich mich, ob ich ihr eine Rechnung schicken sollte. Aber ich beschloss, dass es irgendwie nicht richtig wäre. Sie und Peder hatten so viele Jahre lang die Rechnung für andere bezahlt, dass ihnen meine nun erspart bleiben sollte.

So ist es oft im Leben. Manche Taten werden nie vollbracht, manche Rechnungen nie bezahlt. Und für den Tod bekommt man keine Quittung. Den kann man sowieso nirgends absetzen.

Kilroys Virus

«Veum?»

Der Mann, der mir in der gut beleuchteten, ultramodernen Rezeption entgegen kam, sah aus wie ein frisch gebackener Handelshochschulabsolvent, der seine Diplomarbeit über das Solarium von nebenan geschrieben hatte.

Ich stand auf. «Storetveit?»

«Storetvedt. Mit *dt*.»

Ich merkte mir den feinen Unterschied. Solche Details sind wichtig in diesen Kreisen.

«Folgen Sie mir», sagte er und führte seine Chipkarte durch einen Schlitz neben der ersten Tür, an die wir kamen. Zwei weitere folgten. Der Zugang zu den zentralen Bereichen der Firma, die sich OTEC CR nannte, sollte sich als schwieriger erweisen, als Fort Knox einzunehmen oder ins Pentagon einzudringen – wenn man nicht in Begleitung des Präsidenten erschien und er seine Plastikkarte nicht vergessen hatte.

OTEC CR stand für Oil Technology Computer Research, eine Sonderfiliale eines internationalen Computerkonzerns. Schon an der Rezeption war ich brüsk, aber liebenswürdig von einer Eisernen Jungfrau in einem Glaskäfig abgewiesen worden. Ich bot ihr eine Pastille an, aber sie wollte keine, und als ich sagte, mit wem ich verabredet war, bat sie mich, Platz zu nehmen und zu warten, ich würde abgeholt.

Den Weg nach Sandsli hatte ich allein gefunden. Nordöstlich

vom Flughafen in Flesland lagen die Nervenzentren der vielen konkurrierenden Betriebe im Bereich der modernen Öltechnologie. Flache Gebäude aus Glas und Beton hatte man relativ pietätvoll zwischen Granit und Heide in die ehemalige Wildnis von Kokstad und Sandsli gesetzt. Von dort aus leitete eine neue Generation von Gründern eine Branche, die zu einem der Grundpfeiler der westnorwegischen Finanzlandschaft geworden war.

Diese Welt zu verstehen, hatte ich mich noch nie bemüht. Deshalb war ich skeptisch gewesen, als ein Mann anrief und sich als Sturle Storetvedt vorstellte, stellvertretender Chef der Abteilung für Technical Research bei der OTEC CR. Sie hatten ein Computerproblem. Was ich von Computern verstehe, passt in eine Streichholzschachtel, hatte ich gesagt. Die größte Nähe zu einem Computer habe ich immer dann, wenn ich an einem Automaten Geld abhebe, und es ist ganz und gar nicht gesagt, dass immer etwas dabei herauskommt. Er hatte liebenswürdig gelacht und gesagt, dies sei ein spezielles Problem.

«Sie sind uns von einem unserer Kunden empfohlen worden. Genau Ihren Typ von . . . Erfahrung brauchen wir. Die frische Einschätzung eines Außenstehenden.» Mir hatte die Pause nicht gefallen, die er einlegte, bevor er Erfahrung sagte, aber ich hatte die Einladung angenommen und war über Straume nach Sandsli gefahren. Es war ein kalter, klarer Tag, der Himmel schimmerte hell über Fjell und Sotra, und die Luft draußen vor dem OTEC-Gebäude war ebenso rein und stärkend wie ein klarer Wodka aus Sibirien.

Ich folgte Sturle Storetvedt durch zwei weitere Sicherheitsschleusen, gepanzert von betondicken Glaswänden. Die schweren Türen glitten lautlos zur Seite, sobald Storetvedt seine Chipkarte durch einen weiteren Türöffner zog.

Schließlich kamen wir in einen Raum, wo ich mich sofort in die Schlussszene eines James-Bond-Filmes versetzt fühlte. Zwanzig bis dreißig Monitore unterschiedlicher Größe flimmerten vor einer entsprechenden Anzahl von Arbeitsplätzen, an denen Menschen, die wie Wissenschaftler aussahen, in praktischer Alltagskleidung ihre Tastaturen bedienten, als befänden sie sich bei der NASA und die Landung einer Raumfähre stünde kurz bevor. Storetvedt führte mich quer durch den Raum zu einem herrschaftlichen Büro hinter einer weiteren Glaswand. Der Einblick von außen war annähernd total. Er würde dort sicher nicht das Geringste mit seiner Sekretärin anfangen – falls es eine gab. Wahrscheinlich hatte er stattdessen einen Computer.

Durch eine Trennwand, ebenfalls aus Glas, sahen wir in ein Nachbarbüro, wo eine blonde Frau in weißer Bluse und schwarzem Rock an einem Computer arbeitete. Ihr gegenüber lag ein weiteres Büro. Langsam fühlte ich mich wie in einer chinesischen Schachtel. Ich bekam einen leichten Anflug von Klaustrophobie. «Was tun Sie, wenn es brennt?», fragte ich vorsichtig.

«Dann aktivieren wir die Schleudersitze», sagte Storetvedt, und ich war mir absolut nicht sicher, ob er es nicht sogar ernst meinte.

Auch dieses Büro war mit den unvermeidlichen Computern möbliert – es waren drei an der Zahl. Die übrige Einrichtung passte zu den Wänden, die meisten Elemente bestanden aus einheitlichem Hartplastik. Zu meiner Überraschung saß man durchaus nicht unbequem.

Ich zeigte in die Richtung, aus der wir gekommen waren. «Warum all diese Sicherheitsroutine? Bekommen Sie Aufträge vom Verteidigungsministerium?»

«Die Untersuchungen, die wir durchführen, sind von großer Bedeutung – auch für das Verteidigungsministerium, aber vor allem wirtschaftlich. Vor allem richtet sich das gegen unsere vielen Konkurrenten. Ich gehe davon aus, dass Industriespionage auch in Ihrer ... Branche kein Fremdwort ist, oder?»

«Nein», sagte ich und überhörte erneut die Kunstpause.

«Lassen Sie mich also direkt zur Sache kommen, Veum. Wir

sind einer recht virtuosen Form von Sabotage zum Opfer gefallen. – Nur eines zuerst. Wie sind Ihre Grundkenntnisse bezüglich Computern?»

Ich formte mit dem Daumen und dem Zeigefinger der rechten Hand eine Null und hielt sie vor ihm in die Luft. «So groß.»

Er runzelte die Augenbrauen. «Ist das möglich?»

Ich hob die Hände. «Aber ich habe einen IQ mit normaler Umdrehung und die Auffassungsgabe eines Vierzigjährigen, also ... Versuchen Sie's.»

Er beugte sich vor. «Ich werde versuchen, es elementar zu halten.» Er dachte kurz nach, ehe er fortfuhr: «Dann wissen Sie sicher auch nicht, was ein so genannter ‹Virus› ist?»

«Korrekt. Abgesehen davon, dass es klingt wie etwas, das ich mir an schlechten Tagen einfange.»

«Das mit den schlechten Tagen ist ein gutes Stichwort. Die Auswirkungen können nämlich katastrophal sein.»

«Aha?»

«Was wir hier einen Virus nennen, ist nämlich eine versteckte Botschaft in einem Programm. Eine Meldung, die unvorhergesehen verschickt wird – im ganzen System, oder in Teilen davon und die schlimmstenfalls katastrophale Konsequenzen auslöst.»

«Und was meinen Sie mit einer versteckten Botschaft?»

«Ich werde versuchen, es so einfach wie möglich zu erklären. Ein Computer kann, wie Sie sicher wissen, ein fast unendliches Variationsmuster an Aufträgen, Aufgaben und so weiter speichern ...»

«Ziemlich viele Aufs, oder?»

Er nickte. «Kurz gesagt, Aufträge, die der Computer ausführen, Aufgaben, die er erledigen, Informationen, die er speichern kann.»

«So weit komme ich mit.»

«Dieses Muster ist zugänglich für alle diejenigen, die das kennen, was wir den Access-Code nennen, das ist die Eintrittskarte für das Programm.»

«Ungefähr so, wie Sie mich mit Hilfe Ihrer Plastikkarte durch die Schleusen geführt haben.»

Er nickte herablassend. «Genau. Wer diesen Code kennt, hat auch in gewissem Umfang die Möglichkeit, das Programm zu verändern. Reinzugehen, sozusagen. Er kann den Auftrag ändern, die Informationen erweitern oder sie löschen. Neue Daten einspeichern, die es leichter oder schwerer machen, die Aufgabe zu lösen. Und . . .» Er hielt einen Zeigefinger in die Luft, um anzuzeigen, dass er jetzt zu etwas Wichtigem kam. «Diese Änderungen des Programms können versteckt werden – so dass sie in gewisser Weise unsichtbar sind. Um später von einem ganz besonderen Trigger ausgelöst zu werden.»

«Klingt wie ein Pferdename.»

Er sah mich verständnislos an. «Ein Auslöser», sagte er dann.

«Und aus was kann solch ein Trigger bestehen?»

«Aus dem Datum zum Beispiel. Einer Uhrzeit, kombiniert mit einem Datum. Einem Namen oder jedem x-beliebigen Codewort.»

«Und dieser Virus – den aufzuspüren ist unmöglich?»

«Nicht unbedingt. Es gibt Antivirenprogramme, aber die sind nicht immer perfekt. Und wenn der Virus gut genug versteckt ist, kann es passieren, dass auch diese Programme ihn übersehen.»

«Aha. Und zu welchen Handlungen kann man einen solchen Virus bewegen?»

«Ich werde Ihnen ein Beispiel von der harmloseren Sorte geben. Weihnachten benutzte jemand, der an das weltweite Netz von IBM angeschlossen war, dieses, um eine Art Weihnachtskarte zu verschicken. Der Gruß erschien als eingehende Meldung. Als der Empfänger die Meldung öffnete, erschien ein schöner Weihnachtsbaum mit glänzenden Lichtern auf dem Bildschirm. Aber gleichzeitig löste dies ein kleines Programm aus, das seine Liste von Internetadressen identifizierte und die Weihnachtskarte auch an all diese schickte. Damit explodierte das Netz vor lauter Weihnachtskarten, die ständig neu sternförmig von jedem Empfänger ausgesandt, zurückgeschickt, erneut ausgesandt wurden – und so weiter. Die großen IBM-Maschinen in ganz Europa gingen unter der Belastung in die Knie.»

«Hm. Aber ist es nicht möglich, den – wie soll ich ihn nennen, Spaßvogel? Täter? – aufzuspüren?»

Er schüttelte den Kopf. «Das ist so gut wie unmöglich. Das heißt, es ist unmöglich. Wenn bisher solche Virenhacker – oder Hackerinnen – entdeckt wurden, dann immer aufgrund von bestimmten äußeren Umständen. Eine Person, der gerade gekündigt wurde, aber die den Access-Code beherrscht, zum Beispiel.»

«Es ist also möglich, von außen ins Netz zu kommen, obwohl . . .» Ich nickte zu den Sicherheitsschleusen.

«Ja. Das ist eine Schwäche des Systems. Stichwort Kommunikation. Wenn man die richtigen Codes kennt, kann man die Maschinerie von seinem eigenen PC von zuhause aus sabotieren.»

«Ich bin froh, dass ich nur ein Telefon habe. Und einen altmodischen, grauen Archivschrank.»

«Sie kommen noch ins Museum, ehe Sie es ahnen, Veum.»

«Ich komme? Ab und zu habe ich das Gefühl, dass ich da schon bin. – Aber soll ich Ihre Ausführungen so verstehen, dass Sie einem solchen Virus ausgesetzt waren?»

Er nickte. «Exakt. Zwei Mal.»

«Erzählen Sie.»

«Das erste Mal vor elf Tagen. Am zehnten.»

«Was ist passiert?»

«Plötzlich waren alle Monitore schwarz.»

Ich sah durch die Glaswände auf die NASA-Überwachung dort draußen. «Alle?»

«Ja – und nicht nur hier. Das System umfasst auch unsere Büros in Oslo, Stavanger, Rotterdam und Aberdeen.»

«Meine Güte!»

«Danach lief von links nach rechts eine Signatur über die Bildschirme: KILROY KILROY KILROY.»

«Kilroy?» Ich schmunzelte. «Ein Hacker mit Humor, offensichtlich.»

«Hier im Haus haben wir nicht so viel gelacht, als wir entdeckten, dass er nicht nur gelöscht hatte, was auf unseren Bildschirmen war, sondern die Arbeit des ganzen Tages.»

«Wie meinen Sie das?»

«Der Virus kam um 15.35 Uhr rein. Alle Arbeiten, die an dem Tag ausgeführt wurden, und die nicht ausgedruckt oder gespeichert waren, wurden gelöscht.»

«Und das bedeutet?»

«Das bedeutete, dass wir alles noch einmal machen mussten, und nicht unbedingt mit den selben Ergebnissen. In einzelnen komplizierten Transaktionen wurden daraus drei bis vier Tage Verzögerung, was in unserer Branche zwischen Sein oder Nichtsein entscheiden kann. Eine Frist zu verschieben, kann tatsächlich Millionen kosten. Sollte so etwas mehrfach passieren . . . Ich mag kaum daran denken.»

«Dann lassen Sie es. Aber Sie haben doch angedeutet, dass es schon mehrfach passiert ist?»

«Noch einmal. Gestern. Am zwanzigsten.»

«Dasselbe?»

«Nein. Diesmal war es, wenn das überhaupt möglich ist, noch ausgeklügelter. Dieses Mal zeigte sich der Virus in einer vorläufig unübersehbar großen Anzahl komplizierter Rechenfehler, Zahlenverschiebungen, Umstellung von Ziffern und so weiter, die noch einmal und nicht weniger effektiv die Arbeit eines ganzen Tages ausradierten. Alles muss neu eingegeben werden, die neuen Ergebnisse müssen noch einmal kontrolliert werden, kurz gesagt – es dreht sich wieder um tagelange Verzögerungen. Und wieder graut mir bei dem Gedanken, dass es ein weiteres Mal passieren könnte. Insgesamt vermute ich, dass diese beiden Viren uns bis zu einer Woche zurückgeworfen haben, vielleicht sogar mehr, bei dem Auftrag, an dem wir gerade arbeiten.» Er sah sich um. «Wenn wir die Sache nicht aufklären, dann kann das – Konkurs, Einsparungen, was weiß ich bedeuten.»

«Und die Unterschrift – war sie dieselbe?»

«Ja. KILROY KILROY KILROY.»

«Der gleiche Zeitpunkt?»

«Nein, etwas früher. 14.46 Uhr.»

«Und die Virensuche läuft?»

«Natürlich, aber das ist eine umfangreiche Arbeit. Sie können es sich denken – der zehnte und der zwanzigste.»

«Gehaltsabrechnungstage?»

«Genau. Vorschuss am zehnten. Auszahlung am zwanzigsten. Der Code kann in etwas so Einfachem wie einer falschen Kontonummer liegen, einer falschen Hausnummer in einer Adresse . . .»

«Eine geänderte Hausnummer, meinen Sie?»

«Ja. Zum Beispiel. Die Möglichkeiten sind unendlich.»

«Und wenn . . . Sie haben eben . . . äußere Umstände erwähnt.»

Er beugte sich vor. «Ich habe eine Spur, bei der ich Sie bitte anzufangen.»

«Und zwar?»

Plötzlich wurde seine Aufmerksamkeit von etwas anderem gefangen. Aus dem Nebenraum ertönten laute Rufe. Als ich mich umdrehte, sah ich, dass die Leute aufgestanden waren und sich verwirrt umschauten. Einige hoben resigniert die Arme.

Sturle Storetvedt stand abrupt auf und drehte sich zu den drei Computern um. Ich folgte seinem Blick.

Alle drei Bildschirme waren schwarz, und von links zog langsam ein Buchstabe nach dem anderen darüber:

KILROY KILROY KILROY

2

Der Curser ging an seine Ausgangsposition zurück und nun erschien ein Text auf dem Bildschirm:

IMPORTANT MESSAGE

Sturle Storetvedt begann zu schwanken: «Wa-was passiert jetzt?»

PERSONALIEN KNUDTSEN CARL BERNHARD, GEBURTSDATUM...

«Das ist unglaublich!»

STELLUNG: GESCHÄFTSFÜHRENDER DIREKTOR. ANGESTELLT SEIT 1982. FRÜHERE ARBEITGEBER...

Die Maschine zählte acht verschiedene Firmennamen auf, von denen mir nur einige bekannt waren.

FINANZIELLE SITUATION...

Gehalt und Vermögen, Schulden und Aktienlage des Direktors wurden aufgezählt. Sogar ohne Taschenrechner konnte ich erkennen, dass er aller Wahrscheinlichkeit nach ein Nullsteuerzahler war.

GESUNDHEITSZUSTAND...

Carl Bernhard Knudtsen hatte sich 1965 den Blinddarm entfernen lassen, 1985 über Herzschmerzen geklagt, war 1976, 1978, 1985 und 1986 beim Physiotherapeuten gewesen und:

«Und er hat gesagt, er sei in Brüssel gewesen», murmelte Storetvedt.

SITUATION IM FEBRUAR 1988:
ALLGEMEINZUSTAND RELATIV KONSTANT, TENDENZ ZUM ALKOHOLMISSBRAUCH, GELE-GENTLICHE MANISCH-DEPRESSIVE ZUSTÄN-DE...

«Das hier ist Mord!», stöhnte Storetvedt.

Dann flog die Tür auf. Ein untersetzter kleiner Mann mir rotem Gesicht und einer Halbglatze, umgeben von dünnen Haaren, die aussahen, als wären sie mit einem Bleistift direkt auf seine Kopfhaut gezeichnet, stürmte in den Raum und auf Storetvedt zu, zeigte hysterisch auf den Bildschirm, wo die Meldung nun mit der Signatur KILROY KILROY KILROY endete.

«Hast du das gesehen? Hast du gesehen, was da vor sich geht?»

«Direkt aus dem Personalarchiv», murmelte Storetvedt.

«Personalarchiv! Mit vertraulichen Mitteilungen des Betriebsarztes? Allein das . . .»

Storetvedt hob resigniert die Arme.

«Das ist . . . Das ist nicht nur skandalös. Das ist eine Katastrophe! Diese – dieser – das hier ist über das gesamte Netz rausgegangen. Jetzt lachen sie sich schlapp, in Stavanger und in Oslo. In London, Rotterdam und Aberdeen kriegen sie es übersetzt. Wenn ich jetzt nicht hier wäre, würden sich da draußen alle biegen vor Lachen.» Er zeigte zum Nebenraum. «Was für eine Zukunft habe ich noch in dieser Firma, Storetvedt, sag's mir!?»

Er sah aus, als sei ihm zum Weinen zumute. Dann wandte er sich plötzlich mir zu. «Wer ist das? Wer sind Sie?»

Ich streckte meine Hand aus. «Varg Veum.»

Storetvedt beeilte sich zu erklären: «Das ist ein Detektiv, den ich beauftragt habe ... damit er sich um die Sache kümmert.»

Es kribbelte zwischen meinen Schulterblättern. Sich um die Sache kümmern, war vielleicht etwas optimistisch formuliert.

Carl Bernhard Knudtsen – mit *dt*, wie ich bemerkt hatte – fauchte mich an: «Sind Sie Experte für ... solche Sachen?»

«Tja, Experte oder nicht ... Ich habe im Laufe der Jahre so einige ... Widerwärtigkeiten ... erlebt.»

«Und Widerwärtigkeit ist die einzig korrekte Bezeichnung für das hier. Ich will den Verantwortlichen sofort überführt haben, so schnell wie überhaupt möglich, und sofort hier auf den Teppich! Ist das klar?»

«Es wird vielleicht nicht so einfach sein», sagte Storetvedt.

Ich wandte mich an ihn. «Sie sagten, Sie hätten eine Spur?»

«Ja. Ich ... Das heißt, ich habe auf jeden Fall etwas Auffälliges zu melden. Was möglicherweise damit zu tun haben könnte.»

«Und das wäre?»

Knudtsen hörte gespannt zu. «Nun antworte schon, Mann!»

Storetvedt sah verwirrt von mir zu Knudtsen. «Es geht um Frank Sørensen.»

Knudtsens Augen wurden schmal. Seine Stimme war beträchtlich abgekühlt, als er sagte: «Vigdis' Verflossenen?»

Storetvedt nickte mit zusammengebissenen Lippen. «Als ich heute Vormittag eine Routineüberprüfung des Lohn- und Gehaltsprogramms durchführte, habe ich entdeckt, dass auf sein Konto Geld überwiesen worden war, obwohl er seit dem 31. Dezember nicht mehr hier arbeitet. Sowohl im Januar als auch im Februar hat er ganz normale Monatsgehälter ausgezahlt bekommen.»

«Kann das auch eine Art Virus sein?», fragte ich.

«In gewisser Weise – ja. Er kann irgendwo im System den

Versuch der Gehaltsabteilung annulliert haben, die Auszahlungen im Dezember zu beenden, und später eingegeben haben, dass das Konto jeden Monat ganz normal aufgefüllt wird.»

«Hast du Beweise dafür?», fragte Knudtsen und ging an mir vorbei zum Schreibtisch.

«Auszüge über die Gehaltszahlungen», sagte Storetvedt.

Knudtsen betätigte eine interne Rufanlage. «Vigdis?»

«Ja?»

«Kommen Sie herein. Sofort.»

Er hob den Kopf und sah durch die Wand. Die blonde Frau aus dem Nachbarbüro starrte uns an. Dann stand sie auf und verließ den Raum. Eine halbe Minute später war sie zur Stelle – auf dem Teppich. Sie vermied es, Knudtsen anzusehen. Storetvedt stellte sie mir kurz vor. «Vigdis Langeland, Leiterin der Abteilung. – Varg Veum, ein ... privater Ermittler.»

Vigdis Langeland hätte einen starken Eindruck gemacht, wenn sie nicht, wie alle anderen, von dem gerade Geschehenen überrumpelt worden wäre. Im Moment erinnerte sie eher an ein gefangenes Rassetier, eine Gazelle im Käfig.

Knudtsen kam sofort zur Sache. «Vigdis ... Wo hält sich Frank zur Zeit auf?»

Ihr Blick flackerte. «Frank? Er ... Sie glauben doch wohl nicht ...»

Storetvedt hob resigniert die Hände. «Er hat uns auf jeden Fall um einiges Geld betrogen. Wir sind gezwungen, die Möglichkeit zu untersuchen.»

«Ich habe schon lange nicht mehr mit ihm gesprochen.» Sie richtete sich auf und rieb sich vorsichtig das Kreuz. «Es ist aus zwischen uns. Wir sind nicht ...»

Knudtsen bellte: «Er hat hier aufgehört wegen Unregelmäßigkeiten am Arbeitsplatz. Wir wissen es alle ...» Er erblasste und sein Blick wanderte zu den Bildschirmen, auf denen noch immer seine Personaldaten leuchteten. Leise sagte er: «Alkoholprobleme. Ein Sicherheitsrisiko ... Hatten Sie den Eindruck, dass er rachsüchtig war?»

Sie schüttelte den Kopf. «Nein. Nur verzweifelt. Ich werde sofort – zu ihm gehen.»

«Veum kommt mit», sagte Storetvedt.

Sie sah mich feindselig an. «Ist das nötig?»

«Warum nicht einer von Ihnen?», fragte ich.

«Das würde ihn nur provozieren.»

Knudtsen fügte hinzu: «Du hast Recht, Sturle. – Sie gehen mit, Veum.»

Ich nickte. Ich ging mit. Für so etwas wurde ich bezahlt.

3

Vigdis Langeland sagte nicht viel auf dem Weg in die Stadt. Die Februarlandschaft lag wie ein erfrorenes Bild ringsum, beunruhigend leblos. Wir fuhren mit meinem Wagen.

An ihrem Dialekt hörte ich, dass sie aus der Gegend von Sunnfjord kam. Ein sicheres Zeichen, dass in diesem Land neue Zeiten angebrochen waren: Eine ungefähr dreißigjährige Frau aus Sunnfjord Leiterin einer Abteilung für Technical Research in einer renommierten Computerfirma, das wollte etwas heißen.

«Was für einen Hintergrund haben Sie?», fragte ich, als wir nach Fyllingsdalen abbogen.

«Fachlich, meinen Sie?»

Ich nickte. «Hm.»

«Technische Hochschule in Trondheim. Und einige Fortbildungen.»

«Und dann schon an der Spitze der Firma?»

Sie lächelte schief. «Der Abteilung. Knudtsen ist an der Spitze. Hier in der Stadt.» Sie wischte ihr Hochnorwegisch weg und verfiel in ihren Dialekt: «Nich schlecht für'n Bauernmädel aus Långeland, was?»

Ich lächelte zurück. «Mein Vater kommt von einem kleinen

Hof am Dalsfjord. Würde mich nicht wundern, wenn wir verwandt wären. Was hat Sie so jung an die Spitze gebracht?»

Nüchtern stellte sie fest: «Spitzennoten und gute Ergebnisse in der Praxis.»

Ich nickte. «Dann sind wir wohl doch nicht verwandt. – Ist es nicht hier irgendwo?»

Wir hatten eine Wohnsiedlung im Fyllingsdalen erreicht. Niedrige Wohnblocks wechselten sich mit Reihenhäusern ab, die Hochhäuser lagen in angemessener Entfernung. Am anderen Ende des Tales erhob sich der Løvstallen mit steilen Fjellhängen und trennte das Tal vom Zentrum – wenn nicht jemand ein Loch quer durch den Felsen gebohrt hätte, aus dem Autos herauskamen.»

Sie zeigte auf einen der Blocks, und ich parkte davor.

«Im dritten Stock», sagte sie, und wir gingen hinauf.

Das Türschild gab an, dass hier Frank Sørensen wohnte, aber als wir klingelten, machte niemand auf.

Vigdis Langeland trippelte ungeduldig auf der Stelle. Sie trug einen hellen Popelinmantel, vielleicht etwas zu frühlingshaft für Februar. Ihr Haar hatte einen mädchenhaften und etwas altmodischen Schnitt, und sie verwendete keine Schminke.

«Und nun?», fragte ich.

Sie öffnete ihre dunkelrote Handtasche. «Ich glaube, ich habe immer noch einen . . . Schlüssel», murmelte sie, ohne in meine Richtung zu schauen. Sie brauchte nicht zu suchen, sondern fand ihn auf Anhieb.

Wir klingelten noch einmal, um ganz sicher zu gehen. Dann schlossen wir die Tür auf.

«Sie zuerst», sagte ich.

Sie schüttelte den Kopf. «Nein, Sie.»

Der Flur war äußerst einfach eingerichtet. Das einzig Persönliche war das Fell einer afrikanischen Antilope, das an einer Wand hing.

Zwei Türen standen offen. Durch die eine hörten wir das charakteristische Brummen eines Kühlschranks. Durch die andere erkannten wir etwas, das entweder das Flimmern eines Fernsehapparats oder eines Computerbildschirms war.

Ich sah hinein. Dann trat ich zurück und machte eine abwehrende Handbewegung zu Vigdis Langeland, aber sie kam zu dicht hinter mir. Ein schmerzhafter Seufzer entwich ihren Lippen, und sie schwankte. Ich wollte sie festhalten, aber sie entzog sich und stützte sich stattdessen an die Flurwand. Ich betrachtete sie forschend, bevor ich meine Aufmerksamkeit wieder in den Raum richtete.

Der Mann, der vor dem Computerbildschirm auf dem Boden lag, hatte kein Gesicht mehr, er war praktisch kopflos. Der Stuhl, auf dem er gesessen hatte, war umgefallen. Blut, Gehirnmasse, Knorpel, Knochen und Fleischteile lagen fast im ganzen Raum verteilt. Die Schrotflinte, mit der er sich offensichtlich erschossen hatte, lag neben ihm auf dem Boden.

Auf dem Bildschirm vor ihm flimmerte ein letzter Gruß, als sei es des Teufels eigene Unterschrift:

KILROY KILROY KILROY

Plötzlich fühlte ich eine heftige Übelkeit aus dem Magen aufsteigen, den Hals erreichen und bevor ich es überhaupt verhindern konnte, auf den Boden vor meinen Füßen spritzen.

Ich drehte mich beschämt zu Vigdis Langeland um. Sie weinte nicht, sie übergab sich nicht. Sie gehörte einem neuen Geschlecht an: den starken Männern von Morgen.

Sie war es, die die Polizei anrief, aber ich war es, der sie bat, den Telefonhörer mit einem Taschentuch anzufassen.

4

Während wir auf die Polizei warteten, sagte sie: «Es ging bergab mit Frank. Wir haben in Trondheim zusammen studiert. Das erste Jahr. Hatten eine kurze Beziehung. Dann ging er nach Bergen, aber ich blieb. Als ich hierher kam, bekam ich eine

Stelle in der gleichen Firma, in der auch er arbeitete. Eine Weile konkurrierten wir um dieselben Jobs, aber dann . . . ließ ich ihn hinter mir. Anfangs war es, glaube ich, schwer für ihn einzusehen, dass er von einer Frau überholt werden konnte. Das geht vielen so», fügte sie hinzu und sah mich bedeutungsvoll an.

Ich stieß sauer auf und wischte mir den Mund mit meinem Taschentuch ab. Dann gab ich ihr ein Zeichen fortzufahren.

«Wir hatten immer noch eine Art von Beziehung, eine Weile. Fingen hier wieder von vorn an, irgendwie. Es ging ein bisschen auf und ab. Nachdem er akzeptiert hatte, dass ich auf der Karriereleiter ein paar Sprossen höher geklettert war als er, und das in kürzerer Zeit, hatten wir ein paar gute Monate. Dann merkte ich, dass es wieder schwierig wurde. Er trank zu viel, war bei der Arbeit unkonzentriert und schwänzte etwas zu oft für das Tempo in dieser Branche.»

«Und dann wurde er gefeuert?»

«Ich glaube eher, dass er einen diskreten Hinweis bekam. Er hat selbst gekündigt.»

«Könnte er diese so genannten Viren installiert haben?»

Sie nickte angespannt. «Theoretisch – ja. Er kannte die wichtigsten Access-Codes. In der letzten Zeit war er stellvertretender Leiter der Personalabteilung. – Immer der zweite», fügte sie bitter hinzu.

Ich strich mir über den Bauch. Dort herrschte noch immer schlechtes Wetter. «War er . . . rachsüchtig?»

Sie schüttelte den Kopf. «Alles lief schlecht für ihn. Er hatte für die Wohnung hier einen Kredit aufgenommen – und schaffte nicht, ihn abzuzahlen. Dann wechselte er die Bank, verkaufte sein Auto, sagte den Winterurlaub auf Gran Canaria ab, und vom letzten Rest des Budgets erhöhte er den Umsatz des Weinmonopols.»

«Sie scheinen gut über ihn Bescheid zu wissen?»

Sie senkte den Blick. «Ich empfand eine Art – Verpflichtung. Ich hatte noch immer den Schlüssel.»

«Also sind Sie immer mal zwischendurch gekommen, haben

ihn zugedeckt und aufgepasst, dass er rechtzeitig ins Bett kam?»

Sie sah mich verkniffen an. «Es war nicht . . . so.»

Dann schoss mir plötzlich ein Gedanke durch den Kopf. «Was haben Sie eben gesagt? Er hat die Bank gewechselt?»

Sie nickte, und ich konnte förmlich sehen, wie meine Idee sich in Ringen über ihr Gesicht ausbreitete. «Ja! Alles. Sie haben seine Kredite gekündigt, und er musste sich neue besorgen. Er hat alle Konten aufgelöst – und neue eingerichtet, bei einer anderen Bank. Sowohl den Kredit – allerdings mit unmenschlichen Zinsen – als auch neue Konten.»

«Genau.» Ich sah sie nachdenklich an. «Und was mag das bedeuten? Dass er das eine alte Konto behielt – eben um solche Überweisungen tätigen zu können, wie Storetvedt sie erwähnt hat, oder . . .»

«Ein Anruf bei der Bank, und Sie haben die Antwort.»

«Das mache ich unterwegs.»

«Unterwegs?»

«Sie bleiben hier. Erzählen Sie der Polizei alles. Alles, was Sie wissen.»

«Und was soll ich über Sie sagen?»

«Wenn ich die richtig kenne, dann möchten sie noch nicht einmal meinen Namen hören. Aber sagen Sie es einfach. Sagen Sie, ich sei weggegangen. Ich hätte etwas zu tun gehabt.»

«Und wo können sie Sie finden?»

«Sagen Sie, sie finden mich bei der OTEC. Sagen Sie genau das.»

Sie schaute mich an, als sei ich eine ungeheuer schwierige Computernuss, die sie zu knacken hatte. Und das war ich vielleicht auch.

Zwei Polizisten bogen auf den Parkplatz ein, als ich wegfuhr. Als ich an ihnen vorbei kam, wandte ich den Kopf ab, falls jemand auf die Idee käme, mich wieder zu erkennen.

5

Sturle Storetvedt holte mich an der Rezeption ab, führte mich schnell durch die erste Sicherheitsschleuse und hielt dann mit dem Chip in der Hand inne. Auf seinem Gesicht zeichneten sich mindestens zehn große Fragezeichen ab. «Und? Haben Sie ihn angetroffen? Haben Sie etwas herausgefunden?»

Ich nickte und zeigte auf die nächste Tür. Er führte den Chip durch den Schlitz, und wir passierten die nächste Schleuse. «Er war auf der Jagd gewesen», sagte ich.

Er drehte sich langsam um. «Auf der Jagd? Wie meinen Sie das?»

«Ja, Sie wussten doch, dass er eine Schrotflinte hatte?»

«Doch? Doch, ja, wir waren einmal zusammen auf Rebhuhnjagd.»

«Ach ja?»

«Ja.» Er sah mich ungeduldig an. «Auf was für einer Jagd denn?»

«Aber Sie wussten nicht, dass er die Bank gewechselt hatte, oder?»

«Die Bank? Wer?»

«Von wem sprechen wir denn?»

«Frank? Die Bank gewechselt? Na und? Er hat ja wohl das alte Konto behalten, oder?»

Ich schüttelte den Kopf. «Nein, hat er nicht. Und als ich bei seiner Bank anrief, haben sie mir dasselbe erzählt. Sein Konto war gelöscht. Es existierte nicht mehr. Und wie Sie wissen – auch die Banken haben ein Computersystem. Nicht ein rotes Øre kommt auf ein Konto rein, das nicht mehr im System ist. Was hat das also zu bedeuten?»

Er zuckte mit den Schultern. «Ja, was hat das zu bedeuten? Sie sind doch der Experte . . . wie ich langsam merke.»

«Das bedeutet», sagte ich, «sogar ein Laie wie ich kann begreifen, dass es möglich ist, eine Überweisung und eine Kontonummer in ein System einzugeben, wenn beide tatsächlich erfunden sind – und einander deshalb sozusagen aufheben. Es erfolgt keine Überweisung, weil es keine Kontonummer gibt. Kann man das vielleicht auch schon als einen Virus bezeichnen?»

«Aber was ist der Sinn der Sache?»

«Genau das habe ich mich auch gefragt, Storetvedt. Was ist der Sinn? Der Sinn ist folgender. Ein nicht existierendes Konto einzugeben und dafür eine fiktive Überweisung vornehmen hat ausschließlich einen Sinn: die Aufmerksamkeit auf die Person von Frank Sørensen zu lenken.»

«Und wer in aller Welt sollte ...»

«Sie zum Beispiel.»

«Ich? Liebe Güte, Veum – ich dachte doch, das Konto würde wirklich existieren!»

«Genau. Das fiel mir als nächstes auf. Und das war Ihr erster Fehler.»

Wir standen da und sahen einander an.

«Ich meine ...»

«Genau», sagte ich. «Versprecher kommen in den besten Familien vor. Sogar im Computermilieu, wie ich gehört habe. Mord dagegen nicht so häufig.»

«Mord? Aber haben Sie nicht gesagt, dass es ...» Seine Stimme schrumpfte zu einem Flüstern. «... Selbstmord?»

«Nein, das habe ich nicht gesagt, Storetvedt. Ich habe nicht einmal gesagt, dass er tot ist.»

«Aber – aber ...»

«Aber das ist er. Und Mord kommt schon mal vor – wenn man auf einen Schlag damit die beiden nächsten Hindernisse aus dem Weg räumen kann, um selbst auf den Chefsessel der Firma zu gelangen.»

«Die beiden nächsten – was reden Sie denn da?»

«Ihre direkte Vorgesetzte, Vigdis Langeland, weil sie – durch ihre private Beziehung zu Frank Sørensen – verdächtigt werden könnte, die Firma kompromittiert zu haben. Und Carl Bernhard Knudtsen, weil seine privaten Schwächen rücksichtslos dem ganzen Konzern ausgeliefert wurden. Wie Sie selbst sagten, als es passierte: Das hier ist Mord!»

«Aber Sie meinen doch nicht, dass ich . . .»

«Meine gesamte persönliche Erfahrung aus dem, was Sie so ausdrucksvoll meine . . . Branche genannt haben, und meine Expertise sagen mir, dass das die wahrscheinlichste Lösung ist. All mein psychologisches Gespür und meine Intuition sagen mir, dass es so ist.»

«Und warum, wenn ich fragen darf?»

«Niemand konnte leichter als Sie, als Angestellter der Firma, diese Viren installieren. Sogar die Dateien des Betriebsarztes konnten Sie ohne allzu große Schwierigkeiten öffnen.»

«Ich höre, Sie werden langsam zum Experten», sagte er höhnisch.

«Aber . . . Sie brauchten mich als eine Art neutralen Augenzeugen – einen Spürhund, der naiv allen Spuren nachging, die Sie selbst legten. Sie waren mit Sørensen auf der Jagd gewesen und wussten, dass er eine Schrotflinte hatte. Sie konnten ihn besuchen und betrunken machen, ihn erschießen und das Ganze so arrangieren, dass es wie Selbstmord aussah . . . Und so kompliziert ist Ihre Branche nun mal, dass Sie den Mord jederzeit verüben konnten, weil nichts dem im Wege stand, dass die Viren, die Sørensen ausgeschickt hatte, lange nach seinem Tod greifen konnten.»

«Sie . . . Dafür haben Sie keine Beweise.»

Ich nickte. «Korrekt. Habe ich nicht. Es ist der Job der Polizei, sie zu finden. Aber fühlen Sie sich nicht zu sicher. Ich werde ihnen die Richtung zeigen. Jemand kann gesehen haben, wie Sie kamen. Oder gingen. Sie können Fingerabdrücke hinterlassen haben. Äußere Umstände, haben Sie es nicht selbst so genannt?»

Er hatte zu schwitzen begonnen. Aber es war auch ziemlich warm in der Schleuse. «Kommen Sie», murmelte er und führte den Chip durch den nächsten Türöffner. «Gehen wir weiter.»

Er öffnete die Tür, aber als ich hindurchgehen wollte, gab er mir einen heftigen Schubs, so dass ich umfiel. Als ich wieder auf die Beine kam, waren die Türen zu beiden Seiten geschlossen, und ich war allein in der Schleuse. Durch die dicken Glasscheiben sah ich, dass er umgekehrt war und auf den Ausgang zuging, durch die äußere Schleuse und danach zur Rezeption. Ich schlug gegen die Wände und hüpfte auf und ab wie ein Affe, um die Aufmerksamkeit der Leute in der NASA-Zentrale auf mich zu lenken, ohne Erfolg.

Schließlich beruhigte ich mich.

Es würde jemand kommen. Jemand würde mich herauslassen.

Vielleicht war die Polizei schon unterwegs.

Und er würde nicht weit kommen.

Zwar lag der Flugplatz gleich in der Nähe, aber heutzutage kann man gar nicht weit genug fliehen. Sein eigenes Fach würde ihn einholen. Wenn er beim ersten Mal entkam, würde es nicht lange dauern, bis er im Internet auftauchte, mit Foto und allen wichtigen Angaben, unter der Überschrift WANTED.

Und es bedurfte mehr als eines Virus, um ihn von dieser Liste zu tilgen.

Vom Himmel hoch

Die Aquavitflasche war leer, aber das war sie fast das ganze Jahr über. Der Dezember trieb langsam, wie ein gefallener fliegender Holländer, auf das Kap des Neuen Jahres zu, und draußen vor meinen Fenstern rieselten große Stücke seiner mottenzerfressenen Segel auf die Stadt, den Marktplatz und die Schiffe im Hafen herab. Schon sehr früh am Tag bekam das Halbdunkel ägyptische Dimensionen, und die Menschen stolperten umher und hofften, dass es nicht sieben Jahre dauern werde, bis es wieder hell würde.

Ich dachte an die alte Botschaft. Engel haben es verkündet . . . Über Bergen flogen keine großen Engelscharen, und die wenigen, die es gegeben hatte, waren längst heruntergefallen. Wenn sie gesungen hatten, dann hatte sie niemand gehört. Schon seit langem hatte «Jinglebells» das «Vom Himmel hoch» übertönt, und das Jesuskind bekam man schon in der Vorweihnachtszeit billig im Ausverkauf.

Auf meinem Schreibtisch lagen neben dem stummen Telefon und der düsteren Dezemberbilanz, einem Haufen unbezahlter Rechnungen, ein loser Bart und ein Weihnachtsmannmantel. Es war der 28. Dezember und niemand brauchte Privatdetektive, jedenfalls nicht diese Ausgabe, ein Restexemplar vom Ramsch aus dem letzten Jahrzehnt.

Ich hielt die leere Flasche gegen das Licht, aber vergeblich. Sie war keine Kristallkugel, in der ich die Zukunft sehen konnte. Alles, was ich sah, war Vergangenheit.

Vierzehn Tage vor Weihnachten hatte ich den Job als Weihnachtsmann in einem großen Kaufhaus bekommen. Der Personalchef, der mich einstellte, hatte in jungen Jahren aufgrund des starken Gegenwindes die meisten Haare verloren, und betrachtete mich bedingt optimistisch. «Endlich einer über fünfzehn», seufzte er. «Die meisten, die auf unsere Annonce hin gekommen sind, waren Mittelstufenschüler auf der Jagd nach einem Weihnachtsjob. Was ist Ihr Problem – Arbeitslosigkeit?»

«Waffenstillstand.»

Er lächelte schief. «Und welche Vorkenntnisse haben Sie aufzuweisen?»

«Ich mag Kinder und mein Rücken ist stark genug, um einen voll ausgewachsenen Weihnachtsmannbart zu tragen.»

«Zuallererst ist Geduld gefordert, Veum. Tonnenweise Geduld. Wenn Sie die haben, gehört der Job Ihnen.»

«Wo ich einen Monat darauf warten kann, dass das Telefon klingelt? Und ein halbes Jahr, bevor ich eine unbezahlte Rechnung anmahne?»

Damit bekam ich den Job. Der Personalchef gab der Sekretärin Bescheid, sie solle den Rest der Schlange nach Hause schicken. Ich selbst wartete eine Weile, bevor ich ging, um nicht gelyncht zu werden.

An meinem ersten Arbeitstag bekam ich einen kompletten Weihnachtsmannanzug ausgehändigt, inklusive Mütze, Bart und einem roten Fettstift, um die Wangen anzumalen. Das hatte ich auch nötig.

Der Personalchef zeigte mir meinen Platz im ersten Stock. Dort sollte ich sitzen und kleine Kinder auf den Schoß nehmen und sie unterhalten, während Mutter oder Vater an den vielen pompösen Geschenkeständen vorbeipilgerten, von denen das Haus in der hektischen Vorweihnachtszeit voll war.

Ich war schnell mit dem Job vertraut. «Was wünschst du dir denn zu Weihnachten?», fragte ich einen kleinen Kerl mit einer großen Lücke zwischen den Vorderzähnen und einer noch größeren zwischen den Augen.

«Eine elektrische Säge», antwortete der Junge.

«Und wozu willst du die benutzen?», fragte ich und dachte besorgt an die Wohnzimmermöbel seiner Eltern.

«Meinem Vater den Kopf absägen, wenn er schläft», antwortete der Junge.

So lernte ich, mir genau zu überlegen, welche Fragen ich stellte.

Die Frau, die am Geschenketresen am anderen Ende des Raumes bediente, machte mich unruhig. Mit ihrer blassen Haut und dem schwarzen Haar erinnerte sie mich schwach an das Schneewittchen meiner Kindheit, und fast fühlte ich mich wie der tolpatschigste aller sieben Zwerge. Höchst zerstreut nahm ich die Weihnachtswünsche der kleinen Menschen entgegen, die in regelmäßigen Abständen meine Knie bestiegen. Aber ich war nicht der einzige, der ins Stottern geriet.

Der Tresen, an dem sie bediente, war ein Spezialtresen für verwirrte Väter. Er enthielt eine reiche Auswahl; Unterwäsche, Parfümflaschen, Lederhandschuhe und Modeschmuck. Die Väter, die sich vor ihrem Tresen versammelten, sahen nicht weniger verwirrt aus, wenn sie wieder gingen. Ich konnte sie gut verstehen.

Sie war eine stille und anziehende Sirene, die männliche Passanten als auch Weihnachtsmänner am anderen Ende des Raumes gleichermaßen verhexte. Ein hübsches, puppenhaftes Gesicht mit großen Augen neigte sich auf einem schlanken, weißen Hals, und das ebenholzfarbene Haar stand in einer luftigen Frisur um ihren Kopf: kurz im Nacken und oben voll. Sie lächelte professionell und hübsch allen zu, die bei ihr einkauften, aber es war ein Verkaufslächeln, das nie in meinen Bereich des Raumes gelangte.

Trotzdem ging ich nach dem ersten Tag mit einem aufkeimenden Gefühl in der Brust nach Hause: die Verliebtheit des Weihnachtsmannes in Schneewittchen – ein Märchen, das sich niemand hätte vorstellen können.

Am nächsten Tag war ich schon an meinem Platz, als sie kam, gerade pünktlich für den ersten morgendlichen Andrang, wenn die Türen geöffnet werden und alle Ehemänner auf dem Weg zur Arbeit schnell hereinschauen. Sie lächelte und verkaufte nach Ost und West, aber für den rotwangigen Mann mit dem weißen Bart und all den kleinen Zwergen auf den Knien zeigte sie nicht das geringste Interesse.

Ich ging fünf Minuten nach ihr zur Mittagspause, aber als ich in die Personalkantine kam, hatte der Personalchef sie schon abgefangen. Ich teilte meinen Tisch mit einer Verkäuferin aus der Parfümabteilung im Erdgeschoss, die äußerlich sehr aufwändig dekoriert war. Aber ihr Gesichtsausdruck deutete an, dass der Kaffee nach Essig schmeckte, und dem Weihnachtsmann hatte sie absolut nichts zu sagen. Ich musste allerdings auch meinen Bart ablegen, um zu essen, und vielleicht hatte sie das Gefühl, mich schon einmal gesehen zu haben, irgendwo in einem Rinnstein, ohne dabei nur einen Moment den Impuls verspürt zu haben, mich aufzusammeln.

Am dritten Tag erzählte ich einem Mädchen mit den süßesten Grübchen der Welt so langsam und umständlich das Märchen von den drei kleinen Schweinchen, dass die Kleinen, die in der Schlange standen und warteten, ungeduldig wurden und ihre Mütter zu anderen Weihnachtsmännern zerrten. «Was für'n lahmer Weihnachtsmann!», hörte ich einen von ihnen ausrufen.

Der Abendhimmel war schwer von Schnee. Die Wolken hingen wie zum Platzen pralle Federbetten über uns, und alle warteten darauf, dass der Wintervogel seinen Schnabel in die Decke stechen und sie zum Aufreißen bringen würde.

Am vierten Tag nahm ich meinen Mut zusammen und ging quer durch den Raum auf sie zu, kurz bevor sie zur Mittagspause ging. «Darf ein alter Weihnachtsmann zu einer Tasse Kaffee und einem Brötchen einladen?»

Aus der Nähe war sie so schön, dass es unmöglich war, sie länger zu betrachten, ohne schneeblind zu werden. Einen Augenblick lang sah sie mich abschätzend an. Ihre Augen waren kalt und blau, ihr Gesicht oval mit einer kräftigen Kieferpartie und hohen Wangenknochen. Ihr Mund war dunkel umrandet.

Sie erinnerte mich an irgendjemanden, ohne dass ich recht wusste, an wen. «Ich glaube nicht», sagte sie kühl. «Ich esse nie Mittag mit Weihnachtsmännern.»

«Und zu Abend?»

«Nein, danke. Auch nicht», sagte sie, schloss den Tresen ab und ging in die Pause. Allein.

Den fünften Tag brauchte ich, um mich von der Niederlage zu erholen. Kleine Kinder kamen und gingen, ohne dass ich sie einzeln wahrnahm. Gegen Mittag kam mein Sohn Thomas mit einem Einkaufsnetz in der Hand und einem nachdenklichen Gesichtsausdruck vorbei. Er erkannte mich nicht hinter der Maske, und ich gab mich auch nicht zu erkennen. Er war jetzt elf Jahre alt, und ich war mir nicht sicher, ob es ihm gefallen würde, einen Vater zu haben, der als eine Art öffentlicher Weihnachtsmann arbeitete.

Am sechsten Tag beschloss ich, mich meiner ganz besonderen fachlichen Qualifikationen zu bedienen. Ich verschwand schnell in der Garderobe und tauschte den Weihnachtsmannmantel gegen meine eigenen Sachen aus. Vor dem Personaleingang blieb ich stehen und wartete auf sie. Ich fühlte mich sicher, nicht wieder erkannt zu werden. Sie kannte mich nur als Weihnachtsmann.

Sie kam heraus, schaute sich kurz um, schlug den Kragen hoch, steckte die Hände in die Taschen des schwarzen Wollmantels und setzte sich zielstrebig in Bewegung. Ich folgte ihr in sicherem Abstand.

Die Dezemberdunkelheit füllte die Straßen und Gassen Bergens mit hohen Schatten. Licht fiel in großen Rechtecken aus weihnachtlich geschmückten Fenstern. Längst hatte es zu schneien begonnen. Die weißen Flocken fielen wie abblätternde Farbe von dem hohen, dunklen Kathedralengewölbe über uns herunter, und wenn ich mich umschaute, konnte ich unsere Spuren auf dem Bürgersteig sehen: ihre klein wie Katzenpfoten, meine breit wie die eines Feuerwehrmanns.

Vor einem kleinen Restaurant blieb sie stehen und warf einen

Blick auf ihre Armbanduhr. Dann sah sie sich um und ging hinein. Ich blieb, wo ich war, wie am Bürgersteig festgefroren.

Ich gab ihr zehn Minuten, während ich schnell durchzählte, wie viel Bargeld ich dabei hatte. Das Restaurant war eines dieser kleinen, schummrig beleuchteten, von denen in den letzten Jahren so viele eröffnet worden waren – einige steuerten geradewegs in den Konkurs, andere hatten Schneid genug, um Stil und Einrichtung zu ändern, sobald ein oder zwei Jahre später neue Zeitgeistwellen über das Land hereinbrachen. Als die zehn Minuten vorbei waren, folgte ich ihr in das Lokal.

Es war im griechischen Stil eingerichtet, weiß gekalkte Mauerbögen, karierte Tischtücher, Knoblauch an der Decke und Wein von der Farbe verwelkten Grases in den Karaffen. Die Tische waren so angeordnet, dass sie sich vortrefflich für kleine, intime Abendessen eigneten, bei denen man einander tief in die Augen sah und Erinnerungen an den letzten Sommer in der Ägäis austauschte. Aber der einzige, der mir bekannt vorkam, war ein Mann in grauem Anzug, mit einem blassen, bartlosen Babygesicht und einem langen, blonden Pony, den er in einer niedlichen Tolle über die wachsende Glatze drapiert hatte. Er unterhielt sich mit einer langhaarigen Blondine in rotem Pullover und grauem Rock. Seinem Gesichtsausdruck nach zu urteilen, hatte er mehr Appetit auf sie als auf das Tellergericht, das vor ihm stand.

Sie sah ich nirgends.

Ich schaute mich im Raum um. Durch runde Fenster schien grelles Licht aus dem Küchenbereich herein. Ich ging darauf zu, schob die Tür einen Spalt auf und sah hinein. Alles, was mir entgegenkam, war ein grimmiger Blick eines Kochs, der aussah, als käme er eher aus Alvesund als aus Athen. Ein hektischer Kellner, der verstohlen einen Zug von seiner Zigarette nahm, sah auch nicht besonders liebenswürdig aus. Also erforschte ich das Territorium nicht weiter.

Die Damentoilette zu besuchen, erschien mir unklug. Stattdessen nahm ich an einem der Tische Platz. Nach fünf Minuten durfte ich einen Salat mit Schafskäse bestellen, eine halbe Karaffe Retsina und eine Tasse Kaffee. «Alles auf einmal?», fragte der Kellner und zog die Augenbrauen hoch.

«Hektische Zeiten», murmelte ich. «Haben Sie auch einen Ouzo zum Kaffee?»

Während ich auf das Essen wartete, betrachtete ich das einzige Gesicht im Raum, das mir bekannt vorkam. Aus irgendeinem Grund brachte ich ihn mit dem Warenhaus in Verbindung, ohne ihn genau einordnen zu können. Er war ein ausgesprochener Schwätzer, und die Blondine schien zu den Stillen, aber Taktvollen zu gehören. Sie saßen zu weit entfernt, als dass ich hätte hören können, worüber sie sprachen, aber es schien nicht um Kleinigkeiten zu gehen.

Erst als sie ungefähr eine halbe Stunde später aufstanden, um zu gehen, erkannte ich sie wieder – an ihrem Gang. Und jetzt wusste ich auch, an wen sie mich erinnert hatte: Kim Novak in «Vertigo», die mit der Haarfarbe auch die Persönlichkeit wechselte.

Sie kamen direkt an meinem Tisch vorbei, aber ohne mich auch nur eines schiefen Blickes zu würdigen. Mir kam der Gedanke, dass ich vielleicht den Schlüssel zum Geheimnis meines eigenen Berufes gefunden hatte: es gibt nichts Anonymeres als Weihnachtsmänner.

Ich ließ den Rest Kaffee stehen, leerte das Ouzoglas, bezahlte schnell und war binnen zwei Minuten auf der Straße. Aber es war trotzdem zu spät. Sie waren schon verschwunden, und auf dem Bürgersteig gingen Fußspuren in alle Himmelsrichtungen. Ich lief zur nächsten Hausecke, sah mich vergeblich um, rannte in die entgegengesetzte Richtung, mit dem gleichen niederschmetternden Ergebnis, bevor ich einsah, dass die Beute entkommen war. Ich hatte keine Ahnung, wohin sie gegangen waren. Was sie dort vor hatten, daran mochte ich gar nicht denken.

In den darauf folgenden Tagen betrachtete ich sie mit noch größerer Neugier als vorher. Ihrem Geheimnis kam ich nicht näher als bis zu der Feststellung, dass sie wahrscheinlich zu der

Sorte von Frauen gehörte, die meinte, die eine Haarfarbe passe zu Geschenktresen, eine andere zu dunklen kleinen Restaurants.

Den Mann mit dem Babygesicht sah ich auch wieder. Er kam mehrmals täglich an mir vorbei, mit einem Gesichtsausdruck, als gehöre er dorthin. Aber er würdigte die Frau hinter dem Tresen keines Blickes.

Das machte mich wirklich misstrauisch. Natürlich konnte es sein, dass er sie auch nicht wieder erkannte. Aber sie nicht anzusehen, die sonst die Aufmerksamkeit aller auf sich zog, war auf jeden Fall auffällig – so auffällig, dass ich ein paar Tage später, als ich ihn in der Personalkantine beobachtete, einen der fest Angestellten, einen Verkäufer aus der Herrenausstattung direkt fragte, wer er sei.

«Oh, das da . . . Das ist Pedersen, er ist hier Dekorateur.»

«Vorname?»

«Äh, Gerhard, glaube ich.»

Einen Tag vor Heiligabend war ihr Tresen plötzlich leer. Der Personalchef mit dem spärlichen Haar ging nervös auf und ab und sah auf die Uhr. Ärgerlich kam er zu mir. «Und dann gerade heute! Am besten Tag von allen. Ich werde eine der anderen Damen hierher stellen müssen.»

«Ist sie krank?»

Er zuckte heftig mit den Achseln. «Keine Ahnung. Sie hat sich nicht einmal abgemeldet!»

Kurz darauf kehrte er mit einer Reservedame zurück, einer runden, üppigen Blondine, ein freigiebiges Symbol für die fröhliche Verschwendung des Weihnachtsgeschäfts. Aber kurz darauf kam der Personalchef wieder, weil die Blondine ihn gerufen hatte.

Aus der Distanz konnte ich sehen, dass sie große Probleme mit den Preisschildern hatten. Der Personalchef studierte ein Schild nach dem anderen und überprüfte die Preisliste, die die Blondine mitgebracht hatte. Kopfschüttelnd ging er kurz weg und brachte neue Listen mit. Das Ergebnis war offensichtlich dasselbe. Jetzt machte er ein paar resignierte Armübungen, als versuche er verzweifelt, sich die nicht vorhandenen Haare zu raufen.

Vorsichtig hob ich ein kleines Mädchen von meinem Knie, stapfte auf ihn zu und fragte, was los sei.

Er starrte mich aus weit aufgerissenen Augen an. «Die Frau, die hier bedient hat – an dem Tresen hier . . .»

«Ja?»

«Es ist fürchterlich. Sie war nur als Aushilfe für das Weihnachtsgeschäft angestellt. Und als ich jetzt die Preise der Waren hier überprüfe, sind plötzlich alle zu hoch – fünfzig bis hundert Kronen über Preis. Sie muss sich Tausende von Kronen erschwindelt haben in den letzten zwei Wochen! Ich fasse es einfach nicht – eine gewöhnliche Weihnachtsaushilfe . . . Das kann sie unmöglich allein gemacht haben.»

«Nein, Preisschilder sind doch irgendwie kodiert, oder?»

«Genau. Also muss ihr jemand geholfen haben, der – ja, der das System kannte.»

«Wenn ich Sie wäre, würde ich mal ein paar Worte mit Gerhard Pedersen wechseln.»

«Dem Dekorateur? Aber warum . . . Sie meinen doch nicht etwa . . .»

«Jedenfalls war er letztens mit ihr essen. Und mehrere Tage danach kam er in regelmäßigen Abständen vorbei, ohne sie auch nur einmal anzusehen . . .»

«Auffällig!»

«Das habe ich auch gesagt – zu mir selbst. Ich schlage vor, wir gehen sofort hin und reden mit ihm.»

«Wir? Ihr Platz ist hier, Veum. Sehen Sie mal, da stehen schon fünfzehn Kinder Schlange.»

Und dann saß ich wieder da, und eine scheinbar endlose Reihe von kleinen Kindern landete auf meinem Knie, unterwegs zur großen Bescherung am nächsten Tag.

Ein paar Stunden später wurde ich ins Büro des Personalchefs gerufen, wo mich ein freudestrahlender Polizeimeister Ellingsen erwartete – nicht weil ich ihnen den Tipp mit Gerhard Pedersen gegeben hatte, sondern wegen meiner Verkleidung. «Endlich hat jemand diesen Mann auf den richtigen Platz verwiesen», schmunzelte er. «Vibeke wird sich krank lachen, wenn ich ihr das erzähle.»

«Erzähl es ihr, wenn ihr im Bett seid», sagte ich. «Andere Freuden hat sie sicher um die Tageszeit nicht.»

«Und du?», zischte er. «Wieso weißt du so genau, mit wem diese Frau essen geht?»

«Na ja . . . reiner Zufall», murmelte ich und kratzte mir den falschen Bart.

Er sah mich misstrauisch an. «Na . . . Wir haben den Mann hier im Nachbarbüro. Also los.»

Es war ganz einfach. Gerhard Pedersen platzte wie eine Weihnachtsbaumkugel, die auf einen harten Holzboden fällt, als ich ihn ohne eine Sekunde zu zögern als denjenigen identifizierte, den ich mit der verschwundenen Aushilfe in dem griechischen Restaurant gesehen hatte, und gab alles zu.

Der Personalchef begleitete mich hinaus und versprach mir eine besondere Weihnachtszulage als Dank für meine Hilfe. Außerdem versicherte er mir, dass ich den Job als Weihnachtsmann auch im nächsten Jahr haben könnte, falls ich interessiert sei. Ich bedankte mich für das Angebot und zog mich eilig zurück. Ich brauchte keine weiteren Bissigkeiten von Ellingsen, und beinahe hätte ich vergessen, den Weihnachtsmannmantel wegzuhängen, bevor ich ging. Auf der Straße verstand ich nicht, warum so viele Kinder schreiend hinter mir her liefen. Erst als ich im Büro ankam, entdeckte ich, dass ich die Weihnachtsmannmütze und den Bart nicht abgenommen hatte.

Heiligabend feierte ich allein. Ich hatte zwei Geschenke für mich gekauft: ein Buch, dessen Einband mir gefiel und eine Flasche, deren Inhalt mir gefiel. Von Thomas bekam ich eine CD mit Rocksängern mittleren Alters, die längst passé waren. Ich war nicht sicher, ob ich mich geschmeichelt fühlen sollte oder eher das Gegenteil.

Ellingsen rief mich am ersten Arbeitstag zwischen den Jahren an, aber nicht, um von Vibeke zu grüßen. – Am Abend des zweiten Weihnachtstages war die Frau vom Geschenktresen auf dem Flughafen Flesland verhaftet worden. Sie hatte ein Ticket für die Kanarischen Inseln, kam aber nicht weiter als in den Käfig. Dort hatte ihr Partner schon seine ersten Triller gepfiffen, aber es würde lange dauern, bis sie wieder im Duett sangen – vor Gericht.

Ich hatte das Licht im Büro gelöscht. Draußen zündeten Mütter die vielen Lichter an. Das Fløienfjell lag wie ein gefällter Weihnachtsbaum da, an dem die Lichter noch brannten. Und darüber: der Sternenhimmel. Ich hielt die leere Aquavitflasche hoch und betrachtete die Sterne durch ihr Glas. Sie erinnerten mich an alten Tand, an die Krümel aus einer umgestülpten Manteltasche.

Ich dachte an Schneewittchen und Kim Novak und all die anderen Frauen, die unten auf dem Bürgersteig vorbei gegangen waren, ohne viel mehr als eine Fußspur zu hinterlassen.

Im Radio sang ein Kinderchor «Vom Himmel hoch . . .». Ich stellte die leere Flasche ab und schaltete es aus.

Der letzte Bøschen

Sie kam im Herbst zu mir, und es war, als würde der Herbst persönlich sie in mein Büro begleiten.

Es war einer dieser klaren Tage im Oktober, an denen einem der Himmel wie eine große, klare Glasplatte vorkommt, an die die Sonne ihre bleiche Wange schmiegt, ohne sie durchdringen zu können. Die Windstöße fuhren über den Byfjord, als würden sie mit einer frisch geschliffenen Axt die ersten kalten Winterspäne für uns knacken.

Sie war zwischen fünfundfünfzig und sechzig Jahre alt, gut gepflegt wie ein Oldtimer und mit einer Frisur, die Greta Garbo gestanden hätte. Ihr dunkelblondes Haar zeigte gerade so viel Grau, dass es kleidsam war, und ihr Gesicht eine Art vornehmer Distanz, die zu der Aura von Kälte beitrug, die sie umgab. Sie war diskret elegant gekleidet, überwiegend in Grau, und auch in ihrem hochgestochenen Bergenser Tonfall war nicht viel Wärme, als sie sich mit einem gnädigen Nicken vorstellte. «Jasmin Henrichsen.»

Ich war um den Schreibtisch gekommen und streckte ihr meine Hand entgegen. «Varg Veum.»

Sie sah mit einem Gesichtsausdruck auf meine Hand, als fürchtete sie, ich würde sie mit einem Judogriff auf den Schreibtisch zwingen und die Vergewaltigung vollziehen, noch bevor sie meine Steuererklärung überprüft hatte. «Es geht um meinen

Chef», sagte sie, als würde das ein Händeschütteln überflüssig machen. «William Bøschen.»

«Aha?», murmelte ich und steckte meine Hand in die Tasche, damit sie sich nicht so übergangen fühlte.

«Den letzten Bøschen», fügte sie hinzu, als würde das die Sache besser machen.

«Möchten Sie sich setzen?», fragte ich, nickte zum Klientenstuhl und brachte mich selbst wieder hinter dem Schreibtisch in Sicherheit.

Sie setzte sich vorn auf die Stuhlkante, die Knie artig geschlossen, die Beine delikat diagonal gedreht und mit einem spitzen kleinen Lächeln um die Lippen.

«Was meinten Sie mit – der letzte?»

«Er *ist* der letzte», sagte sie nachdrücklich. «Der letzte Zweig am Stamm. Bøschen & Co., eine der ältesten und renommiertesten Firmen der Stadt. Sie kennen sie doch?»

«Ach, *der* Bøschen», sagte ich und blätterte fieberhaft in meinem inneren Adelskalender. «Aber was führt Sie –»

«Ich bin seine Privatsekretärin», übertönte sie mich. «Ich war es, all die Jahre. Aber jetzt – jetzt ist er nicht mehr da.»

«Nicht mehr da? Sie meinen . . .»

«Nein, Gott – das hoffe ich doch wohl wirklich nicht! So meinte ich es nicht . . .»

«Sondern?»

«Das Problem ist nur . . . Ich kann ihn nicht finden. Er ist nicht zuhause – nirgends. Im Büro war er nicht seit Anfang letzter Woche. Hildegunn weiß auch nicht, wo er ist.»

«Hildegunn?»

«Seine Tochter!»

«Also ist er doch nicht der letzte?»

Sie sah mich abschätzend an. «In der männlichen Abfolge ist er der letzte. Mädchen werden nicht mitgerechnet.»

Auf meiner Zungenspitze wippte eine Frage, aber ich schluckte sie hinunter mit einem kleinen: «Ach so . . .»

«Und morgen ist Generalversammlung.»

«Ist das wichtig?»

«Wichtig? Es könnte die wichtigste Generalversammlung in der 50-jährigen Geschichte der Firma werden. Ja, Freihow hofft natürlich, dass William nicht kommt.»

«Freihow?»

«Sein Schwiegersohn! Der Mann von Hildegunn . . .»

«Einen Moment mal. Lassen Sie mich das mal klar stellen. Wie viele Kinder gibt es?»

«Es gibt nur Hildegunn. Ich habe doch gesagt, dass er der letzte ist. Denn sie hat natürlich den Namen Freihow angenommen.»

«Keine Ehefrau?»

«William?»

«Ja?»

«Das war Ruth, aber William ist schon seit – fast zehn Jahren Witwer. – Also mehr gibt es nicht. Nur sie.»

«Dann habe ich den Überblick. Und was ist nun mit dieser Generalversammlung?»

«Also, jetzt werde ich Ihnen mal . . . Es geht nämlich um eine Kursänderung – so total, dass die Firma Bøschen & Co. nie wieder dieselbe sein wird.»

«Was wollen Sie damit sagen?»

«Es wird von Fusion geredet. So nennen sie es jedenfalls. Aber ich weiß, dass von viel mehr die Rede ist – wenn Sie mich fragen, totale Unterordnung.»

«Das klingt ja fast nach etwas – Unanständigem.»

«Es ist unanständig. Bøschen & Co. wird von einem internationalen Konzern übernommen, der binnen kurzem Rationalisierungen, Stilllegung unrentabler Abteilungen fordern wird. Der Betrieb in Florø, ja vielleicht sogar das Büro in Kristiansund, alles ist in Gefahr. Jetzt, wo es die Ausländer übernehmen.»

«Die Ausländer?»

«Ja. Sie nennen sich ja Schweden, aber ich kann Briefköpfe lesen, und ich weiß, wo das Zentralbüro liegt. In London, mit

Konto in Genf und einem Vorstandsvorsitzenden aus den arabischen Emiraten. Wir haben *Business Weekly* abonniert im Büro, und ich kann *lesen*!»

«Das bezweifle ich nicht. Aber dieser Schwiegersohn, entscheidet er, wenn Bøschen selbst nicht da ist?»

Sie nickte gnädig, als hätte ich endlich begriffen, worum es eigentlich ging. «Genau das ist der Punkt. Die Aktien sind auf sehr wenige verteilt. Was ich Generalversammlung nenne, setzt sich aus drei Personen zusammen – und mir natürlich, als Sitzungssekretärin.»

«Und die drei sind . . .»

«Bøschen selbst, der einundfünfzig Prozent der Aktien hält, Hildegunn mit fünfunddreißig Prozent und der junge Freihow mit seinen vierzehn. Aber Hildegunn stimmt natürlich mit ihrem Mann. Sie gehört schließlich – in die neue Zeit.»

«Aber was ist eigentlich das Problem? Ein solches Familienunternehmen . . . Sie können doch sicher einfach mit der Generalversammlung warten, bis Bøschen wieder auftaucht, oder?»

Sie schaute mich an, als sei ich geistig minderbemittelt. «Aber verstehen Sie denn gar nichts? Morgen müssen die Ausländer doch Bescheid wissen! Wenn nicht, gibt es keine Fusion. Und wenn William nicht anwesend ist und mit Nein stimmt, dann . . . Es würde mich nicht wundern, wenn sie ihn entführt hätten!»

«Die Ausländer?»

«Ja – oder . . .» Sie räusperte sich, ohne den Satz weiterzuspinnen.

Ich versuchte, meinen Blick von ihr zum Fenster und auf Vågen gleiten zu lassen. «Nun befinden wir uns ja nicht in Denver, Colorado. Noch nicht ganz.»

Ihre wohlgepuderten Wangen hatten sich einen Hauch gerötet. «Seien Sie sich da mal nicht so sicher! Nun, was ist? Können Sie ihn finden – bis morgen?»

«Ich werde es natürlich versuchen. Aber dann brauche ich . . .»

«Natürlich brauchen Sie das.» Sie öffnete ihre Handtasche und zog ein Scheckheft heraus. «Wie viel verlangen Sie?»

«Das natürlich auch. Aber ich meinte ... Ich brauche mehr Informationen, persönlicher Art. Wenn ich ihn finden soll, muss ich seine Gewohnheiten kennen.»

«Er hat keine Gewohnheiten», sagte Jasmin Henrichsen streng.

«Keine Gewohnheiten? Was meinen Sie damit?»

«Ich meine – Laster. William ist ein Ehrenmann, in jeder Hinsicht. Er hat noch nie einen einzigen Tag im Büro gefehlt, bis jetzt. Das muss etwas ganz Besonderes bedeuten.»

«Wo wohnt er?»

«Da ist er nicht. Ich habe angerufen. Hildegunn hat nachgesehen. Er ist verschwunden.»

«Ich werde wohl auch einmal mit Hildegunn sprechen müssen. Wo wohnt sie?»

«Sie wohnen im selben Haus am Sejersbjerget.» Sie gab mir die genaue Adresse. Dann beugte sie sich nach vorn, kniff das eine Auge halb zusammen und starrte mich mit dem anderen an. «Und Veum ...»

«Ja?»

«Fühlen Sie ihr mal tüchtig auf den Zahn! Tüchtig! Das wird ihr – gut tun.»

2

Manche meinen, Kalfaret habe seinen Namen nach dem Pfad, den die Kälber auf dem Weg zur Sommerweide im Kalvedalen benutzten. Das ist falsch. Der Name hat eine religiöse Bedeutung und geht auf die Wallfahrtsstätte zurück, den Kalvarienberg, den die Franziskaner von der St. Olavs Kirche im Mittelalter am Berghang hinter dem Kloster Nonneseter anlegten. Auf dem Seiersbjerget hatte Christus seine Aufgabe auf

Erden erfüllt, den Tod besiegt und war zu seinem Aufenthaltsort im Himmel zurückgekehrt, in Erwartung eines passenden Zeitpunktes, um wiederzukehren.

Ob William Bøschen in seine Fußstapfen getreten war, konnte zu diesem Zeitpunkt noch niemand wissen. Die Adresse, die ich von Jasmin Henrichsen bekommen hatte, führte mich zu einer der monumentalen Villen dort oben, erbaut im goldenen Zeitalter des Historismus und verborgen hinter einem wilden Wein, der vor Scham errötete, wenn er daran dachte, wie viele Millionen im Laufe der Jahre vorbeigeflossen waren, ohne mehr zu hinterlassen als ein wenig exquisite Möbelpolitur.

Hildegunn Freihow, geborene Bøschen, empfing mich mit einer Miene, als sei ich gekommen, um den Schornstein zu reinigen.

«Wie war der Name, sagen Sie?»

«Veum. Varg Veum. Ich . . .»

«Wenn Sie wegen der Annonce kommen, dann . . .»

«Welche Annonce?»

«Deswegen also nicht.»

Sie war ein hübsches Mädchen, wenn man Sinn für den anämischen Typ hat, mit heller, durchsichtiger Haut und leichtem frisch geföhntem Haar. Sie trug eine sittsame helle Bluse mit diskreten kleinen Blümchen und einen knielangen, praktischen, hellbraunen Hosenrock. Die späte Herbstsonne ließ ihre vergoldete Haarspange aufleuchten und ich konnte ihren Puls an der Halsschlagader pochen sehen, wie bei einem neu geborenen Katzenjungen. «Was wollen Sie dann?»

«Ich bin gekommen, weil ich mit Ihrem Vater sprechen wollte.»

«Mit Papa? Warum versuchen Sie es nicht im Büro?»

«Da ist er ja nicht. Er ist seit Anfang letzter Woche nicht da gewesen. Sie haben mich gebeten, ihn zu suchen.»

«Sie?», fragte sie kühl. «Wer denn, wenn ich fragen darf?»

«Ich weiß nicht, ob ich . . .»

«Ha!», fiel sie mir ins Wort, mit einer plötzlichen Röte am Hals. «Ich weiß schon, wer es war! Es kann niemand anders sein als das geschäftigte Fräulein Henrichsen.» Fast wie zu sich selbst fügte sie hinzu: «Wenn das Eystein wüsste . . .»

«Eystein?»

«Mein Mann. Er leitet die Firma. Im Büro hat es nichts mehr zu bedeuten, ob Papa da ist oder nicht.»

«Also beunruhigt Sie sein Verschwinden auch nicht?»

«Sein Verschwinden! Da ist nichts . . .»

«Nein?»

«Ich weiß, wo er ist.»

«Ach ja?»

Einen Augenblick blieb sie stehen und sah mich an, als sei ich eine Medizin, die ihr verschrieben worden war, und die zu nehmen sie sich nicht weigern konnte. Dann trat sie ein paar Zentimeter zur Seite, hielt die schwere Eichentür auf und sagte: «Dann kommen Sie lieber herein . . . in die Halle.»

Ich folgte der Einladung. Dort war es natürlich nicht so geräumig wie in der Håkonshalle, aber man hätte trotzdem ein üppiges Bankett abhalten können. An den weiß gekalkten Wänden hingen Teppiche mit mythologischen Motiven nach altnordischem Muster, und über dem Kamin kreuzten zwei Säbel mit goldenem Schaft vor einem Waffenschild mit einem großen B als Mittelachse die Klingen.

Der Boden bestand aus polierten Schieferfliesen, und ich wäre beinahe ausgerutscht, als ich Hildegunn Freihow zu der braunroten Ledersitzgruppe vor dem Kamin folgte. Auf dem flachen Tisch lag eine aktuelle Ausgabe von *Aftenposten*. Die Zeitung war zusammengefaltet und schien eher zur Dekoration als zum Lesen gedacht. In gewisser Weise fühlte ich mich, als würde ich in ein Wartezimmer oder ein Vorzimmer geführt.

Hildegunn Freihow bot mir einen der Sessel an und nahm selbst Platz, nachdem sie vom Kaminregal einen Füllhalter und einen kleinen Notizblock geholt hatte.

Mit trockener Stimme sagte sie: «Wissen Sie . . . Wir hatten

95

einen Streit.» Sie schraubte den Verschluss des Füllhalters ab und schrieb etwas auf den Notizblock. Dann riss sie den Zettel ab und las noch einmal, bevor sie ihn über die Tischplatte in meine Richtung schob. «Hier ist seine Adresse.»

Ich nahm den Zettel und warf einen Blick auf die Adresse. «Aber ich habe es so verstanden, dass er hier wohnt. Im Telefonbuch steht . . .»

«Ja ja, der erste Stock steht immer noch zu seiner Verfügung. Aber in den letzten Jahren hat er sich sozusagen sein eigenes, wie soll ich sagen, heimliches Leben aufgebaut, unten in der Stadt. Er hat diese kleine Wohnung gemietet und mit der Zeit hielt er sich mehr dort auf als hier. Er und Eystein verstehen sich nicht gerade blendend, und die Kinder machen immer Rabatz, wenn er seinen Mittagsschlaf halten will. Sie wissen ja, wie ältere Leute so sind.»

Ich hob den Kopf, um ihr zu zeigen, dass ich zuhörte. «Es wirkt hier so still und ruhig, dass ich mich selbst denken hören kann, und das kommt nicht jeden Tag vor.»

Sie sah mich humorlos an. «Die Kinder sind in der Schule.»

«Und Sie . . . Womit vertreiben Sie sich die Zeit?»

«Das . . .» Einen Augenblick lang schien sie sich doch fürs Schweigen entscheiden zu wollen. Aber dann witterte sie möglicherweise einen potentiellen Kunden, denn sie antwortete mit milderer Stimme: «Ich habe meine eigene kleine Firma hier zu Hause. Import und Verkauf von diversen Einrichtungsartikeln. Deshalb habe ich gefragt . . . Wir hatten gerade eine Annonce in der Zeitung, weil wir einen Vertreter suchen, der mobil ist.»

«Und was sind das für Einrichtungsartikel?»

«Wir haben phantastische Türklingeln, die Schubert spielen, wenn man drauf drückt.»

Ich nickte ermunternd. «Schubert ist auch mein Lieblingskomponist.»

«Und im letzten Jahr haben wir singende Weihnachtskarten ins Programm genommen. Ein amerikanisches Produkt. Wenn man die Karte öffnet, spielt sie Stille Nacht.»

«Ergreifend. Und dafür suchen Sie Leute, die für Sie herumreisen und das Zeug verkaufen?»

Sie sah mich abschätzend an. «Das meiste läuft natürlich über Postorder. Ich packe es eigenhändig ein und bringe es zur Post. Sie können mir glauben, das ist ganz schön harte Arbeit. Jedenfalls während der Saison.»

«Naja, ob ich ... Sie müssen eine der letzten Proletarierinnen sein, wenn ich das richtig ...»

«Seien Sie nicht schnippisch!»

«Aber hör mal, Hildegunn ...»

«Seit wann sind wir per du?»

«Seit gerade eben. Für mich ist das völlig okay.»

Sie räusperte sich dünn. «Für mich nicht.»

«Na gut, also ... Frau Freihow ... Wenn Sie nicht damit beschäftigt sind, Ihre musikalischen Einrichtungsartikel zu verschicken ... haben Sie ein Interesse an der Leitung der alten Firma Ihres Vaters?»

«Nein, das überlasse ich Eystein. Der kennt sich da aus. Ich habe meine eigene Domäne.»

«Ja, das habe ich begriffen. Aber Sie halten einen recht großen Aktienanteil, so weit ich gehört habe.»

«Ja, na und? Sagen Sie, worum geht es hier eigentlich? Hat Fräulein Henrichsen etwa ...»

«Sie sind nicht gerade gut befreundet, was?»

«Weder mit ihr noch mit ihrem Sohn.»

«Ihr Sohn? Ich meine, Sie sagten Fräulein ...»

«Na und? Das gab es damals auch schon, Veum!»

«Schon, aber ...»

«Und Papa hat sie nie anders als Fräulein Henrichsen genannt. Sie und ihr Sohn wohnten nicht weit von hier, in einem kleinen Haus mit Garten, Im Nubbebakken. Ein Garten voll mit rotem Fingerhut. Und der Sohn, Jørgen, ist immer hinter uns her gelaufen und hat uns an den Zöpfen gezogen.»

«Aber warum haben Sie ihr nicht von der Wohnung Ihres Vaters erzählt, als sie hier anrief und so besorgt war?»

«Weil es sie nichts angeht, Veum!»

«Also nicht wegen der Fusion?»

Sie presste die Lippen zusammen und stand auf. «Jetzt rufe ich Eystein an. Sofort.»

Ich stand ebenfalls auf. «Sparen Sie sich die Gebühren. Ich gehe gleich hin und rede selbst mit ihm. Soll ich ihn grüßen?»

Sie ging mit wütenden Bewegungen zur Tür, öffnete sie weit und drehte sich mit hitzigen Rosen auf den Wangen zu mir herum. «Sie können . . .»

«Nein, jetzt weiß ich es», sagte ich, als ich an ihr vorbei ging. «Ich werde ihm Stille Nacht vorsingen. Dann fühlt er sich sofort wie zu Hause.»

3

Doch zuerst fuhr ich zu der Adresse, die sie mir gegeben hatte. Die kleine Wohnung, die William Bøschen sich zugelegt hatte, lag im ersten Stock in einer der Gassen draußen in Skuteviken, dem einzigen Stadtteil, der den großen Brand von 1702 unbeschadet überstanden hatte. Das alte Holzhaus sah aus, als könne es auch noch älter sein, und die Wirtin machte den Eindruck, als sei sie an Land gerobbt, als es einmal heftig aus Nordwesten stürmte. Ihr grau meliertes Haar stand wie eine Wolke um ihren Kopf, und ihr Gesicht hatte etwas Schiefes und Erdverbundenes, das auf hohe Luftfeuchtigkeit in der Gegend schließen ließ. Groß und üppig füllte sie die gesamte Türöffnung aus, ohne Miene zu machen, jemanden vorbeizulassen.

Sie stellte sich mir als Frau Salomonsen vor, aber es war nichts Salomonisches an ihren Urteilen. «Bøschen? Ein alter Trottel! Aber er bezahlt pünktlich und nach was anderem frag ich nich! Worum geht's 'n?»

Ich versuchte, in den dunklen Flur hinter ihr zu schauen. «Ich wollte nur fragen . . . Ist er da?»

«Nee! Er is schon seit so etlichen Tagen nich mehr da gewesen.»

«Tatsächlich? Wann haben Sie ihn denn zuletzt gesehen?»

«Naja, gesehn . . . Meinen Se gesehn oder gehört?»

«Macht das einen Unterschied?»

«Ja, ich kann ja nich rund um die Uhr die Eingangstür bewachen, auch wenn ich's wollte. Ja, ich meine . . . Nich dass ich so neugierig wär, aber . . . Aber hören tun wir uns ja immer, in so alten Häusern, deshalb hab ich lieber, ähem, ältere Mieter.» Eine dunkle Glut erfüllte ihren Blick. «Es war zu viel – Leben mit diesen Studenten.» Sie beugte sich vertraulich näher und dämpfte die Stimme. «Ab und zu . . . ich machs fast nich sagen . . . Ab und zu ham se die ganze Nacht durchgehalten.»

«Diese Jugend . . .»

«Und Mensch ärger dich nich ham se bestimmt nich gespielt!»

«Kleiderpoker vielleicht . . .»

«Nun wer'n Se man nich frech, junger Mann! Aber der alte Bøschen, der is mehr vonner stillen Sorte einer. Sitzt da oben und blättert in seinen Finanzmagazinen, guckt sich Fotos aus alten Zeiten an, un wenner ein drauf machen will, dann macht er'n Puzzle. Ja, wissense, ich hör, wenn er die Teile festdrückt.» Jetzt war sie so nah, dass ich den Lakritzgeruch aus ihrem Mund wahrnahm.

«Es muss wirklich sehr hellhörig sein, ja. Aber wie lange ist es her, dass Sie ihn gehört haben?»

«Naja, wennse so fragen, dann isses wohl'n paar Tage her. Wissense, er wohnt hier ja nich chronisch. Er hat ja'n anderes Zuhause. Er hat mir anvertraut, dasser sich mit seim Schwiegersohn nich so gut verträgt. Un die Tochter, die scheint auch'n ganz schöner Troll zu sein. Ne richtige Gewitterhexe.» Plötzlich sah sie nachdenklich aus. «Ich frag mich eigentlich, ob's nich genau der Tag war, wo er sein' Schwiegersohn zu Besuch hatte.»

«Den Schwiegersohn? War das das letzte Mal, dass Sie ihn gehört haben? Wollen Sie das damit sagen?»

«Wolln? Das isses, was ich sage, Mann!» Sie sah mich ärgerlich an und fügte dann hinzu: «Doch, ich bin ziemlich sicher. Erst kam Pølsen und dann der Schwiegersohn.»

«Pølsen?»

«Ja, so wird er genannt. Das is'n alter Penner. Das ganze Sommerhalbjahr wohnter in soner Art Hütte oben in Munkebotn. Er und Bøschen sin wohl mal zusamm zur Schule gegangen. Bøschen hat mir'n altes Foto gezeigt, altes Klassenfoto . . .»

«Und dieser Pølsen . . .»

«Na, er heißt natürlich Paulsen, eigentlich.»

«Er war am selben Tag hier wie der Schwiegersohn?»

Plötzlich veränderte sich ihre Miene. Als würde sie ein unwiderrufliches Urteil fällen, sagte sie: «Ostnorweger . . . Könn mir glauben, die kenn ich. Hab so einige von diesen Handelshochschulstudenten hier oben bei mir wohn gehabt all die Jahre, und eins sach ich Ihn', es ist verdammich nochmal kein Wunner, dasses mitte Wirtschaft in diesm Land den Bach runter geht, wenn diese da bestimmen sollen.»

«Tja, das . . . Aber hören Sie . . . Wo es hier doch so hellhörig ist . . . Ich meine . . . Sie können doch sicher nicht verhindern, dass Sie hören, worüber geredet wird, oder?»

Sie sah mich verägert an. «Ich bin nich so eine, die lauscht!»

Schnell sagte ich: «Nein, nein, das weiß ich doch. Deshalb sag ich ja . . . Es war wohl nicht zu vermeiden, oder?»

«Naja, wenn Se's so ausdrücken, dann . . . Pølsen und er, di ham nur gesessen un gemurmelt, wie immer halt. Das war nich leicht mitzukriegen. Ich mein, zu überhörn. Se ham ein Bier getrunken, mehr nich, un über alte Zeiten geplaudert.»

«Und Freihow?»

«Genau, so hießer, ja!» Sie lächelte bissig. «Ja, da war mehr Leben inne Bude, das kannich Ihn sagen.»

«Ja?»

«Da ham die Wände gewackelt.»

«Und worüber haben sie gesprochen?»

«Na ja, wissense, das war ne Menge Geschäftsgerede – von so was versteh ich nix. Aber ich hab immerhin mitgekriegt, dass se sich nich einig warn, weil am Ende wurd's ziemlich laut. ‹Ich stimme mit Nein!›, hab ich Bøschen rufen gehört. ‹Das versuch nur!›, brüllte der Freihow. Und am Ende isser gegangen. Und dann wurde's still.»

Ich konnte fast zusehen, wie ein Gedanke in ihr aufstieg wie eine Gewitterwolke am Horizont. «Ganz still.»

Mein Mund wurde plötzlich trocken. «Und danach haben Sie keinen Laut mehr von ihm gehört?»

«Nein», sagte sie mit bekümmerter Miene.

«Sagen Sie, Frau Salomonsen, haben Sie einen Schlüssel für die Wohnung?»

«Natürlich. Fürn Notfall . . . Sie mein'n doch nicht, dass . . .»

Ich nickte ernst. «Doch, ich glaube, es könnte angebracht sein, dass wir nachsehen.»

Langsam, als sei es eigentlich ganz gegen ihre Natur, trat sie zur Seite und ließ mich allein.

«Wartense hier», sagte sie. «Dann geh ich ihn hol'n.»

Sie ging durch eine offene, grüne Tür und schloss sie heftig hinter sich. Links von mir führte eine schmale braune Treppe in den ersten Stock. Eine einfache Glühbirne in einer einfachen Fassung war die einzige Lichtquelle in dem engen Treppenflur, der nicht viel mehr war als ein Windfang.

Aus Frau Salomonsens Wohnung duftete es nach dünnem Kaffee. Der einzige andere Geruch, den ich identifizieren konnte, war der nach altem Holz, versiegelt unter mehreren Schichten Farbe.

Dann kam Frau Salomonsen zurück, und ich musste ein Stück auf die Treppe steigen, um ihr Platz zu machen. Sie hielt einen relativ frisch gefeilten Sicherheitsschlüssel in der Hand. «Dann kommse ma mit.»

Ich folgte ihr die Treppe hinauf. Schon auf halber Höhe begann das Dach sich zu neigen, und als wir oben ankamen, musste ich mich ducken, um nicht an die Decke zu stoßen.

Durch eine offene Dachluke fiel das Licht schräg auf den engen Treppenabsatz. Eine schmale Hühnerleiter führte auf einen offenen Dachboden, aus dem etwas, das an alte Segeltuchrollen erinnerte, hervorragte.

Keiner von uns sprach ein Wort.

Frau Salomonsen klopfte sicherheitshalber an die braune Tür, aber als niemand antwortete, nickte sie mir zu, steckte den Schlüssel ins Schloss und öffnete.

«Es is wohl am besten, wenn ich . . .», murmelte sie und ging zuerst hinein.

Ich folgte dicht hinter ihr.

Der Raum war einfach möbliert, aber nicht ohne Stil. Der große Ledersessel wirkte sehr bequem, und den kleinen Couchtisch hatte William Bøschen mit ziemlicher Sicherheit selbst ins Haus gebracht. Das Schlafsofa in der einen Ecke hatte allerdings offensichtlich die Studenten überlebt, dasselbe galt für den dunkelbraunen, abgenutzten Sekretär an der gegenüberliegenden Wand. Auf dem Couchtisch lag, wie Frau Salomonsen ganz richtig beobachtet hatte, ein Stapel Finanzzeitschriften, einige Fotoalben und ein paar Zeitungen. Eine Wand war mit einem großen Druck des Segelschiffs «Statsraad Lehmkuhl», dem Stolz der Stadt Bergen, in vergoldetem Rahmen geschmückt. In einer Ecke gab es eine Art Waschbecken und einen Tisch mit einer Plastikdecke, der wohl als Küchenzeile fungierte und auf dem ein kleiner Herd und eine Kaffeemaschine standen.

«Gott sei Dank!», sagte Frau Salomonsen. «Kein Mensch, nich mal ne Leiche.»

Ich nickte zur Tür an der gegenüberliegenden Wand. «Wohin geht es da?»

«Zur Hintertreppe und zur Toilette.»

Ich ging an ihr vorbei. Die Tür war verschlossen, aber der Schlüssel steckte. Ich schloss auf und streckte den Kopf auf die dunkle Hintertreppe. Links führte eine unverschlossene Tür zu einem Wasserklosett, das nicht aussah, als sei es mehrere hundert Jahre alt, was Frau Salomonsen hinter meinem Rücken bestätigte. «Is grad vier Jahre her, dass wir die alten Sachen ausgewechselt haben.»

Wir gingen in die Wohnung zurück. Ich öffnete ein paar Türen des Sekretärs. Darin lag nicht viel. Ein Hemd zum Wechseln, einige Paar Strümpfe, die meisten grau, und etwas Unterwäsche.

«Is kein Platz für jemand in den Schränken da», murmelte die Wirtin hinter mir.

Auf einem Regal standen eine Flasche Martell und zwei Gläser.

In einer Schublade fand ich ein paar Pillengläser. Eines davon erregte mein Interesse. Digitalis.

Ich drehte mich zu Frau Salomonsen um. «Sagen Sie . . . Hatte er ein schwaches Herz?»

«Nich dass ich wüsste. Mir hatter nix gesagt.»

«Aha.» Ich nickte zu den zwei Fotoalben. «Stammte das Bild, das er Ihnen gezeigt hat, aus einem von denen?»

«Ja.» Sie griff nach dem oberen. «Es muss ja im ältesten gewesen sein.» Sie blätterte es schnell durch. «Oder ob das doch nich . . . Hier! Hier ham Se's.»

Sie reichte mir das Album, während sie das Bild kommentierte. «Meine Herren, was für ne Versammlung stattlicher Kerle. Seh'n aus, als wär'n se alle schon Mitglieder im Reederverband, die ganze Bande. Und die Lehrerin da . . . Fahnenjunker, nannten se se – hat er mir erzählt. Ja, fragen Se mich nich wieso!»

Ich betrachtete die hellbraune Fotografie. Die jungen Männer machten tatsächlich alle sehr feierliche Gesichter. Die vorderen saßen auf einer langen, schmalen Bank, die wohl aus einer Turnhalle stammte, und die hinteren standen bestimmt auf einer solchen Bank, so weit überragten sie die mittlere Reihe. Die Lehrerin mit einer Haltung wie eine Fahnenstange, einem straffen, schmalen Gesicht und engstehenden Augen, hatte sich ganz rechts aufgestellt.

«Welcher davon ist Bøschen?», fragte ich.

Frau Salomonsen zeigte auf einen selbstzufriedenen jungen Mann in der mittleren Reihe, mit runden Wangen. «Der da.»

«Und Paulsen?»

Sie zeigte auf einen der hinteren. «Der da. Wer sich keine feinen Klamotten leisten konnte, wurde nach hinten gestellt, hat Bøschen erzählt. Man kann's fast auch an seim Gesicht sehn. Mager und mucksch, oder nich?»

Ich nickte. Auf sein Gesicht stand in Großbuchstaben armer Schlucker geschrieben. «Wo in Munkebotn ist diese Obdachlosenhütte?»

«Was weiß'n ich?»

«Es ist wohl eine von denen an der Abkürzung zum Skytterveien.»

«Kann mich wirklich nich erinnern, ne Einladung gekriegt zu ham.»

Ich legte das Album wieder weg und warf einen letzten Blick durch den Raum. Es gab nichts besonders Auffälliges hier. Es war ein kleiner Verschlag im Leben eines alten Mannes, ein Freiraum ohne Kinder und Enkelkinder. Aber nicht einmal hier war er seinem Schwiegersohn und den Forderungen der neuen Zeit nach Fusionen entkommen.

Frau Salomonsen schloss hinter uns ab und begleitete mich bis auf die Straße, als wolle sie sicher gehen, dass ich nichts hatte mitgehen lassen.

4

Die Firma Bøschen & Co. befand sich in der C. Sundsgate mit Aussicht auf Vågen. In früheren Zeiten mochte Bøschen selbst am Fenster in seinem schnupftabakbraunen Büro gestanden, umgeben von Schiffsmodellen in Glasvitrinen, und den Mastenwald auf Vågen betrachtet haben. Jetzt war die Aussicht reduziert auf ein mennigefarbenes Versorgungsschiff und zwei graue NATO-Kriegsschiffe auf Krönungsfahrt entlang der Küste.

Die Inneneinrichtung war weiß, die Decke abgesenkt, so dass sie einem direkt über dem Scheitel hing, und mit viereckigen Lichtquellen versehen, wie in jeder anderen x-beliebigen Werbeagentur auch, und die einzigen Modelle im Raum waren solche, die man in einem der Modegeschäfte kaufen konnte, die noch nicht Konkurs gegangen waren.

Eystein Freihow war ein dunkelblonder Mann Mitte dreißig und trug einen eleganten grauen Anzug in italienischem Schnitt und einen Schlips, in dem man sich spiegeln konnte. Er empfing mich mit einem Gesichtsausdruck, als wolle er mir die ganze Welt und das halbe Sandviken verkaufen, aber als er meinen Namen hörte, erlebte die Landschaft eine Sonnenfinsternis. Resolut wies er mich in sein Büro. Jasmin Henrichsen folgte uns mit einem langen Blick von ihrem Platz hinter einem der zwei Schreibtische im Vorzimmer aus.

«Ich hatte Sie früher erwartet, Veum. Hildeg . . . Meine Frau hat mich angerufen, gleich nachdem Sie gegangen waren.»

«Ich hatte vorher noch etwas anderes zu erledigen», sagte ich und sah mich um. Das Büro machte einen genauso effektiven und makellosen Eindruck wie Freihow selbst. An den Wänden hingen Gemälde in klassischem, figurativem Stil, hauptsächlich Küstenlandschaften. Der Schreibtisch war groß und blank poliert, mit ordentlichen Papierstapeln und ein paar offenen Aktenordnern vor seinem Stuhl. Links stand ein neumodisches Telefon mit einem Menü an elektronischen Wahlmöglichkeiten, manche offensichtlich in Funktion, den blinkenden Lämpchen nach zu urteilen. Rechts stand ein PC mit einem farbensprühenden Bildschirmschoner: ein Feuerwerk für Herrn Freihow, wenn er nichts anderes zu tun hatte.

Den anderen Teil des Raumes füllte eine tiefe Ledersitzgarnitur, in der man zweifellos schwer wiegende Beschlüsse fassen konnte, mit oder ohne Zigarre. Allerdings war die Schachtel der allerbesten Sorte mitten auf dem dunkelbraunen Couchtisch nicht zu übersehen.

«Und ich weiß nicht, ob es mir gefällt, was ich gehört habe», fuhr Freihow fort.

«Von Ihrer Frau?», fragte ich leichthin und setzte mich unaufgefordert auf einen hohen Sessel mit breiten Armlehnen.

Er nickte kurz.

«Sind Sie nicht daran interessiert, dass Ihr Schwiegervater wieder auftaucht?»

«Ich mag es nicht, wenn meine Angestellten hinter meinem Rücken agieren. Fräulein Henrichsen . . .»

«Ich habe Fräulein Henrichsen niemals erwähnt. Das hat Hildeg- . . . Ihre Frau getan.»

Er sah mich scharf an. «Worauf wollen Sie eigentlich hinaus?»

Ich ließ meinen Blick durch den Raum wandern und zögerte mit der Antwort. «Schönes Büro haben Sie hier, Freihow. Vielleicht ein wenig groß insgesamt, für so einen jungen Mann.»

Freihow bewegte sich unruhig. «Kommen Sie zur Sache!»

«War das hier nicht Bøschens Büro?»

«Es war das von Direktor Bøschen, ja. Aber jetzt ist von der ehemaligen Größe nur noch der Name übrig. Wenn nicht neue Kräfte – rechtzeitig – übernommen hätten, dann wäre die Gesellschaft längst bankrott.»

«Er kam aber doch immer noch ins Büro, oder nicht?»

«Doch doch. Er hat ein Büro bekommen, das sowieso leer stand, nach der letzten Einsparungsmaßnahme. Doch, schön renoviert, so ist es nicht.»

Ich betrachtete ihn nachdenklich, wie ein Börsenbevollmächtigter einen anderen. «Aber er hält noch immer die Aktienmehrheit, so weit ich es verstanden habe.»

«Sie sind offenbar gut informiert.»

«Aber wo ist er, Freihow, können Sie mir das sagen?»

«Ich? Wieso sollte ich . . . Er wird wohl in seiner Wohnung sein.»

«Nein, da bin ich gewesen.»

«So?»

«Sie waren auch da, habe ich gehört.»

Sein Blick flackerte eine Sekunde, dann hielt er sich wieder an meinem fest. «Ja und? Ein kleiner Höflichkeitsbesuch bei Schwiegervater», fügte er hinzu, aber nicht ohne Ironie in der Stimme.

«Sie waren nicht gerade die besten Kumpel, stimmt's?»

«Nein, Kumpel, wir . . . Ich habe versucht, ihm ins Gewissen zu reden.»

«Ach ja?»

«Wir hatten – Unstimmigkeiten.» Sein Blick wanderte zum Fenster, von wo aus ein starkes Motorengeräusch verriet, dass eines der Schnellboote von Sundhordaland gerade am Skolte-grunnskaien vorbeifuhr. «Es ging um die neuen Pläne für die Gesellschaft. Er hatte gesagt, er sei dagegen. Hildegunn und ich waren dafür. Es endete damit, dass er von zu Hause ver-schwand, wutentbrannt.»

«Aha!»

Das Schnellboot hatte nur weißen Schaum hinterlassen, das Motorengeräusch wurde schnell schwächer, und Freihows Blick kehrte in den Raum zurück. «Und im Büro zeigte er sich auch nicht, zum ersten Mal in der Geschichte. Ich ließ ein paar Tage verstreichen, aber ich konnte es auch nicht einfach so ste-hen lassen. Sollte er auf der Generalversammlung auftauchen und dagegen stimmen . . .»

«Sollte er auftauchen? Sie erwarten ihn also nicht?»

«Ich meinte . . . ohne dass wir vorher miteinander geredet und uns geeinigt hatten.»

«Und das hatten Sie nicht?»

«Nein. Das hatten wir nicht.»

Ich betrachtete sein glattes, hübsch poliertes Gesicht. Er er-innerte schwach an eine Schaufensterpuppe, abgesehen von den etwas zu rundlichen Wangen und der Andeutung eines Doppel-kinns, die verrieten, dass er mehr von seiner Zeit auf dem

Tennisplatz oder an einem entsprechenden Ort verbringen sollte, als er es tat. «Ihretwegen kann er also ebenso gut wegbleiben?»

Er wurde sofort rot. «Das habe ich nicht gesagt. Aber er muss begreifen ... Sie müssen verstehen ... Es ist eine neue Zeit, Veum. Eine neue Zeit!»

«Ich weiß, danke. So weit ich es beobachten kann, haben nicht gerade wenige so genannte renommierte Firmen in den letzten Jahren den Piloten gewechselt, um dann im Weltraum zu verschwinden wie Mondraketen und nie mehr zurück zu kehren.»

«Ach ja?», sagte Freihow säuerlich.

«Oh, ja! Man sieht sie überall, die Geschäfte mit großen Plakaten an den Fenstern: Zu vermieten, steht da. Und die Büros, Sie können einen Ball in den leeren Räumen feiern. Diejenigen, die die Firmen ins Universum hinaus führten, haben längst abgedankt und sitzen auf ihren Direktorenposten im Østlandet oder im Exil an der Costa del Sol und lecken ihre Wunden. Während diejenigen, deren Köpfe gerollt sind, beim Arbeitsamt stempeln gehen.»

Er lehnte sich schwer in seinem Sessel zurück und lächelte schläfrig.

«Sagen Sie mal, reden Sie immer so viel über Dinge, von denen Sie nichts verstehen, Veum?»

«Nicht immer», sagte ich. «Nur jedes Mal, wenn ich Menschen wie Ihnen begegne.»

«Sie meinen also nicht, es könnte auf einen klitzekleinen Minderwertigkeitskomplex zurück zu führen sein?»

«Nicht so groß wie der, den Sie mit Ihrer Büroeinrichtung kompensieren.»

«Es sind Bøschens Möbel!»

«Genau das habe ich gemeint.»

5

Auf dem Weg hinaus fing mich Fräulein Henrichsen ab. Sie versicherte sich, dass Eystein Freihow in seinem Büro blieb, bevor sie mich durch die erste beste Tür zerrte, mit einem Gesichtsausdruck, als wolle sie mich auf der Stelle verführen. Ich sah mich schnell um. Es war ein konventioneller Konferenzraum, sehr elegant möbliert und mit Porträts früherer Generationen von Bøschens an den Wänden.

«Und?», fragte sie eifrig. «Hat er etwas gesagt? Hat er es zugegeben?»

«Er hat eine Menge gesagt», nickte ich. «Aber zugegeben hat er überhaupt nichts.»

Sie sah mich ängstlich an. «Und Sie haben – William noch nicht gefunden?»

«Nein. Er war auch nicht in seiner Wohnung.»

«Seiner Wohnung?»

«Ja, wussten Sie das nicht? Er hat sich offensichtlich in den letzten Jahren eine Art geheimes Leben aufgebaut.»

Sie stutzte. «Geheimes Leben . . . Sie meinen doch nicht etwas mit Fr- Frauen, Wein und so was?»

«Jedenfalls stand eine Flasche Cognac da. Geöffnet», fügte ich viel sagend hinzu.

«Sie müssen ihn finden, Veum! Wenn er morgen nicht zur Generalversammlung kommt, dann . . .» Sie sah zur Tür.

Ich studierte ihre Gesichtszüge. Sie hatte etwas Feines und Zerbrechliches und fast ein wenig Altmodisches, das mich erstaunte. «Sagen Sie», fragte ich, «mir geht da etwas nicht recht aus dem Kopf. Heißen Sie wirklich Jasmin?»

Sie sah mich verwirrt an. «Ja. Warum? Es war Papa, ich meine, mein Vater. Er war Kinomaschinist seinerzeit. Er sah das Leben in solchen Vierecken. Wie einen endlosen Stummfilm. Ich kann mir vorstellen, dass er davon geträumt hat, meinen Namen da oben zu sehen – zusammen mit Greta Garbo, Mary Pickford und wie sie alle hießen.» Mir ironischem Tonfall sprach sie ihren Namen englisch aus und sagte: «Jasmine Hendricks! Sehen Sie es nicht vor sich?»

«Als würde ich dort mitten im Saal sitzen, die Hand tief in der Schleckertüte», murmelte ich.

«Was?»

«Es ist jedenfalls ein schöner Name.»

«Na ja. Aber es wurde nicht so, wie Papa es sich erträumt hatte. Ich kam nur bis hierher.»

«Und Sie haben auch nie ein anderes Ziel gehabt?»

«Ich habe einige Semester Botanik studiert. Ich habe mich immer so sehr für Blumen interessiert.»

«Wegen Ihres Namens, vielleicht?»

«Aber dann konnten wir es uns nicht mehr leisten. Ich meine, man gab damals kein Geld aus, damit junge Frauen Naturwissenschaften studierten, für andere Fächer auch kaum, wenn sie nicht besonders begabt waren.»

«Nein . . .»

«Also habe ich mich um die Stelle hier beworben. Und bin hier geblieben. Jetzt ist mein einziger Wunsch, dass Jørgen, mein Sohn, es einmal weiter bringt.» Sie warf seinen Namen so locker ein, als spräche sie von einem Hund oder einer Katze.

«Ihr Sohn?»

«Ja, ich habe einen Sohn. Aber er ist in die USA gegangen, verstehen Sie. Hat da drüben Wirtschaft studiert und ist dann da geblieben.»

«Sind Sie drüben gewesen und haben ihn besucht?»

«Ich? Nein, nein. Er kommt jeden Sommer nach Hause, für ein paar Wochen. Es ist merkwürdig, älter zu werden und so ganz allein zu sein. Mein Mann ist so früh gestorben, und dann waren Jørgen und ich immer allein. Und jetzt, jetzt ist da niemand außer mir. Dann kommt einem der Gedanke: Was habe ich eigentlich mit meinem Leben gemacht? Und gerade deshalb . . .»

Sie verstummte, und ich hatte das Gefühl, ihr weiter helfen zu müssen. «Ja?»

«Tja . . . Ich habe mein ganzes Leben in diese Firma gesteckt. Ich kann nicht nur mit den Händen im Schoß dasitzen und zusehen, wie sie zerbröselt . . .» Ihr Gesichtsausdruck veränderte sich, war nicht mehr nachdenklich, sondern wieder scharf. «Also . . . Was haben Sie nun vor, Herr Veum?»

«Ich habe vor, eine Bergtour zu unternehmen.»

«Eine Bergtour?!»

«Ja, aber nicht so weit rauf ins Fjell, also . . .»

Die Sekretärin hinter dem anderen Schreibtisch sah uns schmunzelnd an, als wir aus dem Konferenzraum kamen. Aber sie sagte nichts, jedenfalls nicht, bevor ich gegangen war.

Als ich am Einwohnermeldeamt in Muren vorbeikam, schrieb ich mir hinter die Ohren, dass ich meine Freundin dort fragen musste, ob es möglich war herauszufinden, wer der längst verstorbene Ehemann von Jasmin Henrichsen gewesen war. Dann ging ich ins Parkhaus am Markveien, holte meinen Wagen und nahm Kurs auf Ytre Sandviken und die Bergregion dahinter.

6

In Munkebotn hatte der Herbst sich das Haar aus der Stirn gestrichen, all das braune Laub war zu Boden gefallen und man konnte die alte Obdachlosenhütte schon von weitem sehen.

Ich stapfte zu Fuß das letzte Stück hinauf, bog vom Schotterweg, der zum Sølvberget und zum Skytterveien führte, ab und ging von dort aus querfeldein weiter.

Die Hütte war aus altem Verschalungsmaterial gebaut und mit Resten von Teerpappe und Glaswolle isoliert. Aus dem provisorischen Ofenrohr stieg ein dünner Rauchfaden auf, und draußen auf der Terrasse vor seinem Haus saß ein Mann im Wintermantel, eine Ledermütze auf dem Kopf. Sein Gesicht war rot gefleckt, und um die Nase herum war die Farbe besonders stark. In seinen großen Händen hielt er einen Zinnbecher, in einem Mundwinkel hing ein abgebrannter Zigarettenstummel, im anderen die Reste eines Grinsens.

«Wenn de vom Sozialamt kommst, dann fahr nach Hause und sag, ich war nich da», sagte er mit einer rostigen Betrunkenenstimme, an die ich mich irgendwie aus meiner Kindheit zu erinnern meinte. So hatten die geredet, vor denen wir wegliefen und uns versteckten, damals an den dunklen Herbstabenden. «Ich zieh nicht früher rein als sonst. Red mit Pedersen. Der weiß, wie ich's ham will.»

«Ich komme nicht vom Sozialamt. Ich . . .»

Mit bitterem Humor unterbrach er mich: «Ach nee! Du wills mir ja woll nich weismachen . . . Hab ich endlich gewonn?»

«Gewonnen?»

«Nu hab ich bald vierzich Jahre gespielt, un nie was anderes als Kleinkram gewonn. Wenn ihr schon persönlich zu mir kommt . . .»

«Hab ich gesagt, ich käme vom Lottobüro?»

«Ja, weil de wohl nich der neue Pfarrer bist, oder? Mich würdste auch nich bekehrn, wenne dich auf'n Kopp stellst un ne Frau wärst.» Er zwinkerte mir lüstern zu. «Oder . . . doch, vielleicht. Wenn ich mir's mal so überleg . . .»

«Offensichtlich sind Sie ein erfahrener alter Spaßvogel, Paulsen, aber . . .»

«Spaßvogel, ich? Du solltest die Kuckucksuhr sehn, die ich da drinn hab, du! Der Vogel kommt nur raus, wenn ich ihm'n Flachmann aufmach.»

«Aber wie ich eben schon sagen wollte: Ich komme tatsächlich wegen einer sehr ernsten Angelegenheit. Ich suche nach einem alten Schulkameraden von Ihnen. William Bøschen.»

«Ach ja? Der William. Wieso suchst'n den?»

«Ich habe ihm . . . sagen wir mal . . . einen Gruß zu überbringen.»

«'n Angebot, zu dem er nich nein sagen kann?»

«Nein, von seiner Sekretärin, Fräulein – oder Frau . . . Henrichsen.»

«Frau oder Fräulein – is dieselbe Ausstattung.»

«Offensichtlich sind Sie ein Experte auf dem Gebiet.»

Ein Ausdruck von Benommenheit breitete sich auf seinem Gesicht aus, dann sagte er: «Das war doch die, die Jasmin hieß, oder nich?»

«Doch, aber . . .»

«Er hat mir von ihr erzählt. Übrigens is se Fräulein un nich Frau. So viel hab sogar ich mitgekriegt.»

«Ach ja?»

«Oh ja. Ich unner William, wir sin unheimlich vertraut geworden, wir beide, im letzten Jahr. Und was für'n Gruß war das, den de überbringen solls?»

«Dass morgen Generalversammlung ist. In seiner Firma.»

«Ich glaub, da scheißt er drauf. Der William hat'n Kapitalismus von sein Schultern abgeschüttelt, sozusang.» Er machte eine Bewegung mit den Schultern, wie um seine Worte zu untermalen.

«Es ist aber wichtig, dass Bøschen anwesend ist. Um das Schiff vor dem Sinken zu retten.»

Er wischte mein Argument mit einer Armbewegung vom Tisch. «Dasses nich schon vor vieln Jahrn auf Grund gelaufn is, is mir echt 'n Rätsel.»

«Und warum?»

Er beugte sich nach vorn und sein Blick war jetzt voller Eifer. Er war dabei, sich warm zu reden. «Haste die Zeichen nich gesehn? Haste nich die dunkln Wolkn gesehn, die sich im Westen aufbaun, und den nich mal die grelln Beleuchtungen von den neu'n Einkaufszentren verbergn könn? Die ganze Gesellschaft is dabei, auf Grund zu laufn, und der Kurs war schon ewich angepeilt, Kumpel. Wie heißte gleich noch mal?»

«Veum.»

«Also weisste, Veum, ich hab diese Gesellschaft ziemlich genau studiert, ziemlich viele Jahre lang. Von unten, wohlge-

merkt. Denn von da siehste alle Schäden. Oben mach's ja
hübsch und nett aussehn, aber wenn de's von meinem Blick-
winkel aus siehst, dann . . .»

«Das ist schon okay. Ich bin ja ziemlich Ihrer Meinung, aber
jetzt geht . . .»

«Und endlich sieht's so aus, als hätt ich auch die Augen von
meim alten Klassenkamerad aufgekriegt, vom William nämlich», fuhr er unverzagt fort.

«Und wie haben Sie es ge . . .»

«Wir warn nämlich zusamm auffer Volksschule in Møllaren.
Damals, alses da noch von Kinnern wimmelte. Aber er wohnte
natürlich da oben im Parkveien, un ich innem Mietshaus gleich
hinter der alten Straßenbahnhalle, inner Thormøhlensgate. Er
is weitergeklettert, hoch nach Kalfartoppen, un ich . . . Ich ging
auf See.»

«Ich verstehe, aber . . .» Ich drehte mich halb herum und
betrachtete die prachtvolle Aussicht auf die Parkanlage um
Sandviken, den Byfjord, Nordnespynten und ganz bis nach
Karven, wo die letzten gelbroten Herbstfarben sich noch in die
Landzunge festgebissen hatten, die für jeden Seemann zu jeder
Zeit der entscheidende Punkt gewesen war. Sobald man Karven
passiert hatte, war die Stadt verschwunden. Wenn man zurück-
kam, musste man Karven umrunden, um sie wieder zu sehen.

«Ich bin erst nach'm Krieg wieder an Land gegang», predigte
Paulsen hinter mir weiter, und ich wandte mich wieder ihm zu.
Er nickte zufrieden. «Ich hab nen Job in Viken gekriegt, bei
BMW. Aber dann hab ich mich halt zu sehr inner Politik engagiert. Verstehste, mein Vatter war inner NKP, meine Mutter
war inner NKP, mein Bruder is mit Furubotn nach Valdres un
hat mit ihm gegen die Deutschen gekämpft. Das war kein Zu-
ckerschleckn, Veum. Das war Haferbrei und Fladen. Da war
man der erste, der ging, wenn's Einschränkung gab, un der
letzte, den se reinholten, wenn se Leute brauchtn. Nachdem ich
beier Kommunalwahl aufer Parteiliste gestandn hatte, sin manche so an mir vorbei, ohne zu grüßn – ja sogar der William . . .»

«Sie haben also eine Menge zu rächen, was?»

«Oh nein, du – komm mir nich so! Ich hab mich über die Rache erhobn, wie es geschriebn steht.»

«Und wo steht das?»

«Ich glaub, das war'n Morgan-Kane-Buch. Aber du verstehst schon. Weisste, Furubotn wurde ja 49 ausgeschlossen, aber mein Bruder hielt Kontakt mit ihm, und einmal, als ich in Oslo war, nahm er mich mit dahin, wo sich Furubotn aufhielt, inne alte Villa draußen in Lian. Da weiß ich noch, wie Furubotn sacht, wenn ihm das helfen würde, seine politischen Ziele zu erreichn, dann würd er gern ein Stück Arm in Arm mitm Teufel gehen. Und das is irgendwie, was William un ich jetzt machen. Wir gehen Arm in Arm mit dem, was für jeden von uns der Teufel anner Wand war – das letzte Stück. Der Kommunist un der Kapitalist. Verstehste mich?»

«Aber ich bin ja nun auf der Suche nach Bøschen. Wissen Sie, wo er sich aufhält?»

«Ich weisses nich nur», grinste Paulsen. «Ich seh ihn sogar buchstäblich vor mein altn, blutunterlaufnen Augn.» Er nickte an mir vorbei. «Da unten kommter, die Hände voller Plastiktüten. Hab ihn runtergeschickt um – Mittagessen zu kaufn.»

Ich drehte mich herum und folgte seinem Blick. «Zehn Bier und eine Dose Chilibohnen?»

«Kennst dich ja aus, Mann.»

«Tja.»

7

Es dauerte seine Zeit, bis Bøschen sich zu uns hoch gearbeitet hatte. Er musste mehrere Pausen einlegen, in denen er die Plastiktüten absetzte, sich den Schweiß von der Stirn wischte und hinter sich den Berg hinab sah, als wolle er sich mit der Strecke trösten, die er jedenfalls schon hinter sich gebracht hatte. Er trug einen hellbraunen Mantel, möglicherweise aus Kamelhaar, dunkle Hosen und eine schwarze Melone, die er von Zeit zu Zeit abnahm, um sich durch das volle, weiße Haar zu streichen.

Ich weiß nicht, wann er bemerkte, dass Paulsen nicht allein war, aber auf dem letzten Stück bis zur Hütte blieb er mehrmals stehen, beugte sich hinunter, um eine Preiselbeere von einem Busch zu pflücken oder eine der letzten, halbvergammelten Himbeeren, die dort unten wuchsen. Er schien nicht das Bedürfnis zu haben, sich zu beeilen.

Als er endlich oben war, nickte er mir kurz zu und wandte sich dann an Paulsen. «Ist das anstrengend! Ich habe mich nicht mehr so angestrengt, seit ich im Konfirmandenunterricht war.»

«Un das is ziemlich lange her, wa?»

Bøschen hob die schweren Plastiktüten etwas an, ging auf die Hütte zu und sagte: «Ich bring die hier nur schnell rein.»

«Da is Besuch für dich», sagte Paulsen und zog ein Gesicht, als sei es ihm fast peinlich, dass sich sein Kumpel so unhöflich verhielt.

Bøschen wandte sich an mich, hob seine kräftigen Augenbrauen und sah mich zum ersten Mal richtig an. «Ach ja?»

Ich nickte.

«Der Veum will mit dir reden», informierte ihn Paulsen.

«Veum?», fragte Bøschen reserviert. «Ich glaube, ich hatte noch nicht das Vergnügen . . .»

«Nein.» Ich streckte ihm meine Hand entgegen. «Varg Veum. Privater Ermittler.»

Bøschen schüttelte mir stumm die Hand, während Paulsen große Augen machte. «Himmel nochmal? Ein waschechter Detektiv?»

«Hat Hildegunn sich langsam Sorgen gemacht?», fragte Bøschen müde.

«Sie auch. Aber es war Fr . . . Fräulein Henrichsen, die mich engagiert hat.»

Ein mildes Lächeln huschte über William Bøschens schmale Lippen. «Fräulein Henrichsen? Ja, ja . . .»

Paulsen hatte eine Bierflasche aus einer der Plastiktüten gefischt. Es gab einen kleinen Knall, als er sie öffnete. «Prost, Fräulein!», sagte er und hob die Flasche.

Dann fiel ihm auf, dass niemand etwas zum Anstoßen hatte. Er beugte sich hinunter und holte eine Flasche für Bøschen, dann eine dritte heraus, wobei er mich fragend anschaute.

Bøschen nahm seine mit einem genierten Gesichtsausdruck entgegen. Ich sagte: «Nein, danke. Ich fahre.»

«Ja, jeder wie er kann, sagte der Igel un stieg vonner Drahtbürste.» Dann hob er seine Flasche wieder. «Na dann – Prost, William! Wir trinken auf Jasmin, oder nich?»

Bøschen hob seine Flasche. «Prost.» Dann setzte er sie auf eine Weise an den Mund, wie er es in seiner Loge sicher niemals getan hatte. «Mann, tut das gut, nach dem Marsch . . .»

Ich störte die Idylle und sagte: «Ich soll Sie grüßen und Ihnen von Fräulein Heinrichsen ausrichten, dass morgen um zwölf Uhr eine Generalversammlung angesetzt sei. So weit ich es verstanden habe, meinte sie, es sei von größter Wichtigkeit, dass Sie anwesend wären.»

«Das meinte sie sicher», erwiderte Bøschen trocken.

«Ja, und Sie? Sind Sie anderer Meinung?»

«Guck nich so muksch, Mann», mischte sich Paulsen ein. «Erzähl Veum, was Sache is – dass du ausgeflaggt hast.»

Bøschen sah sich um. Dann setzte er sich auf eine Holzkiste, die vor der Wand der kleinen Hütte stand. Schließlich seufzte er schwer und sagte: «Es stimmt, was Pølsen sagt, Veum. Ich habe sozusagen ausgeflaggt. Von jetzt an bin ich mein eigenes Schiff.»

«Und segeln unter Billigflagge, was?»

Noch einmal seufzte er. «Lassen Sie mich Ihnen, in aller Kürze, von meinem Leben erzählen, Veum. Sagen Sie, wollen Sie sich nicht setzen?»

«Doch, das wird vielleicht nötig sein.» Ich überblickte

schnell die Lage und fand einen Platz auf dem Rand eines großen Steins, auf dem ein Küchenhandtuch zum Trocknen in der
späten Sonne lag.

«Ich bin in ziemlich behüteten Verhältnissen aufgewachsen,
im Parkveien. Ich hatte einen Wintermantel mit Pelzkragen und
Manschetten, als ich in die erste Klasse ging, und als ich in der
Oberstufe der Kathedralschule war, habe ich meine Freunde zu
dreigängigen Abendessen eingeladen, mit Wein und Tischreden
auf den König, die Stadt und das Vaterland.»

«Und ich saß da mit Hering und Kartoffeln!», kommentierte
Paulsen.

«Ja, das – war wohl ein gewisser Unterschied . . .»

«Ja, das kannste wohl laut sagn!»

«Aber – na ja – später wurde ich nach London geschickt,
nach Rotterdam und New York, der gewöhnliche Erziehungs-
weg für junge Männer, die die Firma der Familie übernehmen
sollten. Als ich nach Hause kam, suchte ich mir eine passende
Ehefrau aus einer anderen Patrizierfamilie mit einer Ahnenga-
lerie, die bis ins 17. Jahrhundert zurückreichte, und wir feierten
erst Hochzeit in der Domkirche, der Dompropst vermählte
uns, und danach im Bellevue.»

«Und ich war nich eingeladn!», sagte Paulsen sarkastisch.

«Dann ging das Leben seinen gewohnten Gang. Als die Zeit
reif war, übernahm ich die Leitung der Firma, und an jedem
einzelnen Arbeitstag, bei Sonne und Regen, Schneeregen oder
Schnee folgte ich derselben Route – Kalfaret hinunter, durch
Marken und beim Hauptpostamt vorbei, Post holen, ja, schon
als es noch in der Domkirkegate lag, danach in die Strandgate
ganz bis zur Holbergsalmenning und dann, pünktlich um acht
Uhr fünfundvierzig jeden Morgen, saß ich im Büro.»

«Und da empfing se ihn in Hab-acht-Stellung», sagte Paulsen.

«So ein Quatsch. Um sechzehn Uhr dreißig ging es denselben Weg wieder nach Hause. Abendessen genau um siebzehn
Uhr fünfzehn.»

«Hättest Offizier werden solln!»

«Danach eine kurze Pause, Kaffee – und dann vielleicht noch ein paar Stunden Arbeit, wenn es keine Versammlung in der Loge gab, einen Theaterbesuch, vielleicht ein Konzert. Niemals etwas Überraschendes, nichts Unvorbereitetes und Ungeplantes. Es war ein Leben nach Fahrplan, Veum, und ich habe ihn perfekt beherrscht. Bis . . .»

«Ja?»

Sein Blick schweifte in die Ferne. Seine Augen waren hell, nicht wie Wasser, eher wie Gin Tonic, und jetzt schienen sie noch blasser zu werden. «Als vor ein paar Jahren meine Frau Ruth starb . . . da saß ich bei der Beerdigung, und plötzlich kam mir der Gedanke: Was hast du mit deinem Leben angefangen, William, außer Geld zu verdienen? Du hast in einem gutbürgerlichen Haus gelebt, eine gutbürgerliche Tochter gezeugt, die phantasielos genug war, auf die Handelshochschule zu gehen, um sich eine noch gutbürgerlichere Memme als Mann zu suchen. Du hast deine Steuern bezahlt, deine Pflicht erfüllt, in Vorständen und Gremien gesessen, in die du gewählt wurdest – aber was bleibt dir, William? – fragte ich mich selbst. – Was bleibt dir?»

«Aber Ihre Firma . . .»

«Ja? Was ist damit? Es war ein Familienunternehmen, Veum! Ich habe mich an den gedeckten Tisch gesetzt. Es war nicht nötig, sich besonders anzustrengen, erst in den letzten Jahren vielleicht. Und jetzt ist es zu spät, jedenfalls für mich.» Er strich sich melancholisch über die Stirn und fügte leise hinzu: «Deshalb sag ich: Lass los, lass es ziehen.»

«Ich hab's dem Veum gesacht, alser kam, William», rief Paulsen in die plötzliche Stille hinein. «Du hast'n Kapitalismus von deinen Schultern geworfn. Nu biste'n freier Mann!» Er hob seine Flasche. «Skål!»

«Aber Ihr ganzer Einsatz», fuhr ich fort. «Der Arbeitstag, von dem Sie gerade so warm gesprochen haben, soll das alles vergebens gewesen sein? Einfach in einer Fusion verschwinden, die zu Schließungen und Rationalisierungen führen kann, in Kristiansund und Florø, vielleicht am Ende sogar hier . . . Können Sie das einfach so geschehen lassen?»

«Ich höre, Sie sind gut unterrichtet.»

«Fräulein Henrichsen hat mir erzählt . . .»

«Jasmin Henrichsen soll lieber die Klappe halten. Sie bekommt sowieso, was ihr zusteht, wenn es so weit ist. Sie hätte sich schlau zurückhalten sollen und nicht mit der Feindesflagge winken, bevor die Kapitulation ein Faktum ist.»

«Und das heißt . . .»

«Das soll heißen, dass das mein letztes Wort ist, Veum.» Er hob den Kopf und sah mir direkt in die Augen, lange und ohne zu blinzeln.

«Das letzte Wort des letzten Bøschen», sagte ich mit einem schiefen Lächeln.

Paulsen lachte ein heiseres Lachen. «Das letzte Wort des . . . der war gut! Skål drauf, William!»

«Skål darauf», sagte William Bøschen, hob die Flasche an den Mund und leerte sie in einem Zug. Dann stand er auf, wischte sich die Oberlippe mit dem Handrücken ab und verschwand ohne weiteren Kommentar in die kleine Obdachlosenhütte.

Er hätte mir ebenso gut die dunkle Eichentür seines Büros vor der Nase zuschlagen können, so endgültig war seine Absage.

Paulsen sah mich nachdenklich über den Rand seiner Flasche hinweg an, sagte aber nichts. Ich stand auf, nickte und ging meines Wegs.

Zumindest hatte ich meinen Auftrag ausgeführt. Ich hatte herausgefunden, wo er war. Nun war es an anderen, ihn zum Erscheinen bei der Generalversammlung zu bewegen.

8

Die Herbstsonne hing tief über dem Løvstakken und warf lange, endgültige Schatten über den Fischmarkt, als ich zurück in mein Büro ging.

Ich rief Jasmin Henrichsen an und überbrachte ihr die Nachricht von William Bøschen. Sie wurde so wütend, dass ich mir die roten Flecken an ihrem Hals bildhaft vorstellen konnte, als sie ausrief: «Das ist ja das Allerletzte! Soll das heißen, dass er – sich ganz einfach weigert? Lass los, lass es ziehen – hat er es so ausgedrückt?»

«Wortwörtlich», sagte ich und streckte mich nach einer Schachtel Halspastillen.

«Aber die Generalversammlung, die Firma... Ich meine, mit einer Fusion wie dieser... wird ja der Wert völlig zunichte gemacht! Herr Veum, Sie müssen mit Hildegunn sprechen. Sie kann ihren Vater doch nicht einfach so leben lassen! Wenn das die Leute wüssten! William Bøschen in einer Obdachlosenhütte in Munkebotn!»

«Es würde seine Loge in ihren Grundfesten erschüttern?»

«Es würde alle erschüttern, Veum!»

«Glauben Sie, dass würde etwas nützen?»

«Was?»

«Wenn ich mit Hildegunn spreche?»

«Sie könnten es ja wenigstens versuchen.»

Ich versuchte es, noch immer mit Hilfe des Telefons. Doch zuerst stärkte ich mich mit einer Halspastille.

Nach drei, vier Klingelsignalen nahm sie ab: «Hier bei Freihow.»

«Ja, hier ist Veum. Ich weiß nicht, ob Sie sich an mich...»

«Doch, stellen Sie sich vor.»

«Ihr Vater war nicht in seiner Wohnung.»

«Oh, aber dann...»

«Aber ich habe ihn gefunden.»

«Aber wo denn? War er – okay?»

«Doch doch, gesund und munter.»

«Aber wo war er denn nun?»

«In einer alten Obdachlosenhütte in Munkebotn.»

Sie blieb stumm, so lange, dass ich schon fast dachte, die Verbindung wäre unterbrochen. «Hallo?», fragte ich testend.

«Das verschlägt mir die Sprache», sagte sie.

«Ja, das habe ich gehört.»

«Aber was . . . War er allein da oben?»

«Nein, nein. Er hatte Gesellschaft. Ein alter Klassenkamerad aus der Mittelschule, so weit ich es verstanden habe. Ein gewisser Herr Paulsen.»

«Ein – so einer?»

«Der örtliche Gutsbesitzer sozusagen, ja.»

«Aber das ist ja furchtbar! Was haben sie gemacht?»

«Als ich sie verließ, saßen sie beide mit einer Flasche Bier in der Hand da und diskutierten die Weltrevolution.»

«Die Welt- . . . Machen Sie sich über mich lustig, Veum?»

«Warum um Himmels willen sollte ich?»

«Na ja, ich . . . Ich sollte wohl . . . Meinen Sie, ich sollte hinfahren und mit ihm reden?»

«Das wäre sicher nicht dumm. Vielleicht sollten Sie einfach versuchen, ihn zu bewegen, zu der Generalversammlung zu erscheinen? Und wenn es nur ist, um ihn in die Zivilisation zurück zu holen.»

«Aber Eystein . . .»

«Ja?»

«Es würde ihm nicht gefallen. Dass ich mich einmische in . . .»

«Appellieren Sie an sein Herz. Erzählen Sie ihm, dass bald Weihnachten ist. Schenken Sie ihm eine Ihrer singenden Weihnachtskarten.»

«Ich werde es versuchen. Armer Papa, er muss vollkommen aus der . . . Wie soll ich sagen?»

«Aus der Mode gekommen sein, vielleicht?»

«Aus der Spur, würde ich sagen.»

«Seien Sie da nicht so sicher. Vielleicht hat er sie eher wieder gefunden. Dann tun Sie das Nötige?»

«Ich werde es versuchen. Wiederhören.»

«Wiederhören.»

Sie würde es ebenfalls versuchen. Dann waren wir an diesem Tag schon zwei gewesen, die es versucht hatten. Ich fand, das war genug, und ging nach Hause.

Ich hatte gehofft, danach nichts mehr von Familie Bøschen zu hören. Die krampfhaften Zuckungen des Kapitalismus hatten mich noch nie sonderlich interessiert, und das Schicksal der Familie Bøschen & Co. war mir im Grunde vollkommen gleichgültig.

Aber es sollte anders kommen. Schon um zehn Uhr am nächsten Vormittag hatte ich einen aufgeregten Paulsen am Telefon. Er klang, als wäre er den ganzen Weg von Munkebotn her gerannt, und wenn ich es mir im Nachhinein überlegte, dann hatte er wahrscheinlich auch genau das getan.

«Veum? Du bistes echt? Mit dem ich gestern geredet hab?», hauchte er und schnaufte in meinen Telefonhörer. «Hier ist Paulsen. Peer Paulsen . . .»

«Das höre ich. Was ma . . .»

«Ich trau mich nich, die Bullen anzurufn! Bei meim Ruf, denken die nur, dass ich's gewesn bin.»

Eine unsichtbare Hand packte mich im Nacken, und ich spürte, wie in meinem Magen die Säure aufschäumte. «Was gewesen?»

«Dass ich ihn umgebracht hab! Den William!»

Die Hand drückte zu, und es brannte in meiner Brust. «Was sagen Sie da? Ist Bøschen tot?»

«Das sag ich doch!»

«Ja, und was ist mit einem Arzt? Haben Sie einen Krankenwagen gerufen?»

«Ich brauch keinen Klempner, damitter mir sacht, dass

Rohre dicht sin. Ich seh das selber. Außerdem hatt ich nur Kleingeld für einn Anruf . . .»

«Und wo ist er?»

«Er liegt da oben, die Schnauze im Frühstückskaffe, wie um die Qualität zu kontrollieren. Aber wo er hin is . . .»

«Ja?»

«. . . da fragen se nich nacher Qualität. Kannste nich rauskommn un dich drum kümmern?»

«Von wo aus rufen Sie an?»

«Vonner alten Straßenbahnschleife.»

«Geh'n Sie rauf in den Munkebotnsveien und warten Sie da auf mich. Ich bin unterwegs. Und Paulsen?»

«Was is?»

«Immer mit der Ruhe. Das hier kriegen wir schon hin.»

Das letzte war eine Übertreibung, eine der automatischen Formulierungen, die ich von der Hochschule für Sozialwesen mitgebracht und mir nie abgewöhnt hatte; der Ausdruck einer Art unverbesserlichen Optimismus, der mir immer wieder um die Ohren geflogen war, ohne dass ich ihn mir deshalb jemals abgewöhnt hätte.

So ging es auch diesmal, denn als ich in den Munkebotnsveien kam, stand da kein Peder Paulsen und wartete auf mich. Ich musste ganz bis zu seiner Hütte hinauf, um ihn zu finden, und er war nicht mehr allein.

9

Mir war klar, dass ich zu spät kam, in mehr als einer Hinsicht. Ich sah das Blaulicht des Polizeiwagens schon von weit unten, und als ich zur Hütte kam, stand Peder Paulsen da mit resigniertem Gesicht und einem kräftig gebauten Polizisten neben sich.

Aber der erste, der mich willkommen hieß, war niemand anders als mein guter alter Sparringspartner, Oberkommissar Dankert Muus von der Kripo. «Was zum Teufel machst du denn hier, Veum?»

«Wenn du mir nicht direkt vor der Nase stündest, hätte ich gesagt, ich wollte die Aussicht bewundern.»

«Andererseits, was frage ich eigentlich noch. Du bist ja dafür bekannt, dass du eine Leiche von der anderen Seite des Løvstakktunnels riechst.»

«Veum!», schluchzte Paulsen. «Erzähl diesen Kerlen, dass ich's nich war! Dass ich dich gerufen un es dir erzählt hab . . .»

Ich sah Muus an und nickte. «Das stimmt.»

«Aber du hättest die Bullen nich so schnell anrufn solln!», fügte Paulsen hinzu.

«Ich hab nicht . . .» Ich nahm mich zurück.

«Natürlich nicht!», rief Muus.

«Nein? Aber wer war's denn dann?», fragte Paulsen.

«Jedenfalls nicht der da», sagte Muus, drehte sich ein wenig und streckte seinen Zeigefinger aus.

Ich folgte der Richtung seines Fingers.

Peder Paulsen hatte es genau beschrieben. William Bøschen lag mit dem Gesicht in der Kaffeetasse, auf der Terrasse vor der Obdachlosenhütte. Seine Aktien konnten nicht mehr tiefer fallen. Er würde nie mehr den gewohnten Weg von Seiersbjerget hinunter kommen. Er würde nie mehr seinen Platz in dem kleinen Büro einnehmen, das sie ihm zugewiesen hatten. Und er würde nie mehr seine Stimme bei einer Generalversammlung abgeben.

«Aber . . .» Ich sah Peder Paulsen an. «Wann ist das passiert?»

«Und was hast du damit zu tun, Veum?», unterbrach uns Dankert Muus.

«Ich habe ihn gefunden. Gestern. Und zwar lebendig.»

Muus sah mich interessiert an. «Ach ja? Hast du mit ihm gesprochen?»

«Wir hatten ein längeres Gespräch, ja.»

«Hat er irgendwas gesagt, dass er sich bedroht fühlte?» Muus nahm mich beiseite, zog mich weg von Paulsen und sagte leise: «Die Tochter meinte, dieser Paulsen, er hätte noch eine Rechnung mit ihm offen, von früher.»

«Also hat Hildegunn euch erzählt, wo er war?»

Muus räusperte sich. «Tja, das stimmt. Sie hat sich Sorgen um ihn gemacht, dass er, na ja, dass er irgendwie unter Druck gesetzt würde.»

«Und dann seid ihr hier rausgefahren – die ganze Bagage?»

«Nein, nein.» In belehrendem Ton fuhr er fort: «Zuerst haben wir nur einen Streifenwagen geschickt. Aber als die Kollegen ihn fanden, da haben sie uns sofort gerufen.»

«Und was sagt Paulsen selbst?»

Muus drehte sich halb herum. «Isachsen! Bring Paulsen mal hier rüber.»

Peder Isachsen war ein Polizeiwachtmeister, mit dem ich mich nie hatte anfreunden können. Selbst Muus war im Vergleich zu ihm ein guter Freund. Auf den Zuruf hin sah er säuerlich in meine Richtung, tat aber, wie ihm geheißen. Er schob Paulsen unnötig heftig über den Rasen, und der alte Kommunist wollte sich gerade umdrehen, als Muus wieder seine Aufmerksamkeit auf sich zog. «Na, Paulsen. Jetzt können Sie Veum ja die Geschichte erzählen, die Sie uns erzählt haben.»

Paulsen starrte auf den Schlipsknoten des Wachtmeisters, der so fest gebunden war wie eine Bootsvertäuung nach einer Sturmwarnung im Herbst. «Über das, was – was passiert is?»

«Was sonst?»

«Na ja, also . . .» Paulsens Blick wanderte zu mir, als suchte er einen verständnisvollen Zuhörer. «Er is aufgestandn un hat Kaffe gemacht. Das machter immer.»

«Immer?», unterbrach ihn Muus. «Wohnt er hier schon lange?»

«Ab un an schon mal. Aber jetz, diesmal – die ganze letzte Woche.»

Muus sah mich an. «Unfassbar. Machen Sie weiter.»

«Ich mach gern morgens noch'n bisschen rumdröhn' und mich räkeln. Ich hab gehört, wie er auf de Terrasse raus is un sich hingesetz hat.»

«Terrasse!», wiederholte Muus leise.

«Das Wetter wa schön, un er hat sich'n Kaffe heißgemacht.»

Paulsen bekam einen melancholischen Gesichtsausdruck, als sei es gerade das Bild seines Jugendfreundes, wie er vor der kläglichen Hütte saß und sich die Hände an dem frischen Kaffee wärmte, was er von ihm bewahren würde.

«Jaja!», sagte Muus ungeduldig. «Und dann?»

Paulsen seufzte. «Dann muss ich'n bisschen weggedöst sein, weil als ich wach wurde, klang es ganz deutlich als hätte er da draußen Besuch bekomm.»

«Besuch?», fragte ich. «Von wem?»

«Keine Ahnung, aber jedenfalls war's ne Frau! Das hab ich anner Stimme gehört.»

«Keine, die Sie kannten?»

«Ich kenn keine – Frauen. Nur Mädels. Aber das warse nich. Es war keine, die ich kannte.»

«Und das Alter? Haben Sie eine Idee? Jung oder alt?»

«Sag mal, verdächtigst du jemand Spezielles, Veum?», wollte Muus wissen.

«Moment mal, Muus. Paulsen?»

«Tja, ich weiß nich recht», sagte Paulsen nachdenklich, «wenn ich nich das Ganze vor mir seh, dann weiß ich nich, was für'n Modell es ist, Vorkriegs oder Nachkriegs. Das isses Gehör. Außerdem war's so früh am Tag. War'n noch nich alle Instrumente in Funktion, sozusagn.»

«Aber worüber haben sie geredet? Haben Sie etwas gehört?»

«Nich viel. Hab ja dagelegen und rumgedöst. Aber einmal bin ich wachgewordn. Das war, als William laut gewordn is mit demselben Refrain wie gestern: ‹Lass los! Lass es gehen!› Oder so, hatter gerufen, und dann hatter noch gesagt, so leise, dass ich's kaum mitgekriegt hab: ‹Ich bin fertig mit alledem.›»

«Ihr Gehör war zu dem Zeitpunkt also wieder in Ordnung?», murmelte Muus.

«Das is wie bei nem alten Motor», antwortete Paulsen. «Wenner nur orntlich aufgewärmt is, dann ...»

«Und dann?», fragte ich.

«Und dann? Und dann?! Am Ende bin ich aufgewacht, so richtig, von ganz alleine. Ich hab'n gerufen, den William. Keine Reaktion. Dann bin ich hoch und raus ... Und da lag er. Genau so wie jetz. Mit der ganzen Visage im Kaffe.»

Muus sah ihn hart an. «Und Sie behaupten noch immer, dass Sie ihn nicht angerührt haben?»

«Nich mal mit'm klein Finger. Ich hab ja kapiert, dasser tot war. So liegt keiner, wenner nich tot is.»

Ein junger Polizist in Zivil mit hellblondem, dünnem Haar und goldgerahmter Brille kam zu uns herüber. «Entschuldigung – Muus?»

«Ja, Doktor?»

«Er muss natürlich obduziert werden, aber ...»

Muus seufzte laut: Als ob er das nicht wüsste!

«Es gibt keine Anzeichen von Gewalteinwirkung», fuhr der Arzt leicht errötend fort. «Es ist nicht auszuschließen, dass es ein natürlicher Tod war.»

«Das Herz!», sagte Paulsen und streckte einen schmutzigen Zeigefinger in die Luft. «Die, die hier war, hat ihn aufgeregt, ihn wieder in Aufruhr gebracht, und dann – mitten inne Kaffeetasse!»

«Er hatte tatsächlich Herzprobleme», sagte ich. «Aber apropos Kaffeetasse. Ich gehe davon aus, dass der Inhalt analysiert wird?»

Muus wurde hochrot im Gesicht und erledigte den Arzt gleich mit in einem Abwasch. «Sagt mal, glaubt ihr, ihr habt es mit Amateuren zu tun?! Natürlich wird die Leiche obduziert – und natürlich werden die Reste in der Kaffeetasse analysiert und der Mageninhalt und so weiter! Willst du vielleicht mitkommen und zusehen, Veum?» Auf seine charakteristische

Weise schloss er ein Auge und tippte mir mit seinem massiven Zeigefinger an die Brust. «Außerdem hast du hier viel zu lange den Wortführer markiert! Jetzt wird es Zeit, dass ich dich mal was frage.» Er drehte sich um. «Isachsen! Nimm diesen Kerl hier mit auf die Station und bring das Ganze zu Papier. Ich komme gleich nach.»

Isachsen kam hoffnungsvoll näher. «Meinst du Veum?»

«Nein!», bellte Muus. «Paulsen ...»

Paulsen sah mich mit seinen schweren Hundeaugen an. «Ich verlass mich auf dich, Veum.»

«Sie glauben wohl auch noch an den Weihnachtsmann, was?», kommentierte Muus.

«An dich glaub ich jedenfalls nich!»

«Das ist okay. Dann sitzen wir im selben Boot.» Er winkte sie davon. Isachsen packte Peder Paulsen am Oberarm und führte ihn in einer unnatürlich hochgezerrten Haltung ab.

«Hey! Das ist ein alter Mann, den du da so behandelst!», rief ich ihnen hinterher.

Paulsen drehte seinen Kopf nach hinten. «Lass man, Veum! Ich bin nich das erste Mal innen Krallen der Klassenbullen. Ich erkenn die Läuse an der Art, wie se zwicken ...»

Muus schüttelte demonstrativ den Kopf. «Mannomann. Leute gibt's ... Und nun zu uns beiden, Veum. Was ist deine Eintrittskarte für diese Veranstaltung?»

«Ein ganz ordinärer Auftrag. Sie haben sich Sorgen gemacht, wo Bøschen sich aufhielt, und mich gebeten, ihn zu suchen. Und ich habe ihn gefunden. Hier oben, gestern Nachmittag. Und ich hatte nicht den Eindruck, dass er sich bedroht fühlte. Ganz im Gegenteil. Er kam höchstpersönlich hier den Berg raufgestiefelt, als ich schon da war, die Arme voller Bier und Dosenbohnen.»

«Hat dich die Tochter engagiert?»

«Nein, es war seine Sekretärin. Eine Frau, ein Fräulein Henrichsen. In seiner alten Firma sollte heute eine sehr wichtige

Generalversammlung stattfinden, bei der er absolut anwesend sein musste.»

«Davon hat die Tochter nichts gesagt.»

«Nein? Nein, das kann ich mir denken.»

«Sie machte sich mehr Sorgen um seine Gesundheit.»

«Seine Gesundheit?»

«Ja, die psychische. Wenn er sich nicht unter irgendeinem Zwang hier aufhielt, meinte sie, müsse er völlig durchgedreht sein. Und da muss ich ihr in vieler Hinsicht Recht geben.»

«Ach ja? Möchtest du, dass ich noch mehr . . .»

«Nein.» Er lächelte bissig. «Wenn du nicht vor der Leiche fotografiert werden willst, nicht. Kannst es ja mitnehmen und in dein Album für ungelöste Fälle einkleben.»

«Gestern war ich erfolgreich, Muus.»

«Aber heute nicht, Veum. Und heute zählt.»

«Das heute ist eine schlechte Wiederholung, Muus. Eine, die ich gar nicht noch mal sehen wollte.»

10

Ich fuhr zurück in die Stadt, stellte den Wagen ab, ging in die nächste Cafeteria und holte mir eine Tasse Kaffee. Aber der Kaffee schmeckte nicht. Vielleicht weil in der letzten Kaffeetasse, die ich gesehen hatte, eine Leiche lag. Oder auch, weil mich etwas beunruhigte. Etwas, das irgendjemand gesagt hatte . . .

Schließlich ließ ich den Kaffee stehen und wanderte bis zur C. Sundtsgate und stieg die vier Etagen zur Firma Bøschen & Co. hinauf.

Die Sekretärin, die mich empfing, sah aus, als würde sie Charterreisen ins Bergenser Landesgefängnis verkaufen: Ihr Blick war grau, das Haar noch grauer.

«Ist Freihow zu sprechen?», fragte ich.

«Er ist beschäftigt.»

«Schade», sagte ich. «Und Fräulein Henrichsen?»

«Auch.»

Ich nickte zu der geschlossenen Tür des Konferenzraumes hin. «Die Generalversammlung . . . Sind sie da drinnen?»

«Ja, aber . . .» Sie erhob sich hinter dem Tresen, aber ich war schon auf dem Weg zur Tür. «Sie können da nicht einfach so reingehen!»

Ich zeigte mit einem Finger auf meine imaginären Schulterklappen. «Sehen Sie denn die Uniform nicht? Die drei Sterne?» Dann öffnete ich die Tür und ging hinein.

Es war, als würde ich in die Abschlussszene eines englischen Highsociety-Krimis hineinplatzen. Was noch fehlte, war der Detektiv, und der kam gerade zur Tür herein.

Eystein Freihow erinnerte an einen Examenskandidaten, der eine Frage gestellt bekommen hat, die er nicht beantworten kann. Seine Frau Hildegunn sah aus, als habe sie versucht, ihre Weihnachtskarten zu Ostern zu verkaufen. Und am Ende des Tisches thronte Jasmin Henrichsen, als habe sie nie etwas anderes getan.

Sie riss sich auch als erste zusammen. «Aber Herr Veum!», stieß sie hervor, in einem Ton, als sei ich auf den Teppich gerannt, ohne mir vorher die Schuhe abzutreten.

«Sie kennen ihn also, Fräulein Henrichsen?», sagte Freihow eiskalt, bevor er seine Aufmerksamkeit wieder auf mich richtete. «Wer hat Sie herein gelassen?»

«Da war eine liebenswürdige Dame dort draußen, die . . .»

Die Sekretärin unterbrach mich von der Tür her. «Ich habe ihm gesagt, er dürfte hier nicht rein!»

Freihow seufzte. «Als hätten wir nicht so schon genug Probleme mit Fräulein Henrichsen. Die will die ganze Generalversammlung verschieben!»

«Na ja, wir sind doch nicht vollzählig!», wiederholte Jasmin Henrichsen.

«Aber Sie wissen doch, dass unsere zukünftigen Partner

nicht länger warten können! Sie müssen heute eine Antwort haben! Morgen ist es zu spät . . .»

Jasmin Henrichsen antwortete nicht darauf, aber ihr Gesicht drückte mit aller Deutlichkeit aus, was sie von der Sache hielt.

«Ich habe eine Information für Sie», sagte ich.

«Ich verbiete Ihnen, irgendetwas zu sagen, Veum!», bellte Freihow. «Sie haben hier kein Rederecht.»

«Und wann wurde die Äußerungsfreiheit in diesem Lande eingeschränkt?»

«Dies ist eine rechtmäßige Generalversammlung, und . . .»

Hildegunn Freihow legte eine elegante Hand auf die ihres Ehemannes und unterbrach ihn. «Ich will es aber hören! Ist etwas mit Papa? Warum ist er nicht selbst hier und erklärt uns alles?»

Freihow sah sie mit einem angestrengten Lächeln an. Ich sah, dass seine Stirn schweißnass war. «Hildegunn . . . du weißt doch, dass . . .»

«Aber Sie haben doch die Polizei auf den Fall angesetzt, oder?», fragte ich.

Freihows Blick flackerte von mir zu ihr. «Hildegunn?»

«Ja . . . ich . . .»

«Weil Sie wussten», beharrte ich, «was sie finden würden?»

«Was sie . . .?» Sie sah mich mit großen Augen an. «Ich verstehe nicht. Ich habe nur, ich konnte einfach nicht selbst rausfahren. Wenn es wirklich so war, dass er so leben . . . Ich . . .»

«Ich gehe davon aus, dass Sie die einzige Erbin sind, oder? Sie übernehmen die gesamten Aktien, wenn er . . .»

«Papa?!» Ihre Augen begannen zu glänzen.

«Sagen Sie, was wollen Sie damit andeuten? Dass . . .»

Ich gab meiner Stimme einen dunkleren Ton als ich sagte: «Ihr Vater ist tot, Hildegunn.»

«Tot?», hauchte Hildegunn Freihow, und ihre Pupillen kippten hinter ihre Augenlider, ihr Gesicht wurde bleich und sie sank zusammen.

Ihr Mann stand schnell auf und griff ihr unter die Arme, bevor sie auf dem Boden landete. «Hildegunn!»

Er hob sie auf ihren Stuhl und hielt sie mit der linken Hand fest, während er ihr mit der rechten leicht ins Gesicht schlug. «Hildegunn! Wach auf!»

Sie murmelte irgendetwas Unverständliches.

Freihow sah mich verärgert an. «Das hier werden Sie büßen, Veum!»

Hildegunn Freihow öffnete die Augen und sagte: «Papa... Ich glaube, ich bin...» Sie hängte ihren Blick an ein Tablett mit Mineralwasser, das in einer Ecke des Raumes stand. «Kann ich bitte etwas...»

«Aber natürlich.» Jasmin Henrichsen ging schnell hin, öffnete eine Flasche, goss ein Glas voll und gab es Freihow, der es seiner Frau an den Mund hielt.

Hildegunn sah mich mit schwimmenden Augen an. «Ist das wahr... Haben Sie nicht gesagt, dass... dass Papa tot ist?»

Ich nickte. «Ja. Leider. Es tut mir sehr Leid.»

«Ja, das soll Ihnen auch Leid tun!», sagte Freihow scharf.

Ich erwiderte seinen Blick. «Aber Sie sind doch der Tatkräftige in der Familie, Freihow, ist es nicht so?»

«Und was meinen Sie damit, Veum? Sollte ich etwa... Wir wissen doch nicht einmal, wie er gestorben ist.»

«Aber den Streit zwischen Ihnen und Ihrem Schwiegervater hat jemand mit angehört. Ein glaubwürdiger Zeuge. Sie haben ihn nicht vielleicht heute Morgen noch einmal wiederholt?»

«So was Unverschämtes habe...», begann Freihow.

«Jetzt muss die Generalversammlung auf jeden Fall verschoben werden!», unterbrach ihn Jasmin Henrichsen.

Er drehte sich zu ihr herum. «Wie meinen Sie das?»

«Na ja, ich meine... Wenn William, wenn Direktor Bøschen gestorben ist, bevor die Generalversammlung zusammentrat... Dann müsste ja die Sache mit der Erbfolge zuerst geklärt werden. Und bis dahin...»

«Aber es ist doch klar, dass Hildegunn alles übernimmt. Sie ist die einzige Erbin.»

Jasmin Henrichsen schnaubte laut.

Hildegunn Freihow sah fragend die Sekretärin ihres Vaters an. «Ja? Das bin ich doch wohl?»

«Es gibt doch sicher ein Testament?», sagte ich.

Freihow sah sich um. «Ich denke schon, oder? Hildegunn! Weißt du etwas davon? Vom Testament deines Vaters?»

Sie wedelte mit einem Arm, als hätte sie immer noch Probleme, das Gleichgewicht zu halten. «Papas Testament? Nein, ich . . .»

Ich sagte schnell: «Und Sie, Fräulein Henrichsen?»

«Ob ich . . .»

«Ja, ob Sie von einem Testament wissen?»

«Nein, ich kann mich nicht erinnern . . . Aber es wird sicher auftauchen. Bis dahin können wir wohl nur warten.»

«Ganz im Gegenteil», warf Freihow ein. «Ich meine, wenn kein Testament vorliegt, dann ist die Sache doch schon jetzt klar.»

«Ich frage mich nur eines», begann ich und wurde von lauten Stimmen von draußen unterbrochen.

Die Tür wurde mit einem Knall aufgestoßen, und wir hörten nur das Ende des verzweifelten Refrains der Sekretärin: «. . . nicht einfach so reingehen! Es ist Generalversammlung!»

«Ich will, ich kann und ich bin schon drin!», stellte Dankert Muus fest. Dann entdeckte er mich, streckte seinen Zeigefinger in meine Richtung aus und stieß halb über seine Schulter hinweg hervor: «Und dieser Mann da, seit wann darf der an der Generalversammlung teilnehmen, wenn ich fragen darf?»

«Herzlich willkommen, Muus», sagte ich.

Am Hals der Sekretärin wuchsen große rote Flecken. Sie sah verzweifelt ihren Arbeitgeber an. «Direktor Freihow, es tut mir furchtbar Leid, aber heute geht einfach alles . . .»

«Jajaja!», rief Freihow. «Schon gut. Verschwinden Sie!»

«Und ich glaube, das solltest du auch tun, Veum», schloss sich Muus ihm an, «bevor ich dich melde . . .»

«Beim Kartellamt? Nun mal halblang, Muus. Ich glaube, ich bin gerade dabei, hier etwas aufzurollen.»

«Ach ja? Und wer hat dir die Erlaubnis gegeben?»

«Genau!», sagte Freihow. «Wer Sie auch sein mögen . . .»

«Oberkommissar Dankert Muus. Kriminalpolizei Bergen.»

Hildegunn Freihow fasste sich an den Hals und schnappte nach Luft. «Kriminalpo-»

Freihow warf ihr einen besorgten Blick zu, aber als er sah, dass sie diesmal die Fassung wahrte, wandte er sich wieder an Muus. «Freut mich.» Er zeigte auf mich. «Könnten Sie so freundlich sein und diesen Mann festnehmen?»

«Das täte ich nicht zum ersten Mal. Es ist ein zwiespältiges Vergnügen.»

«Nicht so zwiespältig wie hier zu stehen und mit anzuhören, was Sie beide hier herunterleiern», sagte ich. «Aber ich habe der Frau dort drüben eine Frage zu stellen . . .»

Muus folgte meinem Blick. «Ja?»

«Fräulein Henrichsen . . .»

«Mir?», fragte Jasmin Henrichsen kühl.

«Ja, denn Fräulein stimmt doch, oder?», fuhr ich fort.

«Na ja, ich . . .»

«Denn gestern haben Sie mir von Ihrem Mann erzählt, der so früh gestorben ist. Und im selben Atemzug sprachen Sie von Ihrem Vater, dem Kinotechniker, der sich gewünscht hatte, Ihren Namen auf der Leinwand zu sehen – als Jasmin Henrichsen. Dann war also Henrichsen Ihr Mädchenname, und Sie gehören nicht zu der Generation von Frauen, die bei der Heirat ihren Mädchennamen behielten . . .»

«Nein, ich . . .»

«Hör mal zu, Veum», sagte Muus ungeduldig. «Was hat denn das hier mit – ja, mit dem anderen zu tun?»

«Du kannst ruhig mit offenen Karten spielen, Muus. Ich habe ihnen erzählt, dass Bøschen tot ist.»

«Und wer hat dir die Erlaubnis gegeben?»

«Du wiederholst dich, Muus. Niemand. Aber es hat mir auch niemand verboten, oder? Es gibt nämlich noch mehr Fragen an Fräulein Henrichsen.»

«Zum Beispiel?»

«Ihr ausgesprochenes Interesse für Botanik. Ihr Garten, der so voller Rotem Fingerhut steht. Denn ich gehe davon aus, es war kein Geheimnis für Sie, Fräulein Henrichsen, dass man aus Rotem Fingerhut Digitalis gewinnen kann?»

«Digitalis?», wiederholte Hildegunn Freihow langsam.

«Genau. Denselben Stoff, der als Herzmedizin verwendet wird, sicher auch der, den Ihr Vater einnahm, aber natürlich in geringeren Mengen.»

Sie sah nachdenklich von mir zu Fräulein Henrichsen.

Ich drehte mich wieder zu Muus um. «Was würdest du sagen, Muus, wenn die Pathologen große Mengen Digitalis in Bø-schens Magen finden würden?»

«Meinst du, dass sie – dass Fräulein . . . Aber was sollte das Motiv sein?»

«Sie hat einen Sohn», sagte ich, «aber sie hatte nie einen Mann. Seit ewigen Zeiten ist sie Bøschens Sekretärin. Bin ich der einzige, der sich fragt, wer wohl der Vater ihres Sohnes sein könnte . . .»

«Jørgen!», stieß Hildegunn hervor und sank langsam wieder zusammen.

«Ach Hildegunn!», sagte Freihow und packte sie erneut fest am Arm. «Nun bleib doch stehen, zum . . .»

«Fräulein Henrichsen?», wiederholte ich hartnäckig.

Sie betrachtete mich abschätzend. «Ich habe nichts dazu zu sagen.»

«Aber es stimmt, was Veum da redet?», fragte Muus.

«Das . . .» Sie hielt inne.

«Ich brauche nur zu telefonieren», sagte ich. «Mit einer, ähem, Freundin beim Einwohnermeldeamt, um die Verwandt-schaftsbeziehungen zu klären.»

«Das können Sie nicht tun!», rief Jasmin Henrichsen mit zit-ternder Stimme. «Es gab nie . . . Das einzige, was es gibt, ist eine Erklärung, unterzeichnet von . . .»

Muus sagte bedächtig: «Die beinhaltet . . .»

«Dass, dass – ja, dass . . .»

«Unterschrieben von wem?», fragte ich, und Muus sah mich verägert an.

«Von William. Und von seinem Vater.» Sie sah sich viel sagend im Raum um. «Wir konnten ja nicht ahnen, dass eine solche Situation entstehen würde!»

Hildegunn Freihow wachte langsam wieder auf. «Aber Papa – ich – Jørgen . . . Oh, mein Gott!»

Jasmin Henrichsen betrachtete sie mit einem fast mütterlichen Blick. «Es war William immer wichtig, für Jørgen einzustehen. Er hat seine gesamte Ausbildung bezahlt, hat seine Beziehungen spielen lassen, als Jørgen in den USA einen Job suchte, und . . . Na ja. Die Erklärung beinhaltet – und es ist nicht ausgeschlossen, dass – wenn es wirklich ein Testament gibt, dann . . .»

Ich räusperte mich. «Lass los, lass es gehen, hat er zu mir gesagt. Da schien er sich nicht mehr für so vieles verantwortlich zu fühlen.»

«Beginnende Senilität», sagte Jasmin Henrichsen kurz. «Haben Sie es ihm nicht angemerkt, als Sie . . . Es war schon recht weit fortgeschritten.»

«Und Sie haben ihm geholfen – den Rest des Weges?»

Sie sah mich entsetzt an. «Nein!»

«Sie müssen zugeben, dass sein Tod höchst gelegen kam?»

«Sie reden wie ein Mann ganz nach meinem Geschmack, Veum», sagte Freihow.

«Es geht hier absolut nicht um Geschmack! Ich mag es nur nicht, ausgenutzt zu werden.»

«Ausgenutzt?», wiederholte Muus. «Was meinst du damit, Veum?»

«Denn Sie brauchten meine Hilfe, Fräulein Henrichsen, um Bøschen zu finden, und zwar rechtzeitig. Denn Sie waren es, die heute Morgen da draußen mit ihm geredet hat, stimmt's? Sie waren es, die Peder Paulsen gehört hat?»

Sie sah mich müde an. «Ja, ich – aber ich wollte ihm nur ins Gewissen reden. Ihn bewegen, heute hierher zu kommen.»

«Und als es nichts half, da taten Sie Digitalis in seinen Kaffee?»

«Und mit meiner Kenntnis der Botanik», ergänzte sie triumphierend, «kann ich Ihnen jedenfalls sagen, dass gerade das ziemlich schwer zu beweisen sein wird, Herr Veum.»

«Jørgen», murmelte Hildegunn, noch immer mit getrübtem Blick. «Ist Jørgen mein Bruder?»

«Halbbruder», sagte Jasmin Henrichsen milde. «Es war eine Beziehung, die der alte Bøschen, Williams Vater, niemals tolerieren konnte. Außerdem war William schon verlobt mit deiner Mutter. Die Geschichte wurde in aller Stille geregelt. Ich bin für ein paar Jahre verreist und kam dann in meine alte Stellung zurück. Niemand ließ sich etwas anmerken. Niemand sonst wusste etwas – nur William und ich und . . .»

«Der alte Bøschen?», fragte ich.

«So war es nun einmal, damals, wenn man die Macht hatte.»

«Also ist er – Ihr Sohn – in Wirklichkeit der letzte Bøschen . . .»

«Nein, Veum. Er trägt meinen Namen.»

«Der erste Henrichsen!», sagte Eystein Freihow und hob resigniert die Arme. «Was für eine Farce.»

Ich konzentrierte mich weiterhin auf Jasmin Henrichsen. «Ich komme immer noch nicht von dem Eindruck los, dass Sie es waren, die ihm die Eintrittskarte verabreicht hat. Und dass ich der Handlanger des Henkers war . . .»

«Da kann man nichts machen», brummte Muus. «Ich werde die ganze Bagage einkerkern – bis alles geklärt ist.»

Freihow wurde dunkelrot im Gesicht. «Aber das ist doch lächerlich! Dafür haben Sie nicht die geringste Veranlassung!»

«Ach, nein?», fragte Muus und blinzelte ihm boshaft zu. «Sind Sie sicher?»

Freihow wusste nicht, mit wem er es zu tun hatte. Dankert Muus tat, wie er gesagt hatte: Er kerkerte uns alle ein. Von dort aus holte er uns zu sich nach oben, einen nach dem anderen, und er verhörte uns so gründlich, dass er hinterher unsere Steuererklärungen hätte ausfüllen können.

Am Ende musste er uns natürlich alle gehen lassen.

Man fand tatsächlich Digitalis in William Bøschens Magen, aber nicht genug, um daraus ableiten zu können, dass er eventuell vergiftet worden war. Und Jasmin Henrichsen konnte sich jetzt die besten Anwälte des Landes leisten. Das Testament lag nämlich bei einem der vornehmsten Finanzanwälte der Stadt, und Jørgen Henrichsen war tatsächlich der Alleinerbe des gesamten Aktienanteils seines Vaters an Bøschen & Co.

Mehr ist nicht zu sagen. Mit dem Kapitalismus ist es wie mit der Revolution. Er frisst seine Kinder.

Mein erster Eindruck von Jasmin Henrichsen war richtig gewesen. Sie hatte nichts Blumenduftendes und Sommerliches an sich. Sie war der Herbst persönlich, und der Raureif, den sie über William Bøschen gebreitet hatte, würde niemals tauen.

Auf seinem Grabstein müsste tatsächlich stehen: Der Letzte. Jetzt findet man sie nicht einmal mehr im Telefonbuch.

Panther sucht Partner

Zum ersten Mal erfuhr ich durch einen Zeitungsartikel von ihm.

Vier Frauen aus unterschiedlichen Orten im Vestlandet warnten andere Frauen vor dem rücksichtslosen Mann, dem sie sich alle ausgeliefert hatten. Allerdings beschlossen sie, anonym zu bleiben. Alle wurden nur mit einem fiktiven Vornamen genannt. Abgebildet wurden sie als schwarz-weiße Silhouetten. Ein Foto zeigte sie nur von hinten, vis à vis der Journalistin, die den Artikel geschrieben hatte. Dem Aufmacher zufolge waren «mehrere von ihnen öffentliche Angestellte, erfolgreich und mit guter Ausbildung». Trotzdem waren alle vier um «zum Teil sehr große Beträge ersparten Geldes» betrogen worden, das hauptsächlich bar ausgezahlt worden war an den Mann. In einem Fall wurde auch Geld auf ein Konto überwiesen, das, wie sich später herausstellte, auf falschen Namen lief. Alle Auszahlungen waren in Verbindung mit einem Hauskauf oder entsprechenden Investitionen erfolgt, in Gedanken an eine baldige Eheschließung oder an ein Zusammenleben. Allen Fällen war gemeinsam, dass sich der Mann, sobald der Betrag ausbezahlt worden war, in Luft auflöste und sich nie mehr meldete. «Als habe er überhaupt nicht existiert», wie eine Frau sich in dem ausführlichen Artikel äußerte. «Aber er war auf jeden Fall Bergenser», stellte eine andere fest, und darin waren sich alle einig. Name, Beruf und Hintergrund variierten von Beziehung zu

Beziehung, aber dass er aus Bergen kam, daran bestand kein Zweifel. Die Frauen stammten der Zeitung zufolge aus Møre und Romsdal, Nordhordaland sowie zwei aus Sogn und Fjordane.

Alle Frauen hatten den Mann kennen gelernt, indem sie auf Annoncen in einer der Hauptstadtzeitungen geantwortet hatten, die mit unterschiedlichen Chiffren und Stichworten wie: «Rotwein und Kerzenschein», «Du und ich», «Zärtlichkeit und Freundschaft» und «Gemeinsame Zukunft» erschienen waren. Nach einem kürzeren Briefwechsel hatten sie sich mit dem Mann getroffen, den sie alle im Nachhinein als «sehr charmant, sympathisch und nett» bezeichneten, und der einen so vertrauenswürdigen Eindruck machte, dass alle vier nach kurzer Zeit bereit gewesen waren, auf den kleinsten Wink von ihm zu reagieren. Im Laufe von insgesamt zweieinhalb Jahren hatte er ihr Vertrauen in solchem Umfang gewonnen, dass sie alle bereit waren, eine Ehe mit ihm einzugehen, sobald die finanziellen Voraussetzungen geklärt wären. Und das geschah offenbar, jedenfalls für ihn – wie die Zeitung behauptete.

Als die vier Frauen gebeten wurden, ihn zu beschreiben, waren sie nicht in der Lage, besondere Kennzeichen zu nennen, nur dass er dunkelblond war, schlank und, wie mehrmals während des Interviews wiederholt wurde, «äußerst charmant». Sie hatten sich zusammengetan, weil sie sich alle irgendwann an die Polizei gewandt hatten, dadurch in Kontakt gekommen waren und beschlossen hatten, gemeinsam eine Warnung auszusprechen, «damit sich nicht noch mehr Frauen so naiv und kopflos benehmen, wie wir es getan haben».

Die Zeitung hatte die Polizei um einen Kommentar gebeten, aber da der Fall von mindestens drei verschiedenen Polizeikammern bearbeitet wurde und die Schuld in hohem Maße der Gutgläubigkeit der Frauen zugeschrieben werden musste, war es schwer für die Polizei, sehr viel in den Fall zu investieren, obwohl es sich unzweifelhaft um einen durchtriebenen Schwindler handelte. Ein Polizeiermittler in Bergen hatte versucht, die

Identität hinter dem falschen Bankkonto herauszubekommen, aber ohne Erfolg. Bis neue Verdachtsmomente auftauchten, hatte die Polizeikammer in Sogn und Fjordane, zu deren Amtsbereich zumindest zwei der Fälle gehörten, die Sache zu den Akten gelegt.

Ich weiß nicht, warum ich den Artikel so gründlich las. Vielleicht weil es einer der Bürotage war, wo die Zeit so langsam verging, als sei ihre Batterie fast leer, und wo es einem allein schon wie Verschwendung vorkam, den Kopf langsam von links nach rechts zu drehen. Vielleicht regte sich aber auch irgendwo in meinem Inneren ein Gefühl, dass ich noch mehr von diesem Mann hören würde.

Ich erinnere mich, dass ich mich im Sessel zurücklehnte, die Füße auf den Schreibtisch legte, die Augen schloss und bei mir dachte, wie nett es sein musste, so charmant zu sein. Nicht in erster Linie, um ihnen das Geld aus der Tasche zu ziehen, obwohl mein Konto das sicher gut hätte brauchen können, sondern um all diese Frauen zu treffen, von Møre und Romsdal bis Nordhordaland, mit jeder von ihnen bei Kerzenschein Rotwein zu trinken, nur sie und ich, während wir zärtlich und freundschaftlich über eine gemeinsame Zukunft diskutierten.

Noch ahnte ich nicht, dass ich tatsächlich die Ehre haben würde, sie alle vier kennen zu lernen, obwohl ich doch so unglaublich uncharmant war. Ich ahnte noch nicht einmal, dass das, was wie ein relativ unschuldiger, wenn auch gemeiner Fall von Schwindel aussah, als etwas weitaus Düstereres und Gefährlicheres enden und ein Ränkespiel entlarven sollte, für das man viel mehr als nur «äußerst charmant» sein musste, um es durchzuziehen. Ich ahnte damals nicht, dass das Ganze mit Tod und Elend enden und Einblick in etwas geben sollte, von dem zu wissen ich am liebsten verschont geblieben wäre.

Denn hätte ich es geahnt, hätte ich möglicherweise heftig gezögert, als anderthalb Monate später eine dunkelhaarige Frau mein Büro betrat, eine Zeitung vor mir ausbreitete, mir diesen Artikel oben auf meinen Schreibtisch legte und sagte: «Ich habe den starken Verdacht, dass meine Schwester gerade diesem Mann auf den Leim geht. Ich will, dass Sie ihn aufhalten, ihn identifizieren, und aller Welt klar machen, was für ein Schwein er ist!»

2

«He, he, he», sagte ich. «Nun mal ganz langsam. Setzen Sie sich doch zum Beispiel erst mal.»

Sie gehorchte, jedoch so unruhig, als könne sie jederzeit wieder aufspringen.

Ich lächelte beruhigend. «Wie sagten Sie, war der Name?»

«Das ist es ja, ich weiß es nicht! Das will ich ja gerade von Ihnen her-»

«Ich meine natürlich Ihren Namen», unterbrach ich sie.

«Oh, das . . .» Sie lächelte matt. «Veslemøy Haraldshaug», sagte sie mit dem Echo tiefer Fjorde in der Stimme.

«Wohnen Sie hier in der Stadt?»

«Nein, in Hardanger, gleich südlich von Nordheimsund.»

«Und Ihre Schwester?»

«Sie wohnt direkt in Nordheimsund.»

«Und heißt . . .»

«Astri Sagvik.»

«Welche von Ihnen beiden hat ihren Mädchennamen behalten?»

«Meine Schwester. Sie ist nicht verheiratet.»

«Und Sie sind wie alt?»

«Ja, ich bin vierunddreißig, und sie ist vier Jahre jünger.»

«Schon dreißig geworden?»

«Ja, im September.»

«Und warum meinen Sie, sie sei ein Opfer dieses . . .» Ich nickte zu dem Zeitungsartikel, den sie zwischen uns ausgebreitet hatte.

«Das Schwein!», stieß sie temperamentvoll hervor und warf ihr dunkles Haar zurück.

Sie war für einen Stadtausflug gekleidet: blaue Cordhose, weiße Bluse, roter Pullover und eine halblange, dunkelbraune Lederjacke. Sie hatte einen dunklen Teint, der zu ihrer Haarfarbe passte, und ihre rastlosen Augen waren braun. Sie hatte schmale Lippen und ein etwas gequältes Lächeln, und ihre Finger glitten unablässig an den Nähten ihrer braunroten Umhängetasche entlang, als enthielte sie ein Geheimnis, von dem sie noch nicht wusste, ob sie es mir anvertrauen wollte.

«Aber wie gesagt», fuhr ich fort, «warum glauben Sie, dass er es ist?»

«Wenn er es nicht ist, dann ist es ein anderer von derselben Sorte. Er hat schon gefragt, ob sie unabhängig ist, finanziell, und ihr eine tränenrührige Geschichte erzählt, warum er in einer akuten Krise steckt, Probleme mit dem Finanzamt.»

«Heißt das, dass sie ihn getroffen hat?»

«Nein, sie haben nur telefoniert. Und sich über ein halbes Jahr lang Briefe geschrieben. Astri ist schon immer vorsichtig gewesen. Aber jetzt werden sie sich offenbar bald treffen. Er wollte Papiere mitbringen, hat er gesagt, und ihr zeigen . . .»

«Hat Ihre Schwester denn überhaupt Geld?»

«Das ist es ja gerade. Wir . . . Unsere Eltern sind gestorben, bei einem Autounfall, vor – ja, es ist jetzt acht Jahre her, und wir – es war ein ziemlich großes Erbe. Sie hatten Baugrund verkauft, sowohl am Fjord als auch im Kvamskogen, schon vor vielen Jahren. Aber das Geld war nur angelegt gewesen und hatte sich vermehrt, so dass – ja, es war ein solides Vermögen, von dem wir jeder unseren Teil bekamen. Ich selbst habe den größten Teil meines . . .» Sie zögerte ein wenig, bevor sie fortfuhr, «Vermögens in das Haus, in dem wir wohnen, investiert, habe etwas für die Kinder angelegt. Aber sie lebt allein, in einer billigen Wohnung, arbeitet im Sozialwesen und hat sozusagen überhaupt keinen persönlichen Verbrauch, deshalb – ja, dem Steuerbescheid zufolge hat sie das meiste noch.»

«Aber sie ist doch nicht . . . Man kann doch sicher mit ihr reden? Haben Sie ihr diesen Artikel gezeigt?»

Sie schloss die Augen und nickte verbissen. Dann öffnete sie sie wieder. «Das führte zu einer Explosion. Ihr Privatleben ginge mich nichts an, und auch wenn ich vier Jahre älter wäre, sollte ich mir nicht einbilden, ich könnte ihr mit solchem Große-Schwester-Gehabe kommen. Sie wäre in der Lage, ihre Mitmenschen selbst einzuschätzen, und – kurz und gut – ich sollte sie in Ruhe lassen.»

«Hm. Also macht es auch keinen Sinn, wenn ich mit ihr spreche?»

«Nein, sind Sie verrückt? Daran ist nicht zu denken. Noch nicht. Aber wenn Sie herausfinden könnten, wer er ist, und eine von diesen Frauen dazu bringen – oder alle – ihn wieder zu erkennen, dann würde sie vielleicht darauf hören . . .»

«So viel haben Sie ja nicht in der Hand. Warum sind Sie so sicher, dass es tatsächlich derselbe ist?»

Sie sah aus dem Fenster und seufzte. «Na ja, ganz sicher kann ich natürlich nicht sein. Aber als ich gehört habe, was sie erzählt hat, fiel mir ein, was ich in der Zeitung gelesen hatte, vor ein paar Monaten. Ich bin extra deswegen in die Stadt gefahren, zu der Zeitung gegangen, habe ein Exemplar bekommen, es durchgelesen und danach – meine Schwester damit konfrontiert.»

«Und?»

«Tja, wie ich schon gesagt habe . . . Sie wurde wütend. Aber die Vorgehensweise ist auf jeden Fall dieselbe. Sie hat ihn durch eine Kontaktanzeige in *Dagbladet* kennen gelernt, sie haben sich geschrieben und telefoniert, er wohnt in Bergen, braucht Geld, und jetzt kriegt sie also bald Besuch von ihm.»

«Es eilt, mit anderen Worten?»

«Ja! Es eilt!»

«Sagen Sie, diese Anzeige – wenn es nun tatsächlich derselbe ist, welchen Namen oder welches Stichwort hat er dieses Mal benutzt?»

Wir waren jetzt so weit gekommen, dass sie ihre Tasche für mich öffnete. «Ich habe sie hier! Warten Sie!»

«Die Anzeige?»

«Ja . . .» Sie holte einen kleinen, weißen Briefumschlag hervor, öffnete ihn und fischte einen Zeitungsausschnitt heraus. «Ich schäme mich fast dafür, dass ich ihn mitgenommen habe, aber er hing an einer Pinnwand direkt beim Telefon, mit einer Heftzwecke befestigt . . . Hier ist er.»

Sie reichte ihn mir über den Schreibtisch und ich las:

Soll endlich Schluss sein mit der Einsamkeit? Sensibler Mann, 36, einsam, aber flexibel, kinderlieb, häuslich, liebt Wanderungen in Wald und Feld, gesunde Interessen, sucht im Vestlandet Zwillingsseele für dauerhafte Freundschaft, evtl. Ehe. Jede, die schreibt, bekommt Antwort! Kennwort «Panther sucht Partner».

«Aha», sagte ich. «Er ist ja ziemlich selektiv.»

«Wie meinen sie das?»

«Na ja . . . Er könnte ja eventuell auch eine Zwillingsseele im Østlandet finden. Ich meine, es gibt vielleicht nicht so viele davon, mag sein . . . Ich hätte wohl das meiste davon auch schreiben können.»

«Ja, eben! Wer könnte das wohl nicht? Bei dem Angebot muss ja jede anbeißen . . .»

Ich zog leicht die Augenbrauen hoch. «Ja?»

Sie sah mich herausfordernd an. «Nehmen Sie den Auftrag an, Veum?»

«Tja, wenn wir uns über die finanziellen Bedingungen einig werden . . .»

«Das werden wir.»

Ich zeigte wieder auf die Zeitung. «Es könnte einige Fahrerei mit sich bringen.»

«Das ist kein Problem», sagte sie trocken und geschäftsmäßig.

«Und eine andere und ebenso wichtige Voraussetzung ist, dass die Journalistin, die diesen Artikel geschrieben hat, bereit ist, mir die Namen dieser Frauen zu nennen», fuhr ich fort.

«Wenn Sie sie bezahlen müssen, dann tun Sie das! Setzen Sie es auf die Rechnung.»

«Moment mal. Norwegische Journalisten haben ein ganz besonderes Verhältnis zur Korruption. Wenn man ihnen Geld zeigt, dann stellen sie sich sofort auf die Hinterbeine. Ein Bier im Wessel dagegen ... Oder ein besseres Abendessen ...»

«Tun Sie, was Sie für das Beste halten, aber hängen Sie sich rein.» Sie lehnte sich nach vorn und hätte beinahe gezischt, als sie schloss: «Ich will wissen, wer er ist, bevor er noch mehr Schaden anrichtet! Ich will seinen Namen, Veum – und es eilt!»

3

Doch, ich hatte verstanden. Sie wollte seinen Namen, und es eilte.

Aber als ich die Journalistin anrief, wollte sie weder mit mir Bier trinken noch zu Abend essen. Als ich ihr erzählte, worum es ging, war sie allerdings alles andere als unwillig, die vier Frauen anzurufen, ihnen den Fall darzulegen, und sie zu fragen, ob sie sich vorstellen könnten, mit mir zu sprechen. «Unter der Bedingung, dass ich das Material bekomme, und zwar von Ihnen, wenn es Ihnen gelingt, den Typ zu identifizieren», fügte sie hinzu.

«Indianerehrenwort», sagte ich, und Dreiviertelstunden später rief sie wieder an.

«Es geht in Ordnung», sagte sie. «Am skeptischsten war die Frau aus Molde. Sie ist Finanzamtangestellte, aber nachdem ich von den drei anderen ein Ja bekommen hatte, hab ich sie noch mal zurückgerufen, und dann hat sie auch zugestimmt.»

Danach gab sie mir die vier Namen, mit Telefonnummer und genauer Adresse in Austrheim, Førde, Sogndal und Molde.

Ich rief zuerst die an, die am nächsten wohnte, in Austrheim. Sie hatte eine so schwache Stimme, dass ich kaum verstehen konnte, was sie sagte, aber ich schaffte es zumindest, gleich für den Nachmittag eine Verabredung mit ihr zu treffen. Dann rief ich auch die drei anderen an und machte mit ihnen entsprechende Termine, bevor ich mein Büro abschloss, nach Hause ging, einen kleinen Koffer packte, mich ins Auto setzte und losfuhr.

Es war Ende Oktober. Es war grau, ein leichter Schleier von Nieselregen hing in der Luft, und wenn ich mich nicht sehr irrte, würde ich auf den Straßen kaum vielen Touristen begegnen.

Auf der Nordhordalandsbrücke blieb ich allerdings doch im normalen Alltagsstau hängen, der sich vor den Mautschranken noch ein wenig verdichtete. Während ich der Hauptstraße in Richtung Norden folgte, wurde der Himmel langsam immer dunkler, und als ich mich Mongstad näherte, leuchtete die Gasflamme über dem großen Schornstein wie ein Leitstern für mich.

Ich fand Kari Sløvåg in der kleinen Kellerwohnung nicht weit vom Rathaus von Årås. Im Sommer lag das kleine Einkaufszentrum wie eine fruchtbare, grüne Oase im verwehten Nordhordaland, mit üppiger Vegetation und schön angelegten Alleen. Jetzt waren die Blätter von den Bäumen geweht, und sie wirkten ebenso nackt und verletzbar wie die zirka dreißigjährige Grundschullehrerin mit dem glatten, hellblonden Haar und der großen Brille, die mir scheu und ohne Andeutung eines Lächelns öffnete. Ich bemerkte winzige Schweißperlen auf ihrer Oberlippe.

Als sie mich in die gemütliche, kleine Wohnung geführt hatte, flackerte ihr Blick die ganze Zeit zur Tür, als würde sie befürchten, jemand käme herein. Vielleicht aber eher, weil sie darauf wartete, dass ich wieder gehen, die Tür hinter mir schließen und für immer aus ihrem Leben verschwinden würde. Fast fühlte ich mich mitschuldig, als Vertreter meines Geschlechts.

Sie erzählte mir ihre Geschichte mit so leiser Stimme, dass ich mich manchmal vorbeugen musste, um sie zu verstehen. Ich machte mir Notizen und stellte ein paar Fragen, aber der Hauptinhalt war eindeutig.

Auch sie hatte auf eine Annonce geantwortet, ebenfalls in *Dagbladet*, das sie normalerweise ganz und gar nicht kaufte, sondern das eine Freundin bei einem Besuch bei ihr vergessen hatte.

Sie hatte Antwort bekommen von einem Mann, der sympathisch und nett wirkte, jedenfalls auf dem Papier, und von dem sie – hierbei sah sie zum Fenster – auch bei ihrem ersten Treffen einen sehr guten Eindruck gehabt hatte.

«Wo war das?»

«In Knarvik. In einem Café im Einkaufszentrum.»

«Wohnte er vielleicht in der Nähe?»

«Nein, er wohnte in der Stadt, aber wir fanden, dass wir – uns so ungefähr in der Mitte treffen könnten. Das war noch bevor die Brücke geöffnet wurde, und er musste also mit der Fähre fahren.»

«Und wo in der Stadt hat er gewohnt?»

«Na ja, er hat gesagt, er wäre so viel auf Reisen, deshalb hätte er nur ein Postfach.»

«Und was war er?»

Sie sah mich erschrocken an. «Was meinen Sie?»

«Seinen Beruf?»

«Oh . . . Er hat Bücher verkauft.» Sie sah zum Bücherregal. «Ich habe einige davon hier . . .»

«Könnte ich sie sehen?»

Sie nickte, ging zu dem kleinen Bücherregal, das ansonsten nur einige Dekorationsgegenstände und ein paar Familienfotos enthielt, und kam mit drei Büchern zurück.

Ich warf einen Blick darauf. *Das Licht der Welt*, hieß eines, *Steh auf und erwache*, ein anderes und das dritte *Die Soldaten*

Christi. Die Autorennamen waren amerikanisch, aber ich konnte in keinem Buch die Namen der Übersetzer finden. Zwei stammten aus demselben Verlag, das dritte aus einem anderen. Den Namen des einen Verlages kannte ich, der andere war mir unbekannt.

Ich sah auf. «Ziemlich eigenwillig, oder?»

Sie errötete leicht. «Wir waren uns . . . auf dem Gebiet sehr nahe. Ich hatte geschrieben, dass ich religös bin, und gerade deshalb hatte er sich für mich interessiert . . . Hat er jedenfalls gesagt.» Fügte sie hinzu und senkte den Blick.

«Haben Sie sie gelesen?»

«Nicht alle. Ich . . .»

«Ja?» Sie hielt den Blick noch immer gesenkt. «Ich hatte das dritte ungefähr halb durch . . .»

«Ja?»

«Als wir – als es vorbei war.»

«Und warum war es vorbei?»

Sie antwortete nicht.

«Ich habe es so verstanden, dass er Geld von Ihnen geliehen hat?»

Sie nickte.

«Viel?»

Sie legte den Kopf schräg, als würde sie nachrechnen. «Ihr sollt nicht sammeln Schätze auf Erden», murmelte sie.

«. . . wo Diebe einbrechen und stehlen, geht es nicht so weiter?», fragte ich. «War es ein großer Betrag?»

«Groß genug – für meine Verhältnisse.»

Ich betrachtete ihr Gesicht. Der Ausdruck war unbestimmbar und verletztlich, und ich hatte ganz stark das Gefühl, dass es in dieser Geschichte um mehr ging als nur um den Verlust von Geld. «Und danach haben Sie nie wieder von ihm gehört?»

«Nein.» Sie schielte kurz zu mir hoch, fast als sei sie erleichtert.

«Aber das war nicht alles, was passiert ist», sagte ich leise. «Da war auch noch etwas anderes.»

«Nein! Da war nichts . . . anderes.»

«Was . . .»

«Da gibt es nichts zu erzählen!»

Sie kämpfte heftig darum, sich zusammen zu reißen, und ich fragte vorsichtig: «Was ist passiert?»

«Ich will nicht darüber sprechen! Ich habe mit niemandem darüber gesprochen!» Sie hielt sich eine Hand flach auf den Bauch und massierte ihn nervös, als hätte sie dort Schmerzen.

Ich tastete mich vor. «Ist er brutal geworden?»

«Verstehen Sie nicht, was ich sage? Ich will nicht darüber sprechen!» Plötzlich beugte sie sich vor und sah mir direkt in die Augen. «Aber ich habe ihm vergeben. Im Namen Jesu.»

Ich nickte. «Dann ist ja wohl alles in Ordnung . . .»

Ihr Gesicht bekam Flecken vor Erregung, und ich begriff, dass ich auf diesem Weg nicht weiter kommen würde. Stattdessen zeigte ich auf die drei Bücher. «Wollen Sie sie behalten?»

«J-ja, ich glaube schon.»

«Dann werde ich mir nur Titel, Verlag und Erscheinungsjahr notieren . . .»

Sie nickte. «Glauben Sie . . . Glauben Sie, er hat auch das erlogen?»

Ich zuckte mit den Schultern. «Man kann nie wissen. Wie hieß er übrigens?»

«Harald . . . Sørebø.»

«Und die Postfachadresse?»

Sie stand auf und öffnete eine Schublade.

«Ich habe sie hier . . .»

«Briefe haben Sie nicht mehr?»

«Nein, ich habe sie alle verbrannt, hinterher . . .»

«Und Sie sind sicher, dass Sie nicht erzählen wollen . . .»

«Nein, habe ich gesagt!», stieß sie hervor. Und danach, mit wachsender Heftigkeit: «Nein, nein, nein!»

Ich hob abwehrend eine Hand. «Aber war-»

«Er . . . er war nicht der, für den ich ihn gehalten hatte! Er war . . .» Sie suchte nach dem richtigen Wort. «Er war böse!»

4

Ich verließ Kari Sløvåg mit den ersten wichtigen Mosaikteilen.

Ein Mann namens Harald Sørebø, mit einer Postfachadresse in Bergen, der christliche Bücher verkaufte und «böse» war.

Von einer Telefonzelle am Fähranleger in Leirvåg aus rief ich in der Stadt an und überprüfte einige der Angaben.

Die Postfachadresse gehörte zum Postamt in Dreggen, aber der Vertrag, der tatsächlich auf den Namen Harald Sørebø gelautet hatte, war abgelaufen, und ein neuer Mieter, eine Firma mit Büroadresse auf Bryggen, hatte das Fach übernommen. Darüber hinaus konnte die örtliche Postangestellte mir keine Auskünfte geben. Dafür müsste ich mich an das Hauptpostamt wenden.

Dort verwies man mich an einen Mann namens Hildal. Er rollte die R schwach und hatte seine Vorschriften zu befolgen, und keine davon schrieb ihm vor, «jedem x-beliebigen» solche Informationen zu geben, wie er es mit überwältigendem Sinn für Diplomatie ausdrückte, «und schon gar nicht am Telefon».

«Kann ich vorbeikommen, wenn ich wieder in der Stadt bin?», fragte ich.

«Das ist kaum der Mühe wert.»

«Dann ist es abgemacht», sagte ich, während ein insistierender Piepton mir mitteilte, dass die Sprechzeit abgelaufen war.

Das letzte Telefonat, in aller Eile, während die Fähre schon fast anlegte, galt meiner treuen Freundin beim Einwohnermeldeamt, Karin Bjørge. Sie fragte ihren Computer, und der antwortete, dass es in ganz Bergen keinen Menschen mit dem Namen Harald Sørebø gab. «Als würde er überhaupt nicht existieren» – hatten die vier Frauen es in dem Interview nicht so ausgedrückt?

Aber ihr Geld hatte er mitgenommen. Und «böse» oder nicht, einen Namen musste er in jedem Fall haben.

Die Fähre legte an, ich fuhr drauf und folgte dann dem Duft von Kaffee und frischen Pfannkuchen hinunter in die Cafeteria unter Deck. Wir waren nicht gerade viele, die zu dieser Zeit den Fjord überquerten: ein paar Teenager, die ihre Liebsten in Lindås besucht hatten, ein erschöpfter Handelsreisender mit zehntausend Kilometern im Monat gemessen, in Asphaltstaub unter den Augen. Eine korpulente Frau in etwas zu engen Hosen, die ihre Aufmerksamkeit darauf konzentrierte, eine Zigarette zwischen die frisch lackierten Lippen zu bekommen und wieder heraus, ohne den Lack anzukratzen, zwei Freundinnen, die zum Großeinkauf in die Stadt gefahren waren, nach der Zahl der Plastiktüten zu urteilen.

Auf den engen Straßen, bevor wir die Fernverkehrstraße bei Bringelandsåsen erreichten, war es ebenso leer. Es war besser, als im dichten Verkehr zwischen Bergen und Ålesund im Stau zu stehen.

Wenn man von Halbrendslia nach Førde hinunterkam, entdeckte man schnell, dass dies einer der Orte war, an denen Gott seine Meinung geändert hatte. Zuerst hatte er nur vorgehabt, hier ein kleines, freundliches Dorf entstehen zu lassen, mit ein paar verstreuten Bauernhöfen, der Kirche, dem Pfarrhof und ein paar anderen Einfamilienhäusern, alles in idyllischer Lage am Ufer des fischreichen Jølstra. Aber dann kam er – oder war es vielleicht die Konjunktur? – auf andere Gedanken und legte sich ins Zeug: mit Großindustrie und Handelszentrum, Kreiskrankenhaus und so vielen Einfamilienhäusern an den Fjellhängen, dass man schon zum Holmenkollåsen fahren musste, um Ähnliches zu sehen.

Aber das Zentrum von Førde wurde nie etwas anderes als eine Präriestadt, die man in ein westnorwegisches Gebirgstal verlegt hatte. Eine schwere, graue Wolkendecke hing den größten Teil des Jahres vor den Bergen, kalt und frostig im Winter und an den wärmsten Sommertagen viel zu heiß. Es war kein Wunder, dass sie da unten ein gut ausgebautes Sozialsystem brauchten.

Es war schon nach elf Uhr als ich im Hotel Sunnfjord ankam. Ich rief Borghild Brekke an, aber sie konnte mich so spät nicht mehr treffen. Stattdessen trank ich ein paar Bier in einem Lokal namens Riverside. Dort flirtete ein Mädchen namens Frøydis mit mir, allem Anschein nach Førdes gefährlichste Femme Fatale, aber ich ließ die Finger von ihr und ging allein ins Bett, so dass ich am nächsten Morgen mit dem besten Gewissen des gesamten Dorfes aufwachte.

Von meinem Zimmer aus rief ich bei dem christlichen Verlag an, der seinen Sitz ausgerechnet in Porsgrunn hatte. Ob sie einen Verlagsvertreter im Vestlandet hätten, der Harald Sørebø hieß? Nein, so weit man wusste, hatte man überhaupt keinen Vertreter im Vestlandet, ob ich vielleicht interessiert sei?

Ich traf Borghild Brekke wie verabredet um halb eins in einer Cafeteria im ersten Stock, nicht weit von Langebrua. Nur die alten Fotos von Førde im Treppenflur verrieten, wo ich mich befand. Von der Einrichtung her hätte die Cafeteria genauso gut in Oslo oder Bergen liegen können.

Sie hatte sich an einem Tisch ganz hinten im Lokal gesetzt, mit dem Rücken zu den übrigen Gästen. Ich erkannte sie an ihrem glatten, dunklen Haar und der vergoldeten Spange, die sie durch den schalenförmigen Dutt gestochen hatte. Genauso hatte sie am Telefon gesagt, dass sie aussehen würde.

Auf dem Tisch vor ihr standen eine halb volle Tasse Kaffee und ein leerer Teller mit ein paar Kuchenkrümeln. Bevor ich mich setzte, ging ich zum Tresen und gab eine Bestellung auf. Kaffee hatte ich zum Frühstück reichlich getrunken; jetzt bestellte ich Erbsensuppe mit Würstchen und ein Clausthaler.

Borghild Brekke war eine hoch gewachsene Frau mit einer dunkelroten Brille mit ovalen, dicken Gläsern. Sie trug Geschäftskleidung, ein braunes Kostüm und eine eierschalfarbene Bluse, sowie einen kleinen Keramikschmuck um den Hals. Ihr Gesicht hatte etwas Spitzes und Mageres. Ihre Stimme war dünn und klang ein wenig gereizt. «Ich spreche nicht gerade gern über diese Dinge», eröffnete sie das Gespräch abrupt.

«Nein, das kann ich verstehen», erwiderte ich. «Aber wo haben Sie den Troll denn getroffen?»

«Finden Sie das lustig?»

«Nein, das . . .»

«Wenn ja, dann können wir das Gespräch genauso gut gleich beenden. Ich bin nicht hergekommen, um mich lächerlich machen zu lassen.»

«Es tut mir Leid, es ist mir nur so rausgerutscht. Die Fjelllandschaft um uns herum, die vestländischen Fähren, kein Wunder, dass man hier nationalromantisch wird . . .»

«Außerdem habe ich nicht viele gute Erinnerungen an ihn. Es tut mir weh . . . Ich hätte ihn durchschauen müssen, ich als Sozialarbeiterin.»

Ich streckte ihr meine Hand entgegen und schüttelte sie. «Hallo, Frau Kollegin. Wann haben Sie Examen gemacht?»

«1986. Nachdem die Kinder groß waren. Jetzt arbeite ich in der Altenpflege.»

«Sie waren verheiratet?»

«Ja, aber wir haben uns scheiden lassen.» Sie lächelte schief. «Eine der wenigen Ausnahmen, die die gesunde Scheidungsstatistik in unserer Gegend bestätigen. Ein Schandfleck für die Gemeinde, natürlich. Deshalb bin ich hierher gezogen.»

«Also sind Sie nicht aus Førde?»

«Nein, ich komme aus einem kleineren Ort.»

«Also gut. Aber wo haben Sie diesen Mann kennen gelernt?»

«Durch eine Kontaktanzeige, wie die anderen Frauen auch. Wir haben uns geschrieben, er schien sehr nett zu sein, und da wir sogar den gleichen Beruf hatten . . .»

«Ach ja? Er war auch Sozialarbeiter?»

«Ja, jedenfalls hat er das geschrieben. Er hat behauptet, beim Sozialamt in Bergen angestellt zu sein. Das war alles gelogen, wie sich dann herausstellte. Jedenfalls was seine Arbeit betraf.»

«Wie hieß er?»

«Hans Sørensen.»

«Und seine Adresse?»

«Tja, das war nur ein Postfach. Er sei so viel in der Gegend herum gezogen nach seiner Scheidung, hat er erzählt.»

«Er war also auch geschieden?»

«Ja. Und die Frau hatte das Haus und alles behalten – hat er jedenfalls gesagt! Ich Idiot hab ihm jedes Wort geglaubt . . .»

«Und deshalb brauchte er auch Geld?»

Ihr Blick wich mir aus und sie errötete. «Ja, er sagte, er sei in akuter Geldnot. Wie konnte ich . . .»

«Und Sie haben sich getroffen?»

«Ja, er kam hierher. Beim ersten Mal hatte er ein langes Wochenende frei. Später kam er öfter. Aber wir haben uns nie in Bergen getroffen. Er müsste raus aus der Stadt, hat er gesagt, weg von allem, was ihn erinnerte an – wo er sie auf der Straße treffen könnte. Sie hatte einen anderen, verstehen Sie? Die unregelmäßigen Arbeitstage bei der Betreuungsarbeit waren eine große Belastung für die Ehe.»

«Schönen Dank, ich weiß, wovon Sie reden . . .»

«Ja?» Sie sah mich wütend an. «Tja, wenn es nur alles auch wahr gewesen wäre! Aber es war wohl alles nur gelogen . . .»

«Tja . . .»

«Egal, auf jeden Fall fing er an, davon zu reden, hierher zu ziehen. Er könnte sich einen Job beim Jugendamt suchen, da gab es ein paar freie Stellen. Wir haben uns schon Häuser angesehen, und dann bekam er das Angebot für einen sehr guten Kredit bei der Bergensbank . . . Ja, ich weiß, dass es sich dumm anhört, aber ich habe ihm geglaubt, wir haben uns . . . sehr gut verstanden . . .»

«Sie hatten eine Beziehung angefangen?», warf ich ein.

«Ja», antwortete sie mit dünner Stimme, bevor sie wieder in Verteidigungsposition ging: «Mein Gott, wir waren doch beide erwachsene Menschen, und beide nicht von gestern. Also warum nicht? Sollten wir vielleicht den Rest unseres Lebens im Zölibat leben?»

«Sie sagen immer noch wir», sagte ich vorsichtig.

«Ja. Stellen Sie sich vor, das tue ich . . .»

«Hatte er irgendwelche Vorlieben? Ich meine sexuell. Die vorige Frau, mit der ich gesprochen habe . . .»

«Vorlieben? So fein drücken wir uns hier auf dem Land nicht aus. Auf dem Dorf nehmen wir die Dinge wie sie kommen, und sie kommen auch hier in allen möglichen Variationen, da können Sie sich sicher sein!»

«War er . . . bru-»

«Das hier wird zu intim, Veum. Ich will nicht darüber sprechen.»

«Okay, okay. Was war mit diesem . . . sehr guten Kredit, den man ihm angeboten hatte?»

«Tja, was war damit . . .» Erleichtert, das Thema wechseln zu können, begann sie zu erzählen: «Ich habe die Beträge auf sein Konto in Bergen überwiesen, und das war das letzte, was ich von ihm gehört habe. Ich habe mehrere Briefe geschrieben, bekam aber keine Antwort. Telefon hatte er nicht. Nicht zu Hause.»

«Nein?»

«Nein. Ich rief beim Sozialamt an, und ich muss zugeben, dass ich langsam beunruhigt war, aber da haben sie mir erzählt, dass es dort keinen Hans Sørensen gäbe – und auch niemanden, auf den die Beschreibung gepasst hätte . . . Da hab ich mich an die Polizei gewandt, aber die haben lediglich herausgefunden, dass das Bankkonto auf einen falschen Namen lief, wahrscheinlich mit Hilfe eines gefälschten Führerscheins. Und das war alles! Noch ein Fisch im Netz.» Sie sah mich bitter an. «Es war natürlich keine Katastrophe, nur ein ordentliches Lehrgeld. Ich habe meine Wohnung, meine Arbeit. Was ich verloren habe, ist mein gesamtes Erspartes . . . und ein gar nicht so kleiner Teil meines Stolzes. Aber sparen kann ich weiter, und der Stolz, was soll man eigentlich damit?»

«Tja, das . . . Sie haben nicht vielleicht ein Foto von ihm?»

«Nein, er mochte nicht gern fotografiert werden.»

«Hatten Sie den Eindruck, dass er . . . religiös war?»

Plötzlich lachte sie – ein trockenes, herzloses Lachen. «Religiös? Der Hans?! Er hat geflucht wie der Teufel und war hundertprozentig Atheist. Genau wie ich.» Durch das Fenster warf sie einen Blick auf den kleinen Flecken Himmel, den man über den Rand von Steinheia erkennen konnte. «Ich glaube nicht gerade an eine himmlische Fügung. Alles, was passiert, ist unsere eigene Schuld. Das liegt alles in der menschlichen Natur.»

«Können Sie etwas anderes über ihn sagen, was darauf hindeuten könnte, wer er wirklich ist?»

Sie dachte gründlich nach. «Nein. Das einzige, was mir auffällt, ist folgendes. Da war etwas in seinem Verhalten, etwas – Unruhiges, Unberechenbares, etwas Rastloses, was ich – ja, es hätte mir früher auffallen müssen.» Sie beugte sich nachdrücklich vor und schloss: «Er braucht Hilfe! Ich hoffe, dass Sie ihn finden, bevor es zu spät ist. Bevor etwas – Schlimmes passiert!»

5

Wenn man die Storgata in Molde entlanggeht, gewinnt man den Eindruck, es könnte ebenso gut die Haraldsgata in Haugesund sein – und das ist nicht unbedingt als Kompliment gemeint. Aber wenn man einen Blick über den Fjord wirft, sieht man ein Panorama, das am Karmsund fehlt: die Romsdalsalpen in Superweitwinkel und Cinemascope, so weit und breit, dass man rechteckige Augen bekommt, wenn man zu lange hinsieht. Es sei denn, der Nieselnebel hängt so tief, dass man die Berge überhaupt nicht sieht, wie an diesem Tag, als ich früh am Vormittag mit der Fähre von Furneset ankam, nachdem ich in Sjøholt übernachtet hatte.

Die Seele der Stadt wurde symbolisiert von zwei Skulpturen: dem Mädchen mit den vergoldeten Rosen auf dem Platz vor dem Rathaus und dem Jazzmusiker, der sich auf sein Saxophon konzentriert, auf der anderen Seite des Marktplatzes – zwei Figuren in einem ungeplanten, erstarrten Flirt, ohne große Hoffnung, jemals zueinander zu finden.

Das Finanzamt fand ich ein Stückchen weiter an der Storgata.

Ich zögerte ein wenig vor dem Eingang zum Blumengeschäft im Erdgeschoss – aber dann ließ ich es sein. Vielleicht hatte er sich ja mit Blumen über die Hintertreppe in ihr Herz geschlichen. Außerdem gehörte normalerweise mehr dazu als ein Blumenstrauß, um eine Finanzbeamtin zu bezirzen.

Sie hatte ihr eigenes Büro, mit Aussicht auf den Fjord, wo die Fähre schon wieder auf dem Rückweg war, und betrachtete mich mit scharfem Blick durch ihre goldgefassten, geschliffenen Brillengläser. Mir fiel plötzlich auf, dass alle drei Frauen, die ich bis jetzt getroffen hatte, Brillenträgerinnen waren. Verriet das eine Vorliebe von ihm, ein unbewusstes Spiegelbild seiner Mutter oder eines anderen Frauenideals, ein Hang zu kurzsichtigen Frauen – oder war es reiner Zufall?

«Maria Vikebø», stellte sie sich vor und deutete auf den Stuhl vor dem Schreibtisch mit einem Gesichtsausdruck, als wäre ich gekommen, um meinen Steuerbescheid anzufechten.

«Varg Veum», sagte ich und setzte meine herzallerliebste Maske auf. «Es tut mir wirklich Leid, dass ich Sie damit quälen muss, aber es besteht der Verdacht, dass er ein neues Opfer an der Angel hat. Und wir wollen doch alle nicht, dass er noch größeren Schaden anrichtet, nicht wahr?»

«Nein, das wollen wir wohl alle nicht», sagte sie säuerlich und starrte mich so schonungslos an, dass mir mein Hundeblick verging.

«Also, was können Sie mir über den Mann erzählen?», fragte ich mit dem Notizbuch in der Hand, klar zum Diktat.

Sie charakterisierte ihn trocken und schematisch, wie bei der Präsentation einer Klage vor dem Steuerausschuss. «Holger Sortland, dunkelblond, zirka eins achtzig groß, geboren am 26. April 1958, Lehrer am Handelsgymnasium in Bergen, unter anderem für Wirtschaftslehre, Militärdienst in Eggemoen 1978, Examen an der Universität Bergen 1985, verheiratet 1984, geschieden 1992, keine Kinder.»

Ich schrieb so schnell, dass mir die Finger weh taten. Nach einer winzigen Pause fuhr sie fort: «Relativ gute finanzielle Verhältnisse», fügte aber schnell hinzu: «Jedenfalls hat er es so dargestellt.»

«Sie haben einen überraschend guten Überblick, das muss ich sagen.»

«Ich kann mir gut Zahlen merken.»

«Keine von den anderen, mit denen ich gesprochen habe, hatte auch nur annähernd . . .»

«Das kam alles so mit der Zeit heraus, die – ja, in unseren Gesprächen und so.»

«Sogar das mit dem Militär?»

«Ja, ich habe Verwandte in Hønefoss, und als sich herausstellte, dass er sich in der Gegend gut auskannte, rutschte ihm heraus, dass er dort gewesen war, 1978, wie gesagt. Bei der Pioniertruppe.»

«Ja, das dachte ich mir. Wo haben Sie ihn kennen gelernt?»

Nach der bisherig gezeigten Offenheit zog sie sich nun in sich selbst zurück und wurde wieder so geschäftsmäßig und kühl wie vorher. «Das wissen Sie doch! Durch eine solche . . . Annonce. Ich war nie verheiratet, es hat sich nicht ergeben, und . . . ich dachte, er war weit weg, es könnte nicht schaden . . . sich Briefe zu schreiben, meine ich.»

«Aber dann wurde es mehr als ein Briefwechsel . . .»

«Ja, wir haben uns getroffen.»

«Und wo?»

«Nicht hier in der Stadt! Das wäre viel zu . . . Wir haben uns geeinigt, uns . . . so ungefähr in der Mitte zu treffen. Im Hotel Alexandra, in Loen. An einem Wochenende im April.»

«Aha?»

«Ja, aber ich möchte doch unterstreichen, dass wir getrennte Zimmer hatten, und . . .»

«. . . und Sie blieben . . . getrennt?»

«Na ja, wir . . . Er war nun mal ein charmanter Mann.» Plötzlich wirkte es fast so, als wolle sie mir etwas verkaufen. «Freundlich und rücksichtsvoll und . . . Wir hatten es nett miteinander, haben gut gegessen, getanzt . . . Am ersten Abend waren wir richtig schön essen, aber sonst war nichts. Am nächsten Tag sind wir zum Briksdalsgletscher raufgefahren, es war strahlendes Wetter, und wir – wir haben geredet und geredet, und als wir zurückkamen ... Sie müssen bedenken, ich war seit vielen Jahren allein ...»

«... und Sie hatten niemanden zum Reden, außer Klienten, die sich beschweren wollten.»

«Na ja, so schlimm war es auch wieder nicht, aber ... ich bin über vierzig, und die meisten, die ich kenne, haben Familie ... Ja. So ist es eben einfach.»

«Also, als Sie ins Hotel zurückkamen ...»

Sie zog die Augenbrauen hoch. «Das geht Sie eigentlich gar nichts an. Absolut nicht!»

«Aber?»

Sie strich mit einem langen Finger über ihr Haar, in Richtung der zart verteilten, graublonden Strähnen, richtete ihren Rücken auf, zog sich die hellbraune Wildlederweste vor der Brust ein wenig enger zusammen und seufzte schwer. «Na ja, es dient ja wohl einem guten Zweck, also ... Wir haben die Nacht zusammen verbracht, und am nächsten Tag haben wir beschlossen, uns wieder zu sehen.»

«Wie war er – wenn ich fragen darf – im Bett?»

Sie wurde rot. «Nein, ich glaube, Sie dürfen nicht fragen. Ich habe nicht ... Über solche Sachen spreche ich nicht.»

«Aber er war nicht ... Alles passierte freiwillig, sozusagen?»

Sie nickte verkrampft. «Natürlich. Wir waren ... ja ...»

«... erwachsene Menschen?»

«Ja.»

«Ich würde sonst vermuten, dass Sie als Finanzbeamtin zumindest einen winzigen Hang zum SM hätten», dachte ich laut.

«Was haben Sie gesagt?»

«Nein, gar nichts», murmelte ich.

«Nein? Wollen wir weitermachen?»

«Ja, das wollen wir. Was passierte dann?»

«Wir haben uns in regelmäßigen Abständen getroffen. Er hat mich hier besucht, ich ihn in Bergen.»

Ich beugte mich nach vorn. «Ach ja? Sie waren in Bergen?»

«Ja?» Sie sah mich fragend an. «Was ist daran so . . .»

«Zu Hause bei ihm?»

«Nein, er hat mich für ein Wochenende in ein Hotel eingeladen . . . Es mir gegönnt, hat er gesagt.»

«Hmm. Holger Sortland . . . Hat er Ihnen die Stadt gezeigt?»

«Ja. Bryggen, die Fløienbahn, das Aquarium – das normale Programm.»

«Aber nicht seine Wohnung?»

«Nein, er hat gesagt, die sei nicht so besonders, eine Kellerwohnung in Øvsttun, gibt es einen Ortsteil, der so heißt?»

«Sie haben ihm doch dahin geschrieben, oder?»

«Nein. Er hatte ein Postfach, das sei am praktischsten, meinte er, dann bekäme er die Post, bevor er morgens in die Schule ging.»

«Aha. Aber dann ging es um Geld . . .»

Sie wandte den Blick ab, sah über den Fjord. «Ja, das Geld», sagte sie und räusperte sich dünn und lange. «Wir hatten angefangen davon zu reden, zusammen zu ziehen, und er – er hat mir den Prospekt von einem Haus für uns geschickt, das er in Bergen gesehen hatte. Ich habe mich da unten beim Finanzamt erkundigt, ob es in der nächsten Zeit freie Stellen gäbe.»

«Und die gab es wohl, oder?»

«Ja. Aber dann . . .» Sie hielt inne.

«Ja? Was dann?»

«Er hatte an der Börse spekuliert – kannte sich mit Aktien gut aus, behauptete er, aber etwas war schief gelaufen, und um uns dieses Haus zu sichern, tja, er war in akuter Geldnot, und ich – ich Rindvieh, ging ihm auf den Leim, überwies einen Betrag auf sein Konto und . . . tja . . .» Sie legte ihre Hände flach auf den Schreibtisch, mit gespreizten Fingern, als würde ihr schwindelig und sie müsste sich irgendwo festhalten.

«Seitdem haben Sie nichts mehr von ihm gehört?»

«Nein», antwortete sie leise. «Kein Wort. Pötzlich war es einfach ganz still. Es kam kein Brief mehr, er rief nicht mehr an. Und dann . . . Na ja, ich habe nachgeforscht . . . Ich war ziemlich erschrocken, als ich in der Schule anrief und sie dort gar keinen Lehrer mit dem Namen hatten . . . Und als ich bei der Auskunft anrief, fanden sie seinen Namen ebenfalls nicht.»

«Und Sie hatten ihn nie selbst angerufen?»

«Nein, er rief immer an. Er war so eifrig . . .»

«Um wie viel Geld handelte es sich?»

Sie sah wieder aus dem Fenster, starrte lange hinaus, als würde sich dort draußen vor ihren Augen eine Fährkatastrophe abspielen.

«Fünfhunderttausend», sagte sie, so leise, dass ich es kaum verstehen konnte.

«Was?! Eine halbe Million?»

Sie nickte langsam, ohne mich wieder anzusehen. «Ja», sagte sie. «Eine halbe Million.»

6

Sogndal ist ein netter Ort, so nett, dass sich der örtliche Fußballverein nicht so richtig in der Eliteliga festbeißen kann.

So tief im Sognefjord ist das Klima fast wie im Østlandet und man kann sich fast das ganze Jahr draußen bewegen, ohne Gummistiefel tragen zu müssen. Als ich nach der Fahrt durch die Tunnel von Jølster und Fjærland dort ankam, war die Sonne schon hinter den hohen Bergen auf der anderen Seite des Fjords untergegangen. Der Himmel war klar und wolkenlos, pastellfarben in Rosa und Blau, mit einem herbstlichen eisgrauen Ton im Osten, wo oben im Jotunheimen irgendwo der November auf der Lauer lag.

Die vierte Frau auf meiner Liste hieß Jofrid Brattelid, war eine Bauernwitwe und unterschied sich in absolut allem von den drei anderen. Sie trug keine Brille, war rund und kräftig, hatte rote Wangen und eine Schulterbreite, die zeigte, dass sie viele Jahre hart auf dem Feld gearbeitet hatte. Und als ich vorsichtig fragte, wie der charmante Bergenser sie herumgekriegt hatte, brach sie in ein solches Gelächter aus, dass man vermuten konnte, sie sei selbst von Jotungeschlecht. «Er hat mich herumgekriegt? Das war wohl eher umgekehrt, Mann!»

«Umgekehrt? Was meinen Sie damit?»

Sie lehnte sich vor, und ich nahm den schwachen Geruch reifer Äpfel wahr. «Lasses uns mal so sagn», grinste sie, «dass ich ihn rumgekriegt hab.»

«Aber sie haben ihn doch ange-»

«Ja, weil die Polizei in der Lokalpresse nen Aufruf drin hatte nach dem Fall oben in Førde, und's war ja auch beschissen, was er den andern dreien angetan hat . . .»

«Aber Sie haben ihn auf die gleiche Weise kennen gelernt?»

«Jaja, ich hab auf seine Annonce geantwortet. Gemeinsame Zukunft!», prustete sie vor unterdrücktem Lachen. «Wie kommt einer bloß auf so was!»

«Sie sind ihm also nicht auf den Leim gegangen?»

«Seh ich wie eine aus, die jemand auf'n Leim geht? Zarter kleiner Halm im Wind, oder was, hahaha?»

«Nein, ich muss zuge-»

«Aber ich hab ihn bis hier nach Sogndal gelockt, oben auf'n Berg und gleich ins Heu, schneller als du schwupp sagen kannst.»

«So schnell?»

Es glitzerte schwarz in ihren Augen. «Und da hatten wir viel Spaß, das sag ich dir. So viel Leben war hier nich mehr, seit der große Bulle von Lars Ystefjæra geil auf sein Dienstmädchen war.»

«Sie hatten eine sexuelle Beziehung?»

«Ich denk mal, ja», lächelte sie, noch immer sehr zufrieden mit sich selbst. «Und er war'n ganz schöner Akrobat, Ausdauer wie'n Zuchtbulle und Feuer wie'n ganzes Munitionslager.»

164

Plötzlich wurde sie ernst. «Er war der Beste, den ich hatte, seit Arnstein nich mehr is, und das is schon acht Jahre her, Gott segne ihn, der war'n Prachtkerl, das kann ich – dir sagen . . .» Ihr rundes Gesicht bekam einen wehmütigen Ausdruck, als sie sich in der Vergangenheit verlor.

«Sie sind Witwe?»

«Ja. Mein vor Kraft strotzender, lebensfroher Mann . . . Der Krebs kam wie eine Kreuzotter und hat ihn zu einem – Nichts gemacht. Im Laufe von ein paar lächerlichen Frühlingsmonaten war's vorbei mit ihm, der Sommer war der längste meines Lebens, Veum. – Weißte, was Sehnsucht ist?»

«Doch, ich denke schon . . .»

«Und die Sehnsucht hat Helge gestillt.»

«Helge?»

«Ja . . .»

«Unser Mann?»

Sie nickte.

«Wie nannte er sich weiter?»

«Olsen. Helge Olsen.»

«Olsen!»

«Ja? Ist das irgendwie komisch?»

«Nein, ich wundere mich nur. Seine früheren Nachnamen fingen alle mit S an . . .»

«Na ja . . .» Sie zuckte mit den Schultern. «Ich kann dir kein Grund sagen. Ich weiß nich mehr, als er mir selbst gesagt hat.»

«Ja, genau. Aber . . . Sie können also nichts Negatives über ihn sagen?»

«Nichts, was er mir angetan hat, nee. Aber was er mit dieser . . . andern gemacht hat, das . . .»

«Aber – er hat Sie doch auch um Geld betrogen, oder nicht?»

«Nein, stell dir vor, das hatter nich geschafft! Nich eine Øre hab ich für all die Liebe bezahlt.»

«Aber es stand doch in der Zeitung . . .»

Sie lachte ausgelassen. «Er hat's natürlich versucht. Hat draußen in Leikanger n Kredit aufgenommen, mit dem Hof hier als

Pfand, zweihunderttausend hat er auch gekriegt, bar auf die Kralle.»

«Zweihunderttausend? Aber dann . . .»

«Aber er hat ja die Bank betrogen! Du glaubst doch wohl nich, dass ich für den Kredit grade gestanden hätte? Meine Unterschrift gefälscht hatte er auch, aber wenn der Trottel von Bankchef so blöd war, dann . . . Die Bank wüsste schon gern, wer er is, denk ich!»

«Aber dann hat er bei Ihnen ja doch etwas – Gesetzeswidriges – getan, oder? Indem er Ihre Unterschrift gefälscht hat, meine ich.»

«Aber das war es wert, Veum! Das war es wert . . .»

Sie sah mich an, noch immer mit diesem dunklen Blick und einem deutlich sichtbaren Pulsieren unter dem Ohr. «Bleibst du zum Abendessen?», fragte sie, fast gierig.

«Ich glaube nicht . . . Ich sollte wohl zusehen, dass ich über den Fjord komme, bevor es zu spät wird.»

«Ich könnte dich selber rüberbringen . . .»

«Sicher, aber . . .»

«Wer nicht wagt, der nicht gewinnt. Hat dir das noch niemand beigebracht?»

«Doch, sicher. Aber wissen Sie, ich verliere immer. Wenn ich ihn treffe, soll ich ihn dann von Ihnen grüßen?»

«Gib ihm einen Kuss von Jofrid, Veum, und sag ihm danke für alles, was er gegeben hat . . .»

Ich atmete erleichtert auf, als ich draußen vor dem Hauptgebäude stand und das ganze Tal vor mir lag. Unten in Fosshaugane trainierten die Spieler für ein weiteres entscheidendes Qualifikationsspiel für die erste Liga, und unten im Zentrum quietschten die Reifen eines übermütigen Asphaltcowboys aus Kaupanger.

Ich würde selbst sicher auch nie in die erste Liga kommen, und wäre ich noch länger geblieben, dann wäre ich vermutlich auch auf ihrer Speisekarte geendet, befürchtete ich – zumindest als Gericht des Tages.

Auf dem Heimweg von Sogndal, inklusive Wartezeit am Fähranleger bei Hella, hatte ich reichlich Zeit, meine bisherigen Informationen zu sortieren.

Durch die Begegnungen mit den vier Frauen hatte ich ein äußerst vielschichtiges Bild von dem Mann bekommen, nach dem ich suchte. Offensichtlich hatte er eine Vorliebe für Frauen mit Brille. (Vielleicht waren Frauen mit Brille einsamer als andere?) In drei Fällen hatte er sich hinter einem Pseudonym mit den Initialen H. S. versteckt. Im vierten Fall begann der Nachname mit O. Merkwürdigerweise war das auch die einzige Frau, die keine Brille trug – jedenfalls hatte ich es nicht gesehen –, und außerdem war sie die Einzige, die ihn nur positiv beschrieb, nämlich als ausgezeichneten Liebhaber.

Der Hintergrund des Mannes war unklar. Er hatte sich als Verlagsvertreter, Sozialarbeiter, Lehrer und in Sogndal als Krankenpfleger ausgegeben, allerdings ohne dass die bodenständige Jofrid Brattelid ihm «auch nur eine Sekunde» geglaubt hatte, wie sie sagte. Aber wenn Maria Vikebø in Molde die Details richtig erinnerte, war er siebenunddreißig Jahre alt, hatte seinen Militärdienst 1978 in Eggemoen abgeleistet und 1985 in Bergen Examen gemacht. Das gab mir zumindest einige Anhaltspunkte, wenn ich denn an die entsprechenden Informationen herankam.

Aber dann waren da diese vielen Pseudonyme. H. S.: Harald Sørebø, Hans Sørensen, Holger Sortland – und dann plötzlich Helge Olsen. Was besagte das? Hieß er tatsächlich Helge Olsen, und war ihm sein tatsächlicher Nachname zufällig herausgerutscht? (Leicht verwirrt, weil Jofrid Brattelid keine Brille trug?) Waren H. S. seine tatsächlichen Initialen, oder war es nur ein Zufall, dass er diese Kombination bevorzugt hatte?

Außerdem war er ein Genie bei der Beschaffung von Postfachadressen, wahrscheinlich jedes Mal mit Hilfe von gefälschten Führerscheinen. Ein Treffen mit dem zuständigen Menschen beim Hauptpostamt würde ganz oben auf der Liste für den nächsten Tag stehen.

Und was war mit den vier Frauen, die ich getroffen hatte?

Was hatten sie gemeinsam, abgesehen von ihrem unteschiedlichen Maß an Verletzbarkeit? Was war mit der Art, mit der er ihnen gegenüber auftrat – zurückhaltend, wenn es gefordert war, oder als Sexgenie, wenn es von ihm erwartet wurde? War er ein Chamäleon, das die eigenen Züge der Frauen widerspiegelte, sich ihnen und ihren Erwartungen anpasste, ebenso glatt wie der Verlagsleiter, als der er sich zumindest einmal ausgegeben hatte? War er deshalb so schwer zu fassen?

Er hatte zumindest mit dreien eine sexuelle Beziehung gehabt. Jofrid Brattelid hatte keinen Hehl aus ihren Liebesfreuden gemacht, während sowohl Borghild Brekke als auch Maria Vikebø mit ihren Andeutungen sehr zurückhaltend gewesen waren. Jofrid Brattelid hatte gute Erinnerungen aus einer Ehe mit einem sehr virilen Mann und hatte sich auch als Witwe wohl kaum auf ihren Lorbeeren ausgeruht. Maria Vikebø hatte, wie ich es deutete, wohl die meiste Zeit ihres Lebens im Zölibat gelebt, mit ihren Rechnungsbüchern. Kein Wunder vielleicht, dass sie schließlich eine halbe Million für eine Nacht in Loen bezahlte. Borghild Brekke war schwieriger zu durchschauen, aber sie hatte erwachsene Kinder und eine gescheiterte Ehe vorzuweisen und repräsentierte somit vielleicht eine Art Durchschnitt von den Vieren.

Kari Søvåg hingegen ... Mehrmals kehrten meine Gedanken zu ihr zurück. Sie war vielleicht die Schwächste von den Vieren – und diejenige, von der ich den Eindruck hatte, dass sie am meisten verschwieg, aus welchen Gründen auch immer ...

Also ließ ich die Nacht Nacht sein, fuhr über das Vikafjell im Herbstdunkel, folgte der neuen Trasse von Voss nach Dale, nur von dem einen oder anderen Langstreckenlaster begleitet. Als ich zu dem Kreisverkehr bei Vågsbotn in Åsane kam, bog ich nach rechts ab und fuhr wieder in Richtung Norden, über die

Nordhordalandsbrücke nach Årås. Dort kam ich in der Morgendämmerung an, grau und faltig im Gesicht. Ich klopfte an ihre Tür und hoffte, dass sie noch nicht auf dem Weg zur Schule war, sich aber immerhin schon angezogen hatte.

Sie sah mich erschrocken an, ließ mich aber trotzdem herein, mit einem scheuen Blick zu den Nachbarn, aber ohne, dass ich insistieren musste. «Was ist denn jetzt los? Haben Sie ihn gefunden?»

«Nein. Noch nicht. Aber wenn ich ihn finde, werden Sie dann Anzeige gegen ihn erstatten?»

Sie riss die Augen auf. «W-w-wegen der Sache mit dem Geld?»

«Nein», sagte ich. «Wegen der andren.»

Sie wurde dunkelrot. «D-d-der anderen?»

«Die anderen Frauen haben ihn als feurigen Liebhaber beschrieben. Aber Sie – Sie haben nicht – Sie haben nicht so von ihm gesprochen . . . Sie waren vielleicht an – so etwas nicht interessiert?»

«Nein, ich . . . dachte . . . das könnte warten. Bis wir uns besser kannten.»

«Und er, war er dazu bereit – zu warten, meine ich?»

«Nein, er . . .»

Ihr Blick schwirrte im Raum umher, fast widerspenstig, blieb an einem Möbelstück hängen, dem schmalen Sofa mit den zarten, altmodischen Armlehnen.

«Er hat sich an Ihnen vergriffen, nicht wahr?»

«Ich habe es niemandem gesagt! Niemandem!»

«Nein, aber so etwas muss raus, Kari. Irgendwann muss es raus. Wenn nicht aus anderen Gründen, dann weil es Ihnen gut tun wird, darüber zu sprechen.»

Sie sah mich direkt an. «Haben Sie eine Zigarette?»

«Nein, leid-»

«Nein, ich rauche auch gar nicht.»

Plötzlich begann sie zu weinen. Ihre Augen liefen über, und zuerst waren es stille Tränen, die einfach nur liefen, aber dann war es, als würde ein Unwetter, das sich lange aufgestaut hatte nach einem schwülen Sommernachmittag, endlich losbrechen, ihre schmalen Schultern ergreifen und sie schütteln, während schmerzhafte und lange unterdrückte Schluchzer aus ihrer Bauchgegend aufstiegen. Ich versuchte, die Arme um sie zu legen, um sie zu trösten, aber sie erstarrte, entzog sich mir und weinte nur noch heftiger.

Ich ließ sie weinen. Schließlich ebbte es ab, wie jedes Unwetter. Sie holte ein Taschentuch hervor und wischte sich die Augen, die Wangen und das Kinn so gut sie konnte ab. Ihr Gesicht hatte rote Flecken, und sie starrte auf den Boden, als gäbe es nicht die geringste Hoffnung und keinen Grund mehr, noch den Kopf zu heben. Dann sah sie auf ihre Armbanduhr und murmelte: «Ich muss bald gehen.»

«Aber zuerst müssen Sie erz–»

«Na gut! Aber es ist so schwer.»

«Es wird schwerer werden, es nicht zu tun . . .»

Ihre dünnen Finger mit den kurz geschnittenen, unlackierten Nägeln spielten mit dem braunen Armband ihrer Uhr, und es war nicht zu übersehen, wie schmal ihr Handgelenk war. «Es war – am letzten Abend . . . Ich meine – ich habe ihn danach nicht mehr gesehen – Gott sei Dank. Er . . . hat mich da aufs Sofa gedrückt, hat mir die Handgelenke mit – mit seinem Gürtel zusammengebunden und mit einem Seil, und dann . . . Dann hat er mich missbraucht, auf die abscheulichste . . .» Sie schaute zu mir auf. «Es war das erste Mal, verstehen Sie?!»

Ich nickte.

«Und am Ende, spät in der Nacht, als er fertig war, hat er mich losgemacht und gesagt, wenn ich jemals irgendwem davon erzähle, dann würde er zurück kommen und mich um-umbringen . . . Ich habe es Ihnen ja gesagt, Veum. Er war böse. Böse!»

«Und Sie haben währenddessen nicht um Hilfe gerufen?»

«Wen hätte ich denn rufen sollen?»

Ich warf einen Blick zur Decke über uns, von wo aus tapsende Schritte und die Geräusche eines Radios verrieten, dass dort jemand wohnen musste.

«Wer hätte mir geglaubt?»

«Na ja . . .»

«Das hätten sie nicht! Nicht die Leute – hier.»

«Aber die Polizei . . . Haben Sie nicht daran gedacht, ihn anzuzeigen?»

«Hätte man mir da geglaubt?»

Aber ich glaubte ihr. Und als ich Årås verließ und wieder nach Bergen zurückfuhr und mir eine so tief stehende Morgensonne ins Gesicht schien, dass ich die Sonnenblende herunterklappen musste, da war mir klar, dass ich einen noch triftigeren Grund bekommen hatte, den rätselhaften H. S. zu finden, diesen Mann mit den vielen Persönlichkeiten, dem geheimnisvollen Hintergrund und den unwiderstehlichen finanziellen Initiativen.

8

Eine Freundin beim Einwohnermeldeamt zu haben ist für einen privaten Ermittler mit einem ansonsten minimalen Personalapparat ein Glück von ungeahnten Dimensionen. Ich rief sie an, sobald ich wieder im Büro war und das Fenster geöffnet hatte, um die abgestandene Luft gegen etwas frisch verschmutzte von draußen auszutauschen.

Ich erläuterte ihr die Situation und gab ihr ein paar Suchhilfen, in der Hoffnung, dass sie daraus eine Liste ausgewählter Kandidaten zusammenstellen konnte.

«Ist dir klar, wie viele hier Olsen heißen?», unterbrach sie mich.

«Wenn der Vorname mit H beginnt», sagte ich, «begrenzt das die Zahl nicht ein bisschen?»

«Doch, ein bisschen . . . Aber bist du dir auch sicher, dass er Olsen heißt?»

«Nein, aber irgendwo müssen wir ja anfangen.»

«Warum nicht mit Hansen», erwiderte sie säuerlich.

«Aber ein wichtiger Leitfaden ist folgender», fuhr ich fort. «Möglicherweise hat er seinen Militärdienst 1978 in Eggemoen abgeleistet. Hast du eine Möglichkeit, die Listen der Wehrpflichtigen dort in dem Jahr rauszufinden?»

Sie legte eine Kunstpause ein. «Ich könnte es ja mit der gleichen Vorgehensweise versuchen, die du bei mir anwendest . . . und meine Beziehungen ausnutzen.»

«Ja», sagte ich zahm.

«Und ich soll also immer noch nach einem H. Olsen suchen?»

«Na ja, wenn es möglich wäre, eine Kopie der gesamten Liste zu bekommen, dann . . .»

Sie seufzte demonstrativ. «Ich werde mal sehen, aber ich kann nichts versprechen, Varg! Wir haben auch unsere Grenzen . . .»

Ich gab einen mitfühlenden Laut von mir, um sie nicht zu provozieren.

«Ach, tu bloß nicht so!», sagte sie zum Dank. Aber sie versprach, mir sobald sie etwas erreicht hatte Rückmeldung zu geben.

Danach rief ich meine Auftraggeberin, Veslemøy Haraldshaug, an, um ihr zu erzählen, wie weit ich mit meinen Ermittlungen gekommen war.

Aber ich hatte kaum einen Namen gesagt, da unterbrach sie mich schon: «Oh, Veum! Wie gut, dass Sie anrufen! Ich habe ständig versucht, Sie zu erreichen.»

«Sie haben mich selbst auf eine ganze Vestlandstournee geschickt, und das hat seine Zei-»

«Ja aber wissen Sie, sie hat ein Treffen mit ihm verabredet!»

«Ihre Schwester? Ein richtiges Treffen?»

«Ja!»

«Wann denn?»

«Heute!»

«Heute! Und wo?»

«Zu Hause bei ihr, hier im Nordheimsund.»

«Und woher wissen Sie das?»

«Sie hat es selbst erzählt.»

«Und um welche Zeit?»

«Heute Abend. Also, wenn Sie ... Wir könnten bei ihr zu Hause aufkreuzen, und Sie könnten ihn mit dem konfrontieren, was Sie über ihn haben ...»

«Ich weiß nicht, ob ich schon genug für eine Konfrontation habe.»

«Aber heute haben wir die Chance, Veum! Morgen kann es zu spät sein.»

«Okay. Wo treffen wir uns?»

«Unten am Kai, an der Bushaltestelle.»

«Um sieben Uhr, ist das früh genug?»

«Wir wollen es hoffen.»

Ich legte auf und starrte eine Weile aus dem Fenster. Karin konnte längst noch nicht die Liste von 1978 gefunden haben. Meine letzte Chance war die Hauptpost.

Meine Notizen sagten mir, dass er so schlau gewesen war, ein Postfach in vier verschiedenen Postfilialen zu mieten: in Dreggen, wo ich mich schon umgehört hatte, in Nordnes, im Zentrum – und das vierte und frischeste in Åsane. Also rief ich zuerst dort an.

Die Frau, die ich an den Apparat bekam, war relativ freundlich. Doch, es gab dort noch immer ein Postfach auf den Namen Helge Olsen. Nein, es war nicht gekündigt worden, so weit sie wusste. Einen Augenblick, dann würde sie nachsehen. Nach einer Weile war sie zurück: Nein, es war keine andere Post darin als Reklame. Und nein, sie hatte keine Idee, wie oft der Kunde vorbeikäme, um die Post zu holen, aber nach dem Stapel an Reklamesendungen zu urteilen, musste es jetzt schon eine Weile her sein.

Als ich fragte, ob es möglich sei, irgendwelche Informationen über diesen Helge Olsen zu bekommen, bedauerte sie, dies leider verneinen zu müssen, da müsse ich mich an das Hauptpostamt wenden.

Ich sah in meinem Notizbuch nach. «An Hildal?»

«Ja.»

Aber als ich nach Hildal fragte, stellte sich heraus, dass er gerade in Oslo war und auch niemand anders mir weiterhelfen konnte. Ich sollte am nächsten Tag wieder anrufen.

Aber am nächsten Tag konnte es zu spät sein, dachte ich, als ich mich ins Auto setzte und Kurs auf Nordheimsund nahm und eine mögliche Konfrontation mit dem unbekannten Mr X, dem Mann mit den vielen Namen – und einem stetig anwachsenden Bankkonto.

9

Ich parkte unten am Kai. Als ich aus dem Auto stieg, schlug ein Stück entfernt eine Autotür zu. Eine Frau in einem dunklen Mantel mit tief ins Gesicht gezogener Kapuze kam mir in der kalten Meerbrise entgegen. Als sie nah genug herangekommen war, erkannte ich Veslemøy Haraldshaug.

Sie strich sich eine Haarsträhne aus dem Gesicht, reichte mir die Hand und sah mich aus schmalen Augen unter der weiten Kapuze hervor an, die mich an Meryl Streep in *Die Frau des französischen Leutnants* denken ließ.

«Wollen Sie am liebsten nicht erkannt werden?», fragte ich.

Sie lächelte schief. «Ich habe Steinar nicht von ... meinem Projekt erzählt.»

«Steinar ist ...»

«Mein Mann, ja.»

«Wir können gern getrennt gehen, wenn Sie wollen.»

«Nein nein, es ist gleich hier oben.»

Sie ging voraus, um ein paar Ecken und eine Seitenstraße hinauf, bis wir vor einem weißen Haus standen, das von außen zu urteilen zwei Wohnungen in jeder Etage und vielleicht ein paar Appartements im Keller enthielt.

Sie zeigte auf die Wohnung ganz oben links. «Da oben, hinter den vorgezogenen Gardinen.»

«Glauben Sie, er ist jetzt da?»

Sie zuckte mit den Schultern. «Ich gehe davon aus.»

«Was meinen Sie, sollte ich tun? Klingeln, sagen, dass ich von der Prophylaxe-Abteilung der Feuerwehr komme und fragen, ob ich ihre elektrische Anlage ansehen kann?»

Sie bewegte sich unruhig. «Ohne Uniform?»

Oben auf der Straße hinter dem Haus hörten wir ein Auto starten. Das Scheinwerferlicht streifte uns einen Augenblick, und Veslemøy Haraldshaug beugte automatisch den Nacken, obwohl sie sicher gut genug getarnt war.

«Oder sollen wir einfach hier stehen bleiben und warten – bis er wieder geht?»

«Aber der Sinn der Sache ist doch gerade – ihn zu konfrontieren, während sie zuhört!»

«Genau. Aber ich sollte mir wohl etwas Wahrscheinlicheres als die Feuerwehr einfallen lassen . . . Haben Sie eine Idee?»

«Sie könnten ja sagen, Sie kämen vom Finanzamt und darum bitten, ihre Steuererklärung vom letzten Jahr sehen zu dürfen.»

«Im November? Soll ich ihr nicht stattdessen eine Lebensversicherung verkaufen?»

«Doch . . .»

«Warten Sie hier?»

Sie sah sich um. Ihr Blick wanderte nach Vikøy und Framnes, wo die Heimvolkshochschule wie ein erleuchteter Herrenhof vor dem dunklen Fjord lag. In der Luft lag ein grauer Hauch von Schneeregen, der für den Heimweg über Kvamskogen glatte Straßen ankündigte. «Ich komme mit rein, ins Treppenhaus, und warte unten.»

«Okay.»

Das Treppenhaus war sauber und frisch gestrichen, mit einem kühlen Duft von Putzmittel an den Schieferfliesen.

An der linken Tür links im oberen Stockwerk hing ein Schild mit ihrem Namen. Astrid Sagvik.

Ich richtete mich auf, reinigte die Stimmbänder und versuchte fieberhaft, einen besseren Grund zu finden, um mich in ihre Wohnung hineinzureden, mitten in ein Rendezvous mit einem viel versprechenden Verehrer.

Aber im Endeffekt hatte ich mich vergeblich bemüht. Denn als ich klingelte, machte keiner auf.

Nach drei vergeblichen Versuchen tappte ich die Treppe wieder hinunter. Veslemøy Haraldshaug hatte die Kapuze vom Kopf gezogen und sah mir fragend entgegen.

«Es hat niemand aufgemacht», sagte ich. «Meinen Sie, sie sind vielleicht schon . . . beim Dessert angekommen?»

«Sie meinen . . .»

«Ja?»

Sie schüttelte bestimmt den Kopf. «Nicht Astri! Nicht beim ersten Mal!»

«Egal wie sympathisch und charmant er ist?»

«Kommt nicht in Frage!»

«Was machen wir nun?»

«Aber es war doch Licht an . . . Astri geht nie aus dem Haus, ohne das Licht auszumachen. Dazu ist sie viel zu sparsam.» Der letzte Satz kam nicht ganz ohne Schadenfreude.

«Haben Sie denn einen Schlüssel für ihre Wohnung?»

«Doch, den habe ich tatsächlich, für den Fall, dass etwas . . . Aber wir können doch nicht einfach . . .?»

«Haben wir eine andere Wahl? Ich meine, ich habe keine ausreichenden Indizien, um in ihre Wohnung einzubrechen . . .»

Sie seufzte, holte einen Schlüsselbund aus ihrer Handtasche, suchte den richtigen Schlüssel heraus und zeigte damit auf mich. «Sie sollten . . . es tun.»

«Ich glaube, es ist legaler, wenn Sie es . . .»

«Aber was ist, wenn sie – wenn sie wirklich schon . . .»

Ich lächelte schief. «Dann machen wir einen Knicks und entschuldigen uns, wir hätten die falsche Nummer . . . Ich meine – wortwörtlich.»

Sie sah mich bissig an und fand mich überhaupt nicht witzig.

Sie hätte sich auch gar keine Sorgen machen müssen. Wir trafen kein Liebespaar in Astri Sagviks Wohnung an.

Nachdem wir die Tür aufgeschlossen hatten, blieben wir im Flur stehen, aber wir hörten kein Geräusch. Als Veslemøy Haraldshaug vorsichtig den Namen ihrer Schwester in die Wohnung hinein rief, antwortete niemand.

Das war übrigens auch kein Wunder. Denn als wir ins Wohnzimmer kamen, lag Astri auf dem Sofa, voll bekleidet und mit starrem Blick. Sie würde nie mehr irgendetwas beantworten.

Ich drehte mich unwillkürlich zu Veslemøy Haraldshaug um.

Auch sie war leichenblass geworden.

10

Ich packte sie genau in dem Moment, als sie zusammensank. Sie hing bleischwer und reglos in meinen Armen.

Vorsichtig bugsierte ich sie zum nächsten Sessel, setzte sie dort unbequem ab und hielt sie aufrecht, bis sie langsam, wie beim Erwachen aus einem schlechten Traum, wieder zu sich kam.

Sie schluchzte hilflos, und ihre Augen hatten Probleme, ihr Ziel zu finden. «Astri . . . Ist sie?»

Ich sah Astri Sagvik an. «Ich fürchte . . . Können Sie . . . Ich kann Ihnen ein Glas Wasser holen.»

«Danke.» Sie sah dankbar zu mir auf und umfasste die Armlehnen mit kräftigen Fingern, aus denen die Knöchel weiß hervortraten.

Im Schlafzimmer sah das schmale Bett ordentlich und unberührt aus. Die Luft war kühl und sauber, als wäre das Fenster nach dem Lüften gerade erst geschlossen worden.

In der Küche bemerkte ich zwei abgespülte, ungewaschene Teller und zwei Rotweingläser im Spülbecken und eine leere Weinflasche auf dem Boden. Die Bratpfanne war auch nicht abgewaschen, und es hing noch ein schwacher Geruch von gebratenen Zwiebeln in der Luft.

Ich nahm ein sauberes Glas aus dem Schrank, füllte es mit Wasser aus dem Hahn und ging zu Veslemøy Haraldshaug zurück.

Ich hielt ihr das Glas vor den Mund, und sie trank begierig, wobei sie meine Hände umfasste. Sie hatte ihren Blick immer noch nicht unter Kontrolle; das konnte ich daran erkennen, wie sie es vermied, ihre Schwester direkt anzusehen, die auf dem Sofa lag, wenige Meter von ihr entfernt.

Als das Glas leer war, sagte ich leise: «Ich sollte wohl jemanden anrufen.»

Sie nickte schwach, und ich nahm das Glas wieder mit hinaus in den Flur, wo ich den Telefonhörer mit einem Taschentuch umfasste und bei der nächsten Polizeiwache anrief, der Polizeistation in Kvam.

Es konnte nicht weit entfernt sein, denn schon nach fünf bis sechs Minuten standen zwei Polizisten in der Tür. Sie kamen herein und blieben sofort mit starrem Blick wieder stehen, als sei dies auf dem Dorf keine gewöhnliche Kost. Was es hoffentlich auch nicht war.

Gleich darauf kam der Oberwachtmeister selbst, Bjørn Apaltun, ein Hüne von einem Kerl, mit rotbraunem Haar und Händen wie ein Diskuswerfer, auf denen die Sommersprossen ein Muster zeigten, das aussah wie Dreckspritzer nach einem regenreichen Tag im Ring.

Er fragte natürlich, wer ich sei und was ich dort zu suchen habe. Ich nickte zu Veslemøy Haraldshaug, lieferte ihm eine Kurzversion und bat ihn, mit ihr zu sprechen, um sie zu überprüfen.

Sie stand noch immer unter Schock, und es dauerte seine Zeit.

In der Zwischenzeit ließ ich meinen Blick durch den Raum wandern. Er war recht durchschnittlich eingerichtet, mit geschmackvollen Möbeln und hübschen Bildern an den Wänden. Auf einem Sekretär stand ein Foto von Mutter, Vater und den beiden Schwestern als Teenager, auf dem alle Frauen Trachten trugen.

Ich betrachtete es näher. Sie waren beide leicht zu erkennen, obwohl eine von ihnen im Moment gerade verzweifelt auf einem Sessel saß, während sich ein Polizist verständnisvoll über sie beugte, und die andere tot auf einem Sofa lag, anderthalb Meter entfernt.

Der Oberwachtmeister folgte mir mit hellwachem Blick, als sei er besorgt, dass ich irgendwelche Beweise vernichten könnte. Aber ich hatte nicht vor, das Kissen, das auf dem Boden direkt unter ihrem Kopf lag, auch nur mit der Schuhspitze zu berühren.

Als der Arzt kam, mit ebenso dunkler Haut wie Haaren, aber mit einem Dialekt, der verriet, dass er auf jeden Fall in der Gegend von Hardanger Norwegisch gelernt hatte, wurden wir alle sanft zur Tür hinaus geschoben.

Veslemøy Haraldshaug wurde nach Hause gefahren. Mich brachte man auf die Polizeiwache zum weiteren Verhör. Es war schon nach Mitternacht, als ich mich wieder ins Auto setzen und nach Hause fahren konnte – nicht weil sie mich etwa nicht verdächtigt hätten, bei Astri Sagvik vorbeigeschaut und ihr ein Kissen auf das Gesicht gehalten zu haben, bevor ich wie verabredet unten am Kai ihre Schwester traf, sondern weil sie kein ausreichendes Motiv finden konnten, warum ich es getan haben sollte. Mein Beruf sprach gegen mich. Für private Ermittler hatten sie im Hardanger nicht viel übrig, und diese Geschichte mit dem angeblichen Heiratsschwindler – war ich nicht vielleicht selbst dieser Mann? Der Oberwachtmeister hatte mich so misstrauisch angesehen, dass ich ihn gebeten hatte, sich noch einmal an meine Auftraggeberin zu wenden, aber das wies er mit seiner großen Pranke von sich und schloss: «Das können wir morgen machen. Sie können nach Hause fahren. Aber lassen Sie Ihre Adresse und Telefonnummer da. Sie werden wieder von uns hören, sobald wir etwas mehr gegen Sie in der Hand haben.»

«Danke, sehr liebenswürdig.»

«Oh, nichts zu danken.»

Der Weg zurück war dunkel und glatt. Das Wetter konnte sich nicht zwischen Schneeregen und Schneeglätte entscheiden, und irgendwo im Samnager wäre ich beinahe im Straßengraben gelandet.

Ich schlief schlecht in dieser Nacht. Das Bild der leichenblassen, ermordeten Astri Sagvik, die ich nie im Leben getroffen hatte, lag wie eine Haut zwischen mir und dem nächsten Tag. In meinem Kopf wirbelten Fetzen der Gespräche, die ich mit den vier anderen Frauen geführt hatte, die verschiedenen Identitäten, hinter denen er sich versteckt hatte, die vielen Postfächer. Bis jetzt hatte er sich nichts anderes zu Schulden kommen lassen als auf eine höchst unsympathische Weise seine Mitmenschen auszunutzen. Aber eine tote Frau war etwas weitaus Ernsteres als eine enttäuschte. Wenn wirklich er den Mord begangen hatte, was hatte ihn dann dazu getrieben?

Als ich endlich einschlief, schlitterte ich kopfüber in einen düsteren Traum, wo ich noch einmal erlebte, was in Nordheimsund passiert war, mit dem kleinen, aber nicht unbedeutenden Unterschied, dass als wir diesmal in das Wohnzimmer kamen, nicht Astri Sagvik dort lag, sondern eine ganz andere Frau. Kari Sløvåg. Ich wachte mit einem Ruck auf, in Schweiß gebadet und mit dem Gefühl von etwas Unbestimmbarem aber kaum weniger Unumgänglichen im Bauch.

Ich stand auf und erledigte zwei Telefonate.

Das erste galt dem Einwohnermeldeamt, wo Karin eine begrenzte Anzahl von H. Olsens gefunden hatte, innerhalb der aktuellen Altersgruppe waren es noch weniger. Wenn ich vorbeikäme, könnte ich die ganze Liste bekommen. Aber mit Namenslisten vom Militär von 1978 konnte sie nicht dienen.

Das zweite galt dem Hauptpostamt, wo ich fragte, ob Hildal wieder da sei. Und das war er.

Ich erkannte sofort die wohlklingende Stimme mit den rollenden R. «Ja, hier ist Hildal.»

«Veum. Wir haben vor ein paar Tagen miteinander gesprochen. Es geht um ein paar Postfachadressen, die in den letzten Jahren unter falschem Namen eingerichtet wurden. Haben Sie Zeit, mit mir zu sprechen, wenn ich im Laufe einer halben Stunde da bin?»

«Mal sehen, ich habe um zehn Uhr eine Besprechung . . .»

«Ich werde lange vorher da sein», sagte ich und legte auf. Ich wusste, wie es Bürokraten erging, wenn sie eine Besprechung rochen.

Er sah auch nicht besonders wohlwollend aus, als er mich eine knappe halbe Stunde später in sein Büro wies, im signalroten Pullover der Postbeamten und mit einem etwas dämlichen Lächeln um den Mund, einem Lächeln, das ich niemals charmant nennen würde. Aber dunkelblond war er, und vielleicht würde sich ja noch zeigen, dass er, wen es darauf ankam, auch ein sympathisches Wesen hatte.

Sein Vorname stand auf dem Schild an der Tür. Er hieß Helge.

Kein Wunder, dass es ihm nicht besonders schwer gefallen war, sich unter falschem Namen Postfachadressen zu besorgen.

11

«Also Helge ist Ihr richtiger Name, stimmt's, Olsen?», fragte ich und kam sofort zur Sache.

«Helge? Olsen? Wovon reden Sie?» Sein Gesicht war etwas

länglich, gewöhnlich, die Züge regelmäßig. An seinem Lächeln konnte ich noch immer nichts Charmantes entdecken. Sein Haar war dünner, als ich es erwartet hatte und glänzte leicht von Gel.

«Aber warum begannen all diese Nachnamen mit S?»

Als er immer noch so tat, als würde er nicht verstehen, machte ich unverzagt weiter. «Sie wissen sehr gut, wovon ich rede. Harald Sørebø, Hans Sørensen, Holger Sortland, so viel ich weiß, haben Sie noch weitere benutzt – aber nun Helge Olsen.»

Ich bemerkte, wie er langsam blasser wurde und auf seiner Oberlippe der Schweiß hervorperlte. «Wenn Sie es nicht selbst zugeben, können wir gern Ihre verschiedenen Freundinnen herholen und sie bestätigen lassen, dass sie alle etwas gemeinsam hatten, nämlich Sie.»

«Dazu haben Sie kein Recht!»

«Ach nein? Sollen wir gleich von hier aus herum telefonieren?»

Er lächelte angestrengt und schluckte. Seine Maske bekam langsam Risse, aber er versuchte es trotzdem mit einem schmierigen, kumpelhaften Grinsen. «Sie wissen doch wie das ist», sagte er und hob die Arme. «Der Mann, der nicht nein sagen konnte.»

«Sie geben es also zu?»

«Bleibt mir was anderes übrig?»

«Nein, und mit einem Mord auf dem Gewissen ist auch nichts anderes zu empfehlen.»

Es wurde ganz still im Raum. Der Verkehr draußen klang wie der heiße Atem eines sterbenden Organismus. Helge Hildal starrte mich graublass an, ohne den kleinsten Hauch von Charme und Sympathie im Blick. «Ein Mord? Was meinen Sie damit?»

Als ich nicht antwortete, fuhr er unfreiwillig fort: «Doch nicht Kari, hoffentlich . . .»

«Kari Sløvåg? Warum glauben Sie, dass sie es ist?»

«Na ja . . .»

«Sie brauchen nichts zu verschweigen. Ich weiß über alles Bescheid, was zwischen Ihnen und ihr passiert ist. Auch von den Drohungen, die Sie ausgesprochen haben!»

Er machte eine abweisende Handbewegung. «Sie – sie war die am stärksten suizidale von ihnen. Deshalb war ich gezwungen, sie – auf den Teppich zu holen. Ihr einen Grund zu geben, mich zu hassen – und nicht sich selbst die Schuld zu geben . . .. Die Drohungen – das waren nur Requisiten . . .»

Er sagte das auf eine Weise, dass ich Lust verspürte zu ihm zu gehen, ihn aus seinem bequemen Schreibtischstuhl zu heben, zum Fenster zu tragen, es zu öffnen und ihn direkt auf die Olav Kyrres Gate fallen zu lassen, Verkehr hin oder her.

Ich beherrschte mich. «Sehr rücksichtsvoll von Ihnen. Aber es war nicht Kari Sløvåg.»

«Wieso kommen Sie dann mit grundlosen Anschul-»

«Sie waren gestern in Nordheimsund, stimmt's?»

Er sah mich düster an. «Ja, und? Das lächerliche Komplott habe ich sofort durchschaut!»

Jetzt hatte er mich aus dem Konzept gebracht. Um es zu verbergen sagte ich schnell: «Ach ja? Welches Komplott?»

«Ich habe sie sofort wieder erkannt, und da wusste ich, wie der Hase läuft.»

«Wieder erkannt? Astri Sagvik?»

«Es stand ein Bild von ihnen auf dem Sekretär. Von ihr und der Schwester. Ich war beim Militär mit einem, der sie kannte.»

«Sie kannte?»

«Ja, einem Nachbarn! Steinar Haraldshaug. Er hat mich auf die Idee gebracht, ohne es zu merken, der Idiot.»

Ich begriff immer noch nichts. «Auf die Idee . . .»

«Ja! Wir haben unseren Wehrdienst zusammen abgeleistet, und später haben wir uns bei Reserveübungen wieder getroffen. Während einer dieser Übungen hat er mir von diesen Nachbarmädchen erzählt, die beide Eltern bei einem Autounfall verloren hatten und nun dasaßen, mit einem Haufen Geld, alle beide . . .»

«Sie wollen damit sagen, dass er – sie Ihnen vorgestellt hat?»

«Nein, nein, absolut nicht! Er wusste nichts davon. Ich habe mich selbst darum gekümmert, habe meine Erfindungsgabe spielen lassen und den Kontakt hergestellt, ich meine zu der Älteren. Sie schien mir die reifste Frucht zu sein, und so lief es dann auch. Sie wollte mich absolut bei den finanziellen Problemen unterstützen, die ich zu der Zeit hatte. Es ist nicht meine Schuld, dass alle Frauen einen Florence-Nightingale-Komplex bekommen, wenn sie mich nur sehen!»

«Aber keine holt bei Ihnen den barmherzigen Samariter heraus, was, Hildal?»

«Nein, merkwürdigerweise.»

«Aber Sie sprechen also von Veslemøy Haraldshaug?»

«Vesle . . . Sie hieß damals Sagvik!» Jetzt dämmerte es ihm. «Meinen Sie . . . Ist der Trottel etwa hingegangen und hat sie geheiratet, danach?»

«Vielleicht hatte er begriffen, dass er das Ganze in Gang gesetzt hatte.»

«Da haben Sie einen barmherzigen Samariter, Veum!» Er grinste unkontrolliert, nahm sich dann aber zusammen, legte den Kopf ein wenig schief und fragte: «Wie haben Sie mich eigentlich gefunden?»

«Die vier Frauen, die ja alle von außerhalb kommen, haben Sie für einen Bergenser gehalten, weil Sie eine Adresse hier in der Stadt hatten. Und so leicht ist es nicht für Leute aus anderen Gegenden, den Unterschied zwischen einem abgeschliffenen Oddadialekt und einem Bergenser Dialekt zu erkennen. Es hätte vielleicht etwas länger gedauert, wenn nicht . . . Ich habe eine Namensliste aus Eggemoen von 1978 bestellt, und wenn ich Ihren Namen darauf finde, zusammen mit dem von Steinar Haraldshaug, dann ist das Puzzle perfekt.»

«Eggemoen, ja . . . Scheiße. Das war Maria.»

«Genau. Aber als ich hier ankam und Ihren Namen auf dem

Türschild las, schoss mir durch den Kopf, dass es eine Abkürzung gibt zu etwas, was sonst ein großes Organisationstalent und Zugang zu gefälschten Papieren erfordern würde – nämlich selbst im zuständigen Büro zu sitzen, wie der Kuckuck im Nest.»

«Aber was ich getan habe, ist nicht ungesetzlich.»

«Ach nein? – Dann interpretieren wir das Wort unterschiedlich. Wie viel Geld haben Sie von ihnen erschwindelt?»

«Sie haben es mir freiwillig gegeben!»

«Und dann verschwanden Sie spurlos, ohne auch nur Danke zu sagen! Ohne ein ... Ich habe mit jeder von ihnen gesprochen, und da war keine Rede von großer Freiwilligkeit. Und sie sind Ihnen auch nicht besonders dankbar für das, was sie getan haben ... Ich weiß nicht, ob Sie diesen Artikel in der *Bergens Tidende* gesehen haben, vor ein paar Monaten ...»

Seine Mundwinkel rutschten herunter, und es gelang ihm nicht, das Lächeln ganz wieder herzustellen. «Pah! Geben Sie es ruhig zu ... Sie sind doch nur neidisch!»

«Nein, Hildal! Nicht wenn morgen für Sie die Hölle losbricht!»

«Ich ... Sie können doch nicht ... Hören Sie, Veum, wir können sicher eine Regelung finden, ich habe Frau und Kinder ...»

«Auch das noch! Was zum Teufel hat Sie dann dazu getrieben, diese Annoncen zu schalten, dieses ganze Schauspiel anzuzetteln?»

«I-ich weiß nicht, Veum. Es f-fing an als eine Art Spaß, einfach so für mich allein. Aber als Kari antwortete, da ... da habe ich zugeschlagen ... Und ich habe gemerkt, dass sich daraus was machen ließ.»

«Was denn, bitte? Ein Leben zerstören? Sich ein paar klägliche Eroberungen erschleichen?»

«Sie müssen mir glauben! Es ergab sich einfach so. Und es gab ja auch ein paar besondere Erlebnisse. Ich weiß nicht, welchen Eindruck Sie von ... Jofrid hatten?»

«Na, vielen Dank.» Ich unterließ es bewusst, die Grüße auszurichten. Ich fand nicht, dass er es verdiente. «Ich habe sie alle kennen gelernt, und ich lasse mich nicht eine Sekunde beeindrucken, Hildal. Sie haben eine Art von Machtmissbrauch ausgeübt, ja, diese Frauen sogar misshandelt – auf eine Weise, die . . . für mich sind Sie ein klassischer Psychopath, nicht mehr und nicht weniger.»

«Ein Psychopath? Ich?» Er sagte es mit genau dem verdatterten Gesichtsausdruck, der mich davon überzeugte, dass er genau das war.

«Und schließlich endete es auf die schlimmstmögliche Weise.»

«Auf die schlimmst . . . Sie meinen . . .» Er sah mich vorwurfsvoll an. «Sie haben mir noch nicht erzählt, wer tot ist!»

«Keine von den vieren. Astri Sagvik.»

«Astri Sag-? Aber . . .»

«Gestern Abend.»

«Aber Sie glauben doch wohl nicht, dass . . . Da war ich längst schon wieder in Bergen.»

«Ach ja?»

«Also, ein Mörder bin ich nun wirklich nicht. Weil, als ich das Foto auf dem Sekretär zu Hause bei Astri sah, wusste ich sofort, was die beiden Schwestern ausgeheckt hatten und bin gegangen. Da war es fünf vor halb sechs, und das können Sie sich sofort notieren. Denn als ich ging, war sie auf jeden Fall noch am Leben. Genauso wie Sie und ich hier und jetzt, Veum!»

12

Nachdem ich Helge Hildal verlassen hatte, der nun ganz offensichtlich in der Klemme saß, löste ich mein Versprechen ein und rief die Journalistin an, die mir die Namen der vier Frauen besorgt hatte. Als Gegenleistung gab ich ihr einen Namen: seinen. Was sie damit anfangen würde, war ihre Sache, aber sie dankte mir auf jeden Fall aufs Herzlichste. Beinahe hätte sie sich doch zu einem Essen überreden lassen, so klang es zumindest.

Danach machte ich mich noch einmal auf den Weg nach Nordheimsund. Dieses Mal fuhr ich weiter in Richtung Tørvikbygd, wo ich das Ehepaar Haraldshaug bei der angegebenen Adresse antraf. Das angebaute Wohnhaus war von hohen Tannen umgeben, hatte aber trotzdem eine Aussicht auf den Fjord, der an Dickmilch erinnerte, wie er dort zwischen den dunklen Berghängen lag und darauf wartete, dass jemand kommen und ihn wegspülen würde.

Vor dem Haus saß ein blonder Junge von ungefähr vier Jahren und buddelte in einem Sandhaufen. Er sah gespannt auf als ich kam. «Bist du etwa auch Polizist?», fragte er mit dünnem Stimmchen.

«So was Ähnliches», murmelte ich, lächelte hilflos und nickte Steinar Haraldshaug zu, der auf die Veranda getreten war, in schweren blauen Arbeitshosen und einer langen grünen Windjacke über dem rotkarierten Flanellhemd.

Er hatte ein rundes, jungenhaftes Gesicht, helle, leichte Haarsträhnen und rote Wangen. Aber seine Augen waren blau und zugefroren, als gehörten sie zu einem alten Mann im Altersheim, der nur noch Krankheit und Tod vor sich sieht. «Wer sind Sie?», fragte er bissig.

«Varg Veum», sagte ich und streckte ihm meine Hand entgegen. «Ihre Frau hat mich engagiert, um ihn zu finden.»

«Warum hat sie nicht mich gefragt!»

«Sie wussten die ganze Zeit – dass er es war, der ihr das Geld abgenommen hat?»

Er nickte stumm.

«Und sie wusste es nicht?»

«Nein, sie . . .»

Hinter ihm ertönte ein Geräusch, die Tür ging auf und Veslemøy Haraldshaug kam zum Vorschein. Ihr Gesicht war blass und verhärmt, sie hatte dunkle Ringe unter den Augen. Viel geschlafen hatte sie nicht, seit ich sie zuletzt gesehen hatte. «Steht doch nicht hier herum und . . . ich will hören, worüber ihr redet.»

Ich nickte, und wir folgten ihr ins Haus. Steinar Haraldshaug gab ein leises, nagendes Geräusch von sich, als würde er mit den Zähnen knirschen, und die Muskeln in seinem Gesicht traten weiß hervor. «Tschüüss!», rief der kleine Junge hinter uns und winkte.

Als wir eingetreten waren, sah ich die dunkelhaarige Frau vorwurfsvoll an. «Sie haben mir nicht die Wahrheit gesagt. Dass Sie mehr über Helge Hildal wussten, als Sie zugeben wollten.»

«Helge Hildal.» Sie probierte den Namen. «Das war also sein wirklicher Name?»

«Ja.»

«Aber genau dafür brauchte ich ja Hilfe!», sagte sie heftig. «Um herauszufinden . . . – Geir Birkeland hat er sich damals genannt!»

«Aha. Aber geben Sie zu, dass Sie und Ihre Schwester ein Komplott gegen ihn geplant hatten.»

Sie sah zu Boden. «Ja, das stimmt, und deshalb ist es meine Schuld, dass . . . Aber jetzt wissen wir jedenfalls, wer er ist, und . . .»

Ich öffnete den Mund, aber sie fuhr fort: «Wir hatten es genauso geplant, wie wir es dann auch – versucht haben. Sie sollte ihn in der Wohnung aufhalten, und Sie und ich sollten dazukommen und ihn überführen, bloßstellen und erniedrigen und danach: ihn der Polizei übergeben.»

«Aber so lief es nicht», sagte ich bitter.

«Nein, aber wer konnte vermuten, dass er – ich habe keine Ahnung, was passiert ist, aber dass er so weit gehen und sie u-umbringen würde!»

«Aber das hat er nicht getan!»

«Was?! Was soll das heißen?»

«Er hat es nicht getan, denn als er die Wohnung verließ,

nachdem er Sie auf dem Foto auf dem Sekretär wieder erkannt hatte . . . da war sie noch am Leben . . .»

«Noch am L . . . aber wer hat sie denn dann . . .»

«Tja . . .» Ich richtete meinen Blick auf ihren Ehemann. Sein Gesicht war wie eine Gipsmaske, und das Rot auf seinen Wangen sah sehr künstlich aus. Dann schaute ich sie wieder an. «Sie haben also keine Ahnung, wer Helge Hildal von den zwei pötzlich so reichen Mädchen aus Kvam erzählt hat?»

«Wer ihm erzählt hat . . . Er hat angerufen . . . Er hat gesagt, er würde eine Versicherungsgesellschaft vertreten, und . . .»

«Sie und Ihr Mann haben viel zu besprechen, Veslemøy. Er und Helge Hildal waren nämlich zusammen beim Militär.»

Sie wandte sich ihrem Mann zu und starrte ihn mit blinden Augen an.

«Nehmen wir mal an», fuhr ich fort, «dass es genauso war, wie Helge Hildal Ihrer Schwester erzählt hat, als Ihr Plan durchschaut war. Und nehmen wir an, dass sie, nachdem er gegangen war, voller Wut bei Ihnen anrief. Aber Sie waren schon unterwegs, und stattdessen bekam sie . . .» Ich nickte zu Steinar Haraldshaug, ». . . Ihren Mann an den Apparat und erzählte ihm, dass sie Ihnen, sobald Sie wieder auftauchten, schon erzählen würde . . .»

Steinar Haraldshaug räusperte sich Unheil verkündend. «Veum . . .»

«Und nehmen wir weiterhin an, dass Ihr Mann uns zuvor kam . . . Sie erinnern sich vielleicht an den Wagen, der hinter dem Haus losfuhr, als wir ankamen . . . Um zu verhindern, dass die Wahrheit ans Tageslicht kam . . .»

«Aber hätte Helge Hildal das nicht erzählt? Wenn es heraus kam, das mit Astri, meine ich.»

«Doch, vielleicht – aber wer konnte vermuten, dass Helge Hildal, nach all diesen Jahren, jetzt entlarvt werden sollte?»

Sie wandte sich an ihren Mann. «Steinar?! Ist das wahr?»

Als er nicht antwortete, wiederholte sie seinen Namen, mit

einem metallischen Unterton, der vorher nicht da gewesen war. *«Steinar?»*

Er sagte leise: «Ich konnte es nicht glauben, als du mir damals erzählt hast, dass du betrogen worden wärst, und als ich begriff, wer es gewesen sein musste, und dass – in gewisser Weise – ich daran Schuld war.»

«Aber», unterbrach ich ihn. «Als Sie es begriffen, schon damals, wer er war . . . Warum haben Sie damals nichts unternommen? Warum sind Sie nicht zu ihm gegangen?»

Sein Blick flackerte ruhelos über unsere Köpfe hinweg, und er murmelte: «Ich hatte ja selbst Geld, von meinem Hof, und . . . Verletzt und am Boden zerstört wie sie war, war sie . . .»

«Leichte Beute?»

«Das hab ich nicht gemeint! Sie war . . . Sie war das Glück meines Lebens! Und jetzt – jetzt ist alles verloren, nur weil – weil ich Angst bekommen habe und – die Besinnung verlor . . .»

Ich stand auf und betrachtete ihn. «Wer von Ihnen will die Polizei anrufen? Oder soll ich es tun?»

Veslemøy Haraldshaug sah mich mit leeren Augen an. «Geben Sie uns erst noch ein wenig Zeit, gemeinsam. Wir haben tatsächlich viel zu besprechen.»

Ich ließ meinen Blick einen Moment auf ihr ruhen, bevor ich sagte: «Sie werden eine wohlhabende Frau sein, jetzt – wo Sie auch Ihre Schwester beerben . . .»

Sie erschrak. «Sie meinen doch – Sie meinen doch nicht etwa, dass ich – es so geplant hätte?»

«Nein, nein», sagte ich schnell, «ich meine gar nichts, ich stelle nur etwas fest, und ich fürchte, das wird die Polizei auch tun. Wenn ich Sie wäre, würde ich das gesamte Erbe einer Stiftung für gefallene Frauen spenden, der Heilsarmee oder für irgendeinen anderen wohltätigen Zweck. Ich selbst werde Ihnen dann morgen eine Rechnung schicken, wenn Sie nichts dagegen haben.»

«Schicken Sie sie zur Hölle, Veum!»

«Oh, aber – Sie werden doch wohl nicht so schnell Ihre Adresse wechseln?»

Aber die wirkliche Hölle, die findet hinter verschlossenen Türen statt, wie ein viel weiserer Mann als ich es bin, einmal geschrieben hat. Also ließ ich sie dort, bis auf Weiteres, allein mit sich und ihren offenen Rechnungen, zurück.

Der Junge vor dem Haus winkte mir ahnungslos zu, als ich ging. Aber ich schaffte es nicht zurückzuwinken. Wenn er sich überhaupt an mich erinnern würde, dann sicherlich nicht mit Freude.

Ich war selbst auch nicht besonders froh. Ich hatte einen weiten Heimweg vor mir. Viel zu lang an einem Tag wie diesem.

Aber eine Rechnung sollte sie bekommen, egal, an welche Adresse. Wenn sie nicht bezahlte, dann würde ich ein Inkasso schicken. Es gab immer einen Erzengel, der einen Job suchte, irgendwo.

Es würde sich schon regeln. Das tat es immer.

Letzte Reise

Eigentlich nehme ich keine Ehegeschichten an. Aber ein Prinzip ist da, um gebrochen zu werden, und es gibt immer eine Ausnahme, die die Regel bestätigt. Dies war ein solcher Fall.

Als sie mich anrief, an einem etwas kühlen Tag im April, hörte ich schon an ihrer Stimme, dass sie etwas Besonderes hatte. Das erste, was sie mich fragte, war: «Kommen Sie auch zu Leuten nach Hause?»

«Natürlich.»

«Sie verstehen, ich gehe nicht aus dem Haus.»

«Nein? Worum geht es denn?»

«Um meinen Mann. Er ist . . . gegangen.»

Mir lag meine gewöhnliche Antwort auf der Zunge: *Tut mir Leid, aber solche Aufträge nehme ich nicht an.* Aber etwas in ihrer Stimme ließ mich zögern, und ich beschloss, mir auf jeden Fall anzuhören, was sie zu sagen hatte, bevor ich ablehnte.

Sie wohnte nicht weit entfernt in einer der wenigen Wohnungen in Nygårdshøyden, die den Universitätsimperalismus überlebt haben und noch nicht zu Institutsräumen umgewandelt sind. Der Name ihres Mannes stand an der Tür: Hans E. Størksen. Ihren Namen sagte sie mir selbst: «Dyveke Størksen. Freut mich.»

«Dyveke?», wiederholte ich.

«Meine Eltern waren sehr historisch interessiert.»

«Den Typ kenne ich. Das größte Hobby meines Vaters war altnordische Mythologie.»

Dyveke Størksen war Mitte vierzig, hatte glattes, dunkles Haar mit leichten Schattierungen von braun und grau, das sie im Nacken mit einem Schmuckband zusammen hielt. Sie war auffallend blass, und ihre Hände waren feucht, als wir uns begrüßten. Ihr Körper war mager, fast anorektisch, und sie hatte dunkle Schatten unter den Augen. Das schwarze Kleid unterstrich ihre Blässe noch, und sie wirkte fast durchsichtig, als sie sich durch die Wohnung bewegte, still wie ein Gespenst. «Hier herein.»

Der Raum, in den wir kamen, lag nach Westen und war dunkel. Schwere Samtvorhänge verdeckten die Fenster, so dass nur ein schwacher Widerschein des Tageslichtes in der Mitte und ganz oben am Gardinenbrett ins Zimmer drang. Große, dunkelgrüne Pflanzen vervollständigten die Regenwaldatmosphäre, als befänden wir uns in einem Dschungel, in den die Sonne nur selten oder nie drang.

Mahagonifarbene Bücherschränke mit Türen aus geschliffenem Glas und Buchrücken aus vergoldetem Leder, große, braune Ledermöbel, ein Seviertisch aus Messing und Glas und ein Kamin ließen mich an eine britische Privatbibliothek denken, eine von der Sorte, in denen man in klassischen englischen Kriminalromanen oft die Leichen findet. Aber niemand hatte den Kamin angezündet, es stand nur Mineralwasser auf dem Serviertisch und eine Leiche konnte ich auch nicht entdecken – vorläufig.

«Ich habe leider nichts anderes als . . .» Sie nickte zum Mineralwasser hin.

«Ohne alles, bitte», sagte ich, und sie nahm dasselbe.

Ich wartete damit, mich hinzusetzen, bis sie uns beiden eingeschenkt und selbst in dem einen Sessel Platz genommen hatte.

«Wie gesagt . . .»

Sie sah mich fragend an. «Ja?»

«Eigentlich nehme ich solche Aufträge nicht an.»

«Solche Aufträge?»

«Ehegeschichten.»

«Ach nein? Und warum nicht?»

«Aber ich habe beschlossen, dass ... Vielleicht mache ich diesmal eine Ausnahme.»

Sie bewegte sich unruhig und sah zur Tür. «Und warum?»

Ich hob die Schultern. «Das weiß ich wirklich nicht. Erzählen Sie mir, worum es geht.»

Einen Moment lang sah es so aus, als würde sie zögern oder sich fragen, wie sie sich ausdrücken sollte. Sie strich mit einer weißen, gepflegten Hand an der Kante des dunklen Couchtisches entlang, und ein Zucken lief über ihr Gesicht, wie der Widerschein eines inneren Schmerzes. Auf dem Tisch lag ein offener Briefumschlag mit Fenster, auf dem in blauen Druckbuchstaben oben links der Absender stand, der aber wegen des Winkels und der Entfernung schwer zu lesen war.

«Wie ich am Telefon schon gesagt habe: mein Mann ist gegangen.»

Ich nickte verständnisvoll. «Mhm.»

«Er ... In seinem Arbeitszimmer fand ich dies hier.» Sie streckte die Hand nach dem Umschlag, öffnete ihn und nahm einen Brief heraus. «Mein Mann hatte vor zwei Tagen einen Termin beim Arzt», sagte sie und gab mir den leeren Umschlag.

Jetzt konnte ich den Namen lesen. Dr. Per Harbitz, Facharzt für Allgem. Medizin. «Aha?»

«Ich habe gemerkt, dass etwas nicht stimmte, aber typischerweise hat er mir nichts gesagt. Nicht einmal, als ich ihn direkt gefragt habe.» Sie reichte mir den gefalteten Brief. «Er muss das hier bekommen haben.»

Es war eine Kopie eines Fragebogens, auf dem eine Reihe Rubriken ausgefüllt waren, die meisten mit medizinischen Ausdrücken, die ich nicht deuten konnte. Aber die Schlussfolgerung war eindeutig: die Tests zeigten, der «Tumor» in der «Hepa» sei «inoperabel» und würde dazu führen, dass die

Krankheit im Laufe von «1–3 Monaten letal» würde. Der Bericht war von Krankenhaus Haukeland, Medizinisches Labor abgestempelt und von einer Krähe unterschrieben.

«Ich habe Doktor Harbitz angerufen», sagte sie.

«Ja?»

«Ja, er ist auch mein Arzt.»

«Und?»

Sie zeigte auf das Papier in ihrer Hand. «Es ist die Leber. Doktor Harbitz hat gesagt, dass leider . . .» Ihre Stimme brach, und sie musste sich heftig zusammenreißen, um weiter sprechen zu können. «Dass man nichts mehr tun könnte, außer ihm Schmerzmittel zu geben. Man könnte ihm selbstverständlich eine Kur verabreichen – Chemotherapie – aber das wäre eine Quälerei, und es würde nichts nützen.»

«Ein bis drei Monate steht da. Hat der Arzt gesagt, wie lange er meinte, dass es noch dauern könnte?»

«Eher einen als drei Monate, wie ich ihn verstanden habe.»

Ich nickte. «Aber Ihnen gegenüber hat er also überhaupt nichts erwähnt?»

Sie schüttelte den Kopf.

Ich sah auf das Datum. Der Brief war vor drei Tagen geschrieben. «Also hat er das hier vorgestern erfahren. Haben Sie ihm nichts angemerkt?»

Sie sah an mir vorbei. «Doch, wie ich schon sagte . . . ich habe gemerkt, dass etwas los war. Aber als er nichts sagen wollte, da . . .» Sie zuckte mit den Schultern. «Ich dachte, es wäre wohl etwas bei der Arbeit. Wir haben nicht so viel geredet. Ich bin früh schlafen gegangen, und er hat noch ferngesehen. Ich sehe nicht so viel fern. Davon bekomme ich Migräne.»

«Und gestern Vormittag?»

«Da war er . . . wir haben getrennte Schlafzimmer, und als ich aufgestanden bin, war er schon weg. Aber er kommt immer zum Essen nach Hause. Wenn nicht, dann sagt er Bescheid. Und als er nicht kam und ich nichts von ihm hörte . . . da bin ich langsam nervös geworden.»

«Was ist Ihr Mann von Beruf?»

«Architekt. Sie haben eine kleine Firma, er und ein paar Kollegen.»

«Haben Sie dort angerufen?»

«Ja, natürlich. Aber sie waren genauso erstaunt wie ich. Darüber, dass er nicht nach Hause gekommen war, meine ich.»

«Haben Sie ihnen die Situation erklärt?»

«Nein, ich – das war zu privat. Hans Egil nahm es damit sehr genau. Hat streng zwischen Privatleben und Arbeit getrennt. Ich – wir hatten nie etwas mit ihnen zu tun, privat, meine ich.» Sie sagte es so aufrichtig und nachdrücklich, als wolle sie etwas Künstlichem eine natürliche Erklärung geben.

«Nie?»

«Nein.»

«Sie haben, als Sie anriefen, erwähnt . . . Sie haben gesagt, Sie würden nie aus dem Haus gehen.»

«Nein, das stimmt.» Sie griff nach ihrem Glas und nahm einen großen Schluck von dem klaren Wasser, das schon lange nicht mehr sprudelte. «Um es gerade heraus zu sagen: Ich habe Angst. Doktor Harbitz nennt es eine Agoraphobie. Ich traue mich nicht, mich außerhalb des Hauses zu bewegen. Ich kann es nicht erklären. Es kam ganz plötzlich, über Nacht vor fünf Jahren, und seitdem . . . Einkaufen zu gehen wurde zu einem Albtraum. Der Gedanke an einen Spaziergang oder eine Fjellwanderung – nur bei dem Gedanken fange ich an zu schwitzen.»

«Aber heutzutage gibt es doch Medikamente . . .»

«Von denen man abhängig wird, ja!»

«. . . oder Therapien. Ein guter Psychologe . . .»

«Aber die wollen alles von einem wissen! Alles was man geheim gehalten hat, deine intimsten Gedanken, all deine Geheimnisse – nein, dann bleibe ich lieber . . . Ich habe mich jetzt daran gewöhnt.»

«Aber Ihr Mann, was hat er gesagt?»

Noch einmal zogen die Zuckungen über ihr Gesicht. «Er hat gesagt, es sei ihm egal. Er würde mich nicht zwingen.»

Ich betrachtete sie. Trotz der Krankengeschichte, die sie mir erzählt hatte, wirkte sie auf merkwürdige Weise wie eine Frau, die einiges aushalten konnte. «Wovor haben Sie eigentlich Angst – ich meine jetzt, was Ihren Mann betrifft? Davor dass er sich das Leben genommen hat, oder vor etwas anderem?»

Sie machte eine unbestimmte Armbewegung, als suche sie nach etwas, an dem sie sich festhalten konnte. «Es ist mehrere Jahre her, dass wir – zusammen waren», sagte sie leise.

«Sie meinen – sexuell?»

Sie nickte, ohne mich anzusehen.

«Mit anderen Worten, Sie meinen, er könnte eine andere gefunden haben?»

Sie bewegte vage den Kopf.

«Oder wissen Sie es?»

«Nein. Nein! Aber er ... er ist viel unterwegs ... Auch auf Reisen. Aber er hat immer angerufen.»

«Ich verstehe. Und Sie haben nicht die geringste Ahnung, wo er sich aufhalten könnte, ich meine, jetzt?»

«Nein, deshalb habe ich Sie ja angerufen. Können Sie ihn suchen?»

Ich nickte. «Ich werde es versuchen. Aber ganz umsonst geht das nicht.»

«Ich habe Geld», sagte sie schnell. «Wieviel ... Ich kann einen Scheck ausschreiben.»

«Zweitausend», sagte ich. «Als Vorschuss.»

Sie stand auf, ging zu einem Sekretär, öffnete eine Schublade und holte ein Scheckheft hervor.

«Haben Sie etwas dagegen, dass ich mit seinen Kollegen spreche?»

«Es sind nur zwei. Ja, und die Sekretärin natürlich.»

«Und wo liegt das Büro?»

«Ich werde es Ihnen erklären ...»

Sie kam mit dem ausgefüllten Scheck zurück, den ich fein säuberlich in meiner Brieftasche verstaute. Dann erklärte sie mir, wo ich die Kollegen ihres Mannes finden würde.

Bevor ich ging sagte ich: «Wenn ich herausfinde, wo er ist – was soll ich dann tun?»

«Ihn dazu bringen, nach Hause zu kommen, natürlich!»

«Aber . . . Nach dem, was Sie mir über Ihre Ehe erzählt haben . . . Es scheint ja nicht gerade eine Idylle gewesen zu sein. Warum ist es Ihnen so wichtig, dass er nach Hause kommt?»

Für einen Augenblick blitzte es in ihren Augen auf, und plötzlich zeigte sie ein Temperament, das sie bis dahin verborgen hatte. «Sie haben gesehen, was für ein Urteil er bekommen hat! Verstehen Sie denn nicht, dass er verzweifelt ist? Dass er Trost braucht? Vielleicht können wir – vielleicht war es genau das – vielleicht wird es uns jetzt besser gehen!»

2

Bull, Størksen & Åsland, Architekten, hatten ihr Büro in Marken, unten in einer der Gassen, aber drei Stockwerke hoch in einer Dachwohnung, in die das Licht durch große, rechteckige Dachfenster fiel und wo es nach Kräutertee und Farbstiften duftete. Meine Gesprächspartner versammelten sich um einen runden hellen Holztisch mit tiefen Kerben und Ringen der Kaffeetassen.

Annelise Bull war eine große, rundliche Blondine in den Vierzigern, sie trug Jeans und einen Pulli, eine kurze, praktische Frisur und hatte ein rundes, gemütliches Gesicht. Arild Åsland war mager und blass, hatte dünnes Haar und ein nervöses Auftreten, das den Eindruck vermittelte, als sollte er durchaus bald einmal einen Arzt aufsuchen. Sein knittriger Anzug und der fehlende Knopf an seinem Hemd verrieten, dass er entweder ein alter Junggeselle oder ein frisch geschiedener Ehemann war. Ich wettete auf Letzteres.

Åsland betrachtete mich besorgt. «Gegangen? Was meinen Sie damit?»

«So hat es seine Frau ausgedrückt. Haben Sie hier vielleicht eine Ahnung, wo er ist?»

«Nein, ich . . .» Er sah seine Kollegin an, deren Augen hintergründig, fast humorvoll blitzten.

«Also, gegangen», sagte sie. «Es war vielleicht höchste Zeit.»

«Was meinen Sie damit?»

Sie holte tief Atem, durch die Nase. Dann seufzte sie. «Sie haben Dyveke kennen gelernt, wie ich höre.»

«Ich habe mich mit ihr unterhalten, ja.»

«Also.»

«Ja?»

Es war als würden sich zwei Geheimagenten auf einem stillgelegten Bahnhof treffen. Wer sagt das Stichwort zuerst? Und was ist die richtige Antwort?

Sie versuchte es mit einem Schweigegelübde. «Ich gehe davon aus, dass wir – dass das hier unter uns bleibt?»

«Selbstverständlich.» Ich bemerkte, dass Åsland ihr einen schnellen Blick zuwarf.

«Dyveke ist nicht gerade die einfachste Ehefrau der Welt.»

«Nein, so viel habe ich mitbekommen.»

«Und es ist auch nicht das erste Mal, dass er . . . von zu Hause weggeht.»

«Aha. Wissen Sie vielleicht, wohin er sonst geht?»

Aus irgendeinem Grund errötete sie. Die Antwort war kurz: «Nein.» Dieses Mal fiel mir auf, dass Åsland sie ganz bewusst nicht ansah.

Ich sagte leichthin: «Mit anderen Worten, niemand von Ihnen hält ihn versteckt?»

Sie wurde noch röter, aber diesmal vor Ärger. «In dem Falle hätte ich es wohl gesagt!»

«Nein, warum sollten wir?», fügte Åsland hinzu.

«Sie arbeiten hier nur zu dritt?»

«Nein, da ist noch Katrine. Unsere Sekretärin. Aber sie ist . . .»

«. . . krank.» Vollendete Annelise Bull seinen Satz.

«Wie lange schon?»

«Seit gestern.»

«Aber ich habe am Telefon mit ihr gesprochen», sagte Åsland schnell. «Sie ist tatsächlich krank.»

«Ja? Gäbe es einen Grund, warum sie es nicht sein sollte?»

Keiner von beiden antwortete.

Ich sah wieder Annelise Bull an. «Sie haben gesagt, dass es nicht das erste Mal war, dass Størksen von zu Hause wegging.»

Sie nickte mit zusammengepressten Lippen.

«Hatte er andere Frauen?»

Ihr Blick wich meinem aus. «Ich denke schon.»

«War Katrine eine davon?»

Sie zögerte. «Das glaube ich nicht.»

«Sie glauben?»

«Sie können sie anrufen und fragen!»

Wie auf ein Stichwort hin klingelte das Telefon in einem der Büros. Åsland stand auf. «Ich gehe ran.»

Es entstand eine unangenehme Pause. Dann kam Åsland zurück. «Das war das Städtebauamt für dich. Ich habe gesagt, du seist beschäftigt, aber er ließ sich nicht abwimmeln.»

Sie erhob sich schwerfällig. «Ist okay.»

Als sie draußen war, beugte ich mich vertraulich vor. »Hören Sie, Åsland. Habe ich Recht, wenn ich den Eindruck habe, dass etwas war zwischen . . .», ich nickte hinter Annelise Bull her, «. . . und Størksen?»

Jetzt war es an ihm, rote Wangen zu bekommen, und was er sagte, kam von tief unten. «Mm ja . . . vielleicht . . . vor ein paar Jahren. Aber es ist vorbei, schon lange.» Er begegnete meinem Blick mit einer Art herausforderndem Gesichtsausdruck: Beweisen Sie mir das Gegenteil, wenn Sie können!

«Und Katrine?»

«Nein, das glaube ich nicht.»

«Dasselbe hat Annelise Bull gesagt. Sie glaubt . . .»

Er zuckte mit den Schultern.

Ich änderte die Richtung. «Wenn Størksen wegfahren wollte, ganz allein, wohin würde er dann fahren?»

«Nach Oslo», antwortete er prompt.

«Aha? War das sein Samarkand?»

«Na ja, er hatte ein Hotel dort, in das er immer ging, wenn er Ruhe haben wollte. Wenn er ein Projekt fertig stellen wollte, zum Beispiel . . . Oder nur um sich zurückzuziehen.»

«Und wie heißt dieses Hotel?»

Er nannte einen Namen, den ich ganz unten im Keller in ci nem der dunkelsten Räume meines Gedächtnisses suchen musste, um etwas damit zu verbinden. «Nicht gerade erstklassig, was?»

«Nein, aber das war auch nicht, was er wollte. Ich meine, dann hätte er riskiert, einen von unseren Kunden zu treffen. In diesem Hotel bestand da wenig Gefahr, und wenn dort jemand auftauchte, dann weil er auch nicht gesehen werden wollte.»

Annelise Bull kam zurück.

«Sie haben nicht zufällig ein Foto von ihm?»

«Hatte nicht Dy-»

Er unterbrach sie. «Wir haben eine Werbebroschüre von vor ein paar Jahren. Die können Sie haben.» Er stand auf und öffnete einen Schrank.

«Und Katrine», sagte ich. «Wie ist ihr Nachname?»

«Johnsen.»

«Und die Telefonnummer?»

Sie schlug ein Notizbuch auf, suchte die Nummer heraus und schrieb sie mir auf. «Hier.»

Åsland kam mit der Broschüre und schlug sie auf der richtigen Seite auf. Ich betrachtete ein Farbfoto der drei Kollegen, lächelnd über einem Zeichentisch. Annelise Bull sah ein wenig jünger aus. Åsland schien seit seiner Konfirmation so ausgesehen zu haben. Hans Egil Størksen hatte ein viereckiges Gesicht mit kräftiger Kinnpartie, hohem, dunklem Haaransatz, markanten Augenbrauen und einer Hautfarbe wie aus dem Solarium, wenn das Foto nicht nach der Rückkehr von einem sehr sonnenreichen Sommerurlaub aufgenommen worden war. Er sah aus wie die Gesundheit in Person.

Ich sah zu ihnen auf. «Wusste jemand von Ihnen, dass er krank ist?»

Sie sahen mich verständnislos an. «Krank?», wiederholte Åsland.

«Hans Egil?», fragte Annelise. «Nein.»

«Etwas Ernstes?»

«Es ist gefährlich zu leben», sagte ich. «Die meisten sterben daran.»

3

Wieder zurück im Büro rief ich Katrine Johnsen an. Sie nahm erst nach achtmaligem Klingeln ab, und ihre Stimme klang, als hätte ihr jemand den Mund voller Watte gestopft und sei dann weggelaufen. Sie klang so fertig, dass Hans Egil Størksen, sollte er sich wirklich in ihrer Nähe befinden, dies sicherlich nicht zu seinem Vergnügen tat, sondern weil sie Pflege brauchte.

«Hans Egil?», schniefte sie. «Barum um Himmef Billn bollt ich bissen, bo er ifp?»

«Na ja, ich muss nur einfach alle Möglichkeiten untersuchen», entschuldigte ich mich. «Dann kann ich nichts weiter tun als Ihnen gute Besserung zu wünschen.»

«Banpe beichfallf», sagte sie bissig und legte auf.

Ich schob meinen Stuhl zurück, nahm das Osloer Telefonbuch vom Regal und suchte das Hotel heraus, dessen Namen Arild Åsland mir gegeben hatte.

Ich wählte die Nummer. Eine rostige Stimme ertönte wie aus einem Grab und sagte: «Rezeption.»

«Ja, ich würde gerne mit Hans Egil Størksen sprechen.»

«Moment.»

Ich sah aus dem Fenster und versuchte, mir die Prinsens Gate vorzustellen, in der das Hotel lag.

Dann war die Stimme wieder da. «Es nimmt keiner ab auf seinem Zimmer.»

«Wissen Sie, wo er ist?»

«Keine Ahnung. Soll ich ihm eine Nachricht reinlegen?»

«Nein. Ich versuch's lieber noch mal.»

So weit, so gut.

Dann rief ich Dyveke Størksen an.

«Veum? Haben Sie etwas herausgefunden?»

«Ja, ich glaube sogar, ich weiß, wo er ist.»

«Ja?»

«Er ist in einem Hotel in Oslo.» Ich nannte ihr den Namen des Hotels. «Was ist . . .»

«Können Sie hinfahren und ihn wieder nach Hause bringen?»

«Äh . . . Ja, ich kann hinfahren und mit ihm reden, natürlich, und nein, ich kann ihn nicht wieder nach Hause bringen, wenn er es selbst nicht will.»

«Oh?»

«Ich denke, sogar die Polizei hätte damit Probleme. Ich kann alles aufwenden, was ich an Überzeugungskraft besitze, natürlich. Aber . . . Sie wollen nicht vielleicht versuchen, ihn anzurufen? Ich habe die Telef-»

«Nein!» Nach einer kurzen Pause fügte sie hinzu: «Nein, ich möchte lieber, dass Sie . . . Können Sie jetzt gleich losfahren?»

«Mm ja . . . Wenn ich einen Platz im Flieger kriege, dann . . . Aber in dem Fall fürchte ich, dass ich Sie um eine weitere Überweisung auf mein Bankkonto bitten muss.»

«Das geht in Ordnung. Ich werde es sofort erledigen. Ich rufe nur rasch bei der Bank an, sie kennen meine Stimme.»

«Aber wenn ich ihn treffe . . . Was soll ich ihm sagen?»

«Sagen Sie ihm . . . Sagen Sie ihm nur . . . Dass ich ihn ver-vermisse. Sagen Sie das. Vermisse.»

Es fehlte nur noch ein Anruf: nämlich bei einer der Fluggesellschaften, um zu erfahren, ob sie einen freien Platz hatten. Das hatten sie, und weniger als eine halbe Stunde später saß ich im Auto auf dem Weg zum Flugplatz, mit der Reisezahnbürste in der Jackentasche und einem grummelnden Gefühl in der Magengegend. Und das kam nicht daher, dass ich etwas gegen das Fliegen hatte. Es war eher die Vorahnung von einem unerwünschten Gast.

4

Das Hotel war hoch und schmal und lag eingeklemmt zwischen einer Bankfiliale und einem Plattengeschäft. Die Fassade war relativ frisch verputzt, mit neuen doppelglasigen Fenstern, und der Name stand in großen, roten Neonbuchstaben über dem Eingangsbereich.

Der Rezeptionist saß klein und gedrungen hinter dem schnupftabakbraunen Rezeptionstresen, hinter sich eine freie Auswahl an Zimmerschlüsseln im Kräuterregal. Er trug eine Mauseleiche von einem Schnauzbart über den Lippen, die sogar auf dem Rücken lag, und als er den Mund aufmachte, erkannte ich sofort die Stimme vom Telefon wieder.

«Ja, der Herr wünschen?»

«Hans Egil Størksen – ist er da?»

«Ja, genau, Sie haben angerufen, stimmt's?»

«Doch.»

«Mich führen Sie nicht hinters Licht, verstehen Sie.»

«Das habe ich auch gar nicht versucht.»

«Nein, nein. So war es nicht gemeint.» Er nickte zu einer offenen Tür. «Sie finden ihn in der Bar.»

«Danke», sagte ich und sah auf die Uhr. Es war halb vier. Dann senkte ich den Kopf und ging hinein.

In der Bar war es schummrig wie in einer Kellerspelunke. Bleieingefasste, dunkle Fensterscheiben hielten das eventuelle

Tageslicht draußen. Die dunkelbraune Bar war ungefähr im Stil eines britischen Pubs eingerichtet, mit einem unverkennbar verrauchten Interieur, dunklem Bier und starken Schnäpsen. Hinter dem Tresen stand ein dünner kleiner Nordafrikaner und putzte die Gläser vor einer Reihe farbenfroher Schnapsflaschen. An einem Tisch ganz hinten im Lokal saßen die einzigen Gäste, ein Mann und eine Frau. Ich erkannte Hans Egil Størksen von dem Bild in der Broschüre wieder. Die Frau trug einen sehr kurzen Rock und einen schwarzen Pullover mit einem tiefen V-Ausschnitt. In einem Ohr hing ein überdimensional großer Silberschmuck. Ihr Gesicht war so zugewachsen von Schminke, dass man einen Bagger gebraucht hätte, um auf den Grund zu kommen, und es war sehr unwahrscheinlich, dass man auf Gold stieß. Ihr Haar war üppig, blond und in aller Eile von einem Frisör gebändigt, der mit seinen Gedanken ganz woanders gewesen war.

Størksen hatte einen dunkelbraunen Drink mit großen Eiswürfeln vor sich stehen, während sie etwas Grünes durch einen Strohhalm zu sich nahm. Er sah auf, als ich hereinkam, mit dem typischen schwimmenden Blick eines Mannes, der kurz davor war, die Kontrolle zu verlieren. Der Blick erfasste nichts mehr. Ich bezweifelte, dass er noch in der Lage war, etwas anderes als die Vertiefung im Ausschnitt seiner Tischdame ins Auge zu fassen. Dorthin kehrte er auch schnell wieder zurück.

Ich ging an die Bar und bestellte ein Glas Orangensaft.

«Was gesagt?», fragte der Barkeeper und sah mich verständnislos an.

«Na gut, dann eben ein Leichtbier!», antwortete ich ärgerlich.

«Gut, ja», sagte er und sah aus, als nähme er es als persönliche Beleidigung.

Ich bekam eine Flasche und ein Glas, bezahlte und nahm beides mit an den Tisch, an dem mein Auftrag saß. «Størksen, stimmt's?»

Er schwamm wieder an die Oberfläche, mit langsamen Zügen. «Mm jaa?»

«Kann ich mich kurz setzen?»

Er breitete die Arme aus und trat auf der Stelle. Die Frau neben ihm sah geschäftsmäßig zu mir auf. Er wandte sich an sie. «Okay? Solange wir wa-warten?»

Sie zuckte mit den Schultern und bewegte das, worauf sie saß, ein wenig, um Platz zu machen. «Mir egal.»

Ich streckte ihm meine Hand entgegen. «Veum heiße ich. Varg Veum.»

Er nahm meine Hand, etwas verlegen. «Hans Eg . . . Aber das wissen Sie ja. Sind wir uns schon mal begegnet? Nein, wir . . .»

Er legte einen Arm um die Schultern der üppigen Blondine. «Und das hier ist Anita. Meine Verlobte», fügte er hinzu und lachte laut und scheppernd über sich selbst.

Anita lächelte schief und reichte mir eine beringte Hand. Ich ergriff sie vorsichtig, um mich nicht an all den Glassplittern zu schneiden. Sie war so kalt, dass er sie hätte bitten können, sie in einen Drink zu stecken, wenn ihm das Eis ausging.

«Ich dachte, Sie seien verheiratet», sagte ich.

«In Bergen, ja!», sagte er und lachte noch lauter. «Was geht Sie das übrigens an?»

«Tja, um die Wahrheit zu sagen bin ich hier im Auftrag Ihrer Frau.»

Er klimperte mit den Lidern und bekam etwas Schlaftrunkenes, als verstünde er nicht ganz, was ich gesagt hatte. Aber Anita verstand, und jetzt war die Kälte bis in ihre Augen hinauf gezogen.

«Sie möchte, dass Sie wieder nach Hause kommen. Sie sagt, dass sie Sie vermisst.»

Anita zog höhnisch die Oberlippe hoch. Sie hatte Lippenstift auf den Vorderzähnen, rot wie Blut.

Hans Egil Størksen schwamm ganz an Land, schüttelte kräftig den Kopf, um das Wasser aus dem Haar zu bekommen, legte den einen Ellenbogen auf den Tisch und zeigte versuchsweise mit einem schwankenden Zeigefinger in meine Richtung. «Hören Sie . . . verdammt, wie war noch Ihr Name?»

«Veum.»

«Also, Sie Veum, hihihi . . . Sie können diese Käfigeule Dyveke von mir grüßen und sie bitten, dass sie sich mit einem ihrer Gesundheitsbücher den Hintern abwischen kann, aber dieser Kerl hier, der kommt nie mehr wieder – nie! Und ich meine nicht so ein gewöhnliches nie-nie, sondern ein ewig-nie, for ever united! Verstanden?»

«Aber haben Sie denn nicht verst-»

«Doch genau das ist es ja», unterbrach er mich, noch immer mit dem Zeigefinger in Angriffsposition. «Ich verste-he-he-he . . .» Er drückte Anita demonstrativ an sich, und sie strich ihm professionell über den Schenkel und nickte schmollend. «Dieser Kerl hier, der ist auf seiner letzten Reise, verstehen Sie, er hat sein Bankkonto leer gemacht und hat vor, mit vollen Segeln unterzugehen, zu saufen und herumzuhuren und alles in sich reinzuschlingen, was er für das Geld kriegen kann, die letzten Wochen, die er noch hat.»

Ich sah an Anitas glasigem Blick, dass sie das mit dem Bankkonto längst mitbekommen hatte. Für den Rest würde sie schon sorgen.

«Jetzt will ich endlich leben, verstehen Sie! Wer zum Teufel will seine letzten Tage in einer Gefängniszelle auf Nygårdshøyden verbringen, mit einem Gefängniswächter, der um acht Uhr abends ins Bett geht, wenn man die ganze Welt haben kann? Anita und ich, wir machen heute Nacht richtig einen drauf, mit Gästen und Juchei, und morgen . . . Morgen geht's auf die Kanaren mit uns beiden, stimmt's, Anita?»

Sie nickte langsam.

«Ich habe die Tickets hier . . .» Er klopfte sich auf die Brust.

Mein Mund wurde trocken. «Aber wollen Sie nicht lieber . . .»

Diesmal war es Anita, die mich unterbrach. Sie hob den Arm

und winkte wie eine Königin vom Schlossbalkon. «Gro! Hier rüber!»

Hans Egil Størksen folgte ihrem Blick und ein glattes Grinsen breitete sich um seine Lippen aus. «Genau!»

Ich drehte mich auch um. Eine Frau in einem kurzen grünen Rock, einer hellbraunen Lederjacke, mit Waden wie ein Kickboxer, Brüsten wie einem Playboygirl und einer roten Haarfarbe, die echt sein musste, denn solche Farbe konnte man nirgends kaufen, wogte uns entgegen, mit sämtlichen Poren geöffnet und einem einladenden Lächeln für mich und Størksen, bevor wir alle einander vorgestellt worden waren. «Hei-i!», begrüßte sie uns und ließ eine hellrote Zungenspitze wie einen kleinen Nager zwischen ihren roten Lippen hervor schauen. «Läuft hier die Party?»

«*You bet!*», erwiderte Størksen und stand so abrupt auf, dass er fast den Tisch umgeworfen hätte, und wenn Anita nicht seinen Oberschenkel fest im Griff gehabt hätte, hätte es durchaus schief gehen können.

«Vergiss den da!», sagte Anita und wedelte mich weg, als wäre ich ein widerliches Insekt. «Der Goldjunge hier lädt uns ein!»

Es freute mich, einen Anflug von Enttäuschung in Gros Augen zu erkennen. Aber sie war nicht weniger professionell als ihre Schwester, schob Størksen schwer wieder auf seinen Stuhl, schraubte sich elegant auf seinen Schoß und legte die Arme um seinen Hals, bevor sie ihm tief in die Augen schaute und sehr gefühlvoll sagte: «Du Schatz, du!»

«Was willst du trinken?», fragte Størksen galant.

Sie flüsterte ihm etwas ins Ohr und biss ihm ins Ohrläppchen. Er hob eine Hand über ihre Schulter und winkte dem Barkeeper. «Einen Gin Tonic, bitte!» Der Barkeeper grinste von einem Ohr zum anderen, als er mit dem Glas an den Tisch kam. Ich klammerte mich an mein Bierglas wie ein Konfirmand in schlechter Gesellschaft.

Die beiden Frauen platzierten sich links und rechts vom

Gastgeber, der, ein spätrömisches Festlächeln auf den Lippen, die Arme um ihre Schultern gelegt hatte, dabei die eine Hand unter Anitas Brust und die andere auf dem Weg in Gros Ausschnitt schob. «Da sehen Sie's, wie hießen Sie doch noch gleich?»

«Veum.»

«Ein echtes Sandwich, Wurst mit Brot, wie zum Teufel du's auch nennen willst . . . Dieser Mann hier wird sich's gut gehen lassen!»

Ich seufzte schwer. Er war offensichtlich unempfänglich für meine Argumente. Wenn ich ihn mit dem Polizeigriff packte und nach draußen führte, dann müsste ich mir den Barkeeper, den Rezeptionisten und zwei Furien mit kolossalen Verdiensterwartungen gleichzeitig mit dem anderen Arm vom Leibe halten. Wenn der Mann an der Rezeption die Polizei rief, oder – noch schlimmer – die Mädchen ihren Zuhälter, dann hatte ich nichts weiter vorzuweisen als meinen zweifelhaften Namen und meinen ausgefransten Ruf.

Als alle ihre Gläster geleert hatten, stellte Størksen nachdrücklich fest: «Der Rest der Party findet auf dem Zimmer statt! Und Sie sind nicht eingeladen, Veum.» Er stand schwankend auf. «Nach Ihnen, meine Damen . . .»

Die beiden Frauen standen auf. Gro strich unbemerkt mit fünf Fingern durch mein Haar, als sie an mir vorbeiging, und ich nahm einen leicht sumpfigen Duft von ihrem heißen Schoß wahr. Hans Egil Størksen blieb schwankend stehen und betrachtete sie, wie sie sich zur Tür schlängelten, während der Barkeeper so heftig an einem Glas herumputzte, dass er es sicher bald kaputt poliert hatte.

Eine oder zwei Sekunden lang sah ich etwas Verlorenes und Hoffnungsloses im Gesicht des todgeweihten Bergensers, und ich sagte: «Hans Egil! Sie können immer noch mit mir nach Hause kommen . . .»

Dann rutschte die Maske wieder an ihren Platz zurück, er kippte nach vorn und tappte mit großen Schritten, fast wie eine

Karikatur auf die Tür zu, tätschelte beiden Mädchen wollüstig den Hintern und führte sie mit fester Hand aus der Bar, mit Kurs auf den Fahrstuhl.

Ich leerte mein Bierglas, ging zum Tresen und stellte es so hart ab, dass der Barkeeper den verträumten Ausdruck in den Augen verlor. «Gib mir ein Bier und einen Aquavit. Nein, gib mir zwei.»

5

Das Leben ist billig. Die meisten von uns bekommen es gratis. Aber am Ende kommt es uns trotzdem teuer zu stehen.

Nach zwei Glas Bier plus war ich beim Philosophieren angelangt. Aber ich war noch immer allein in der Bar, und der Barkeeper hatte schon tief greifendere Äußerungen über den Sinn des Lebens gehört. Er putzte und putzte, als würde er pro Umdrehung bezahlt.

Ich stand auf und ging hinaus zur Rezeption, so fröhlich als wäre ich gerade gefeuert worden. Das Kräuterregal hinter der Mauseleiche war so gut wie voll; an einem Abend wie diesem war das Haus nicht sehr belegt. «Wieviel kostet ein Zimmer?», murmelte ich.

«Fünf-fünfundzwanzig», sagte er.

Ich zog einen Zweihunderter aus einer Jackentasche, faltete ihn zusammen und schob ihn diskret über den Tresen. «Ich möchte gerne Wand an Wand mit Hans Egil wohnen.»

Er schielte auf den blauen Schein hinunter. «Das können wir sicher arrangieren.» Dann drehte er sich auf seinem Stuhl herum, streckte sich nach dem Regal, nahm einen Schlüssel vom Haken, legte ihn auf den Tresen, und ohne weiteren Kommentar tauschten der Schein und der Schlüssel die Plätze. «212», sagte er. «Zweiter Stock rechts.»

«Danke.»

Er holte das Gästebuch hervor. «Wenn Sie sich hier einschreiben würden . . .»

Ich folgte der Aufforderung, er las den Namen, lächelte schief und schmunzelte: «Ich verstehe. Ja, letztens hatten wir hier jemanden, der hat sich als Peter Pan eingetragen.»

Ich nickte liebenswürdig und ging zur Treppe. «Äh, Veum . . .»

«Ja?» Ich drehte mich langsam um.

«Wenn Sie Gesellschaft möchten, kann ich kurz anrufen . . .»

«Oh, ja, na ja, danke, aber ich . . . Ich muss mich nur ein bisschen ausruhen. Ich sage Bescheid, wenn es aktuell werden sollte.»

Er zuckte mit den Schultern und sagte nichts mehr.

Ich ging die Treppen hinauf und dann nach rechts.

210. Ich blieb stehen, lehnte mich vorsichtig gegen die Tür und lauschte. Nichts. Aber etwas weiter den Flur entlang . . .

Ich kam an meinem eigenen Zimmer vorbei und blieb vor der 214 stehen. Die Geräusche dahinter klangen dumpf, aber charakteristisch. Gedämpfte Frauenseufzer, derbes Stöhnen und das regelmäßige Quietschen einer Bettfederung, die groben Misshandlungen ausgesetzt war.

Ich ging zurück zu Zimmer 212, schloss die Tür auf und ging hinein.

Der Raum hatte die Größe eines Einzelzimmers, aber das Bett hätte auch einer Brautsuite alle Ehre gemacht. Für viel mehr war dann auch kein Platz. Ein kleiner Fernseher stand in eine Ecke geschoben schräg zum Bett. Ein Kleiderschrank und der Nachttisch füllten den restlichen Platz aus. Eine Tür, die, wie sich herausstellen sollte, nicht mehr zu schließen war, führte in eine äußerst enge Kombination aus Duschkabine und Toilette.

Die Aussicht aus den Fenstern war eine Art Gastroskopie von Oslos Eingeweiden: ein Hinterhof voller Abfallcontainer, kaputter Styroporverpackungen, leerer Flaschen in Plastiktüten und einer mehr oder weniger zufälligen Auswahl gebrauchter Kondome. Das einzige, was da unten glänzte, waren die Nadeln der Einwegspritzen.

Durch die Wand hörte ich die gleichen Geräusche wie vom Flur aus, nur noch deutlicher. Es war, als befände man sich mit verbundenen Augen in einem Hinterhofkino, wo sie nonstop Pornofilme zeigen. Wenn ich einen Sinn fürs Morbide gehabt hätte, wäre ich sicher begeistert gewesen.

Ich sah mich nach einer Minibar um. Es gab keine.

Dann ging ich auf die Toilette und holte mir stattdessen ein Glas Wasser. Es schmeckte rostig. Was machte ich eigentlich hier? Warten, dass der Sturm vorbei war? Bis er ermattet und leer auf seiner Klippe lag, gestrandet wie ein Robinson Crusoe, während die Freitagzwillinge ihn längst vergessen hatten? Bis ich ihn aufsammeln konnte, in meinen Seesack stecken und zurück nach Bergen bringen, in seine Zelle in Nygårdshøyden und zu einem würdevollen Tod, mit Psalmengesang und Andacht, ein letzter Gruß an Bildung und Tugend? War das nicht gerade der Grund, warum ich solche Fälle nie annahm? Weil es nicht meine Aufgabe war, die Waage auf der einen oder anderen Seite zum Sinken zu bringen; weil ich immer der Meinung gewesen war, dass die Leute ihr eigenes Privatleben haben sollten. Wie sie es lebten, das war jedem einzelnen überlassen und nicht einem zufälligen Schnüffler mit einem zufälligen Auftrag, initiiert von einem misstrauischen Ehepartner.

Auf der Toilette hörte ich die Geräusche aus dem Nebenzimmer fast noch deutlicher, allerdings verstärkt durch einen hohlen Raumklang, der sie noch unwirklicher und playbackartiger erscheinen ließ.

Aber . . . Klangen sie jetzt nicht anders? Es war nicht mehr die künstliche Aufregung, sondern zwei Frauen, am Rande der Hysterie, die einander ins Wort fielen, ohne dass ich verstehen konnte, was sie sagten. Und was war mit Hans Egil Størksen? Warum hörte ich ihn nicht mehr? Hatte er schon ausgestöhnt?

Dann vernahm ich ihre Schritte auf dem Weg zur Tür.

Ich ging schnell in dieselbe Richtung, öffnete die Tür und stieß direkt auf Gro. Sie schrie vor Schreck auf, fasste sich aber schnell wieder. Ihr Haar war zerzaust, die Schminke verwischt, ihr Rock hing schief, und der Himmel weiß, ob sie etwas darunter trug. Sie sah mich mit blanken Augen an. «Das wollten wir nicht! O Gott! Kommst du, Anita?»

Anita kam, die Handtasche wie eine Siegestrophäe über dem Kopf schwingend. «Ich hab sie gefunden!» Dann bemerkte sie mich und holte mit der Handtasche aus und traf mich genau an der Stirn. Ein brennender Schmerz ließ meine Hand an den Kopf schnellen.

Im nächsten Moment waren sie schon weit den Flur entlang gelaufen, um die Ecke und die Treppe hinunter, ohne auf den Fahrstuhl zu warten. Eine Sekunde oder zwei blieb ich stehen und zögerte. Dann entschied ich mich für das Wichtigste.

Sie hatten die Tür nicht hinter sich zugemacht. Ich öffnete sie ganz und betrat das Zimmer.

Hans Egil Størksen lag nackt und leblos auf dem Bett, mit gespreizten Schenkeln und seinen letzten irdischen Sekreten in einer Lache zwischen den Beinen. Er war mit einem soliden Seil um die Handgelenke an den Bettpfosten festgebunden. Aber was dieses ultimative Erlebnis für ihn schicksalhaft gemacht hatte, war ein Seil, das in einer Schlinge um seinen Hals lag und zugezogen worden war. Gewisse Kreise behaupten, dass es dazu diene, den Orgasmus zu verstärken, buchstäblich bis an den Rand des Todes. Er hatte dunkelrote Lippenstiftflecken um die Brustwarzen herum, in einem Streifen den Bauch hinunter und außerdem in einem deutlichen Ring um die Wurzel seines Geschlechtsteils, wie ein Ordensband für lange und treue Dienste.

Sein Blick war gebrochen, und auch wenn die Schlinge um den Hals jetzt gelockert war, war dort nicht einmal die Andeutung eines Pulsschlags mehr zu spüren. Die letzte Reise war vorüber, und er war mit gehisster Flagge untergegangen.

Ich rührte nichts weiter an.

Als ich an die Rezeption kam, fragte ich: «Haben sie Ihnen nicht Bescheid gesagt?»

Der Rezeptionist glotzte mich verständnislos an. «Wer?»

«Die beiden Mädchen. Anita und Gro! Haben sie nicht gesagt, was passiert ist?»

Eine endlose Sekunde lang begegneten sich unsere Blicke, und ich spürte, wie ich langsam aber sicher wieder ganz nüchtern wurde. «Nun rufen Sie schon endlich die Polizei!»

«Die Polizei?»

«Es ist ein Unfall passiert! Mit tödlichem Ausgang . . .»

6

Die Polizei in Oslo handelte den Regeln entsprechend. Keiner von ihnen wandte den Polizeigriff bei mir an und sie hörten sich alles an, was ich ihnen zu sagen hatte, ohne mich ein einziges Mal zu unterbrechen. Angeführt von einem Polizisten, der sich Antonsen nannte und aus dem Norden kam, inspizierten sie schnell Hans Egils Størksens Hotelzimmer. Hinterher stellten sie fest, dass sie so etwas nicht zum ersten Mal sahen und dass es auch schon einmal tödlich geendet hatte. «Ein verzeihliches Missgeschick», sagte Antonsen mit einer Grimasse. «Als wenn man sich beim Spiel verletzt.»

Meine Beschreibung der beiden Frauen war so detailliert, dass es kaum lange dauern würde, bis man sie verhaftete. «Aber sie werden wohl kaum angezeigt werden. Sie werden als Zeugen betrachtet. Es deutet ja wohl nichts darauf hin, dass es gegen das Wissen und den Willen des Toten geschah.»

«Sie meinen, dass es eine Art Selbstmord gewesen sein soll?»

«Nein, nein, ich meine die Situation selbst. Dann ging es natürlich zu weit. Was danach kam, war ein Unfall.»

«Er hatte zwei Tickets für die Kanarischen Inseln und wahrscheinlich einen größeren Geldbetrag bei sich.»

«Tatsächlich?»

Antonsen ordnete an, dass der Raum durchsucht wurde. Fünf Minuten später kam die Rückmeldung, man habe weder das Geld noch die Tickets gefunden. «Dann wird es gleich viel ernster, natürlich. Dann werden sie doch angezeigt.»

«Brauchen Sie in irgendeiner Form meine Hilfe?»

«Wenn Sie mit zum Polizeipräsidium kommen und das Fotoarchiv der Sittlichkeitsabteilung durchsehen würden, wäre das sicherlich eine große Hilfe.»

«Und der Mann unten an der Rezeption, der behauptet, dass er nichts gesehen und nichts gehört hat?»

Antonsen lächelte grob. «Wir nehmen ihn auch als Zeugen mit. Zumindest bringen wir dann irgendeinen Anwalt um seinen ruhigen Abend.»

Als wir nach unten kamen, stand eine Frau an der Rezeption. Sie war recht jung, hübsch gekleidet, aber das helle Haar sah auffallend ungepflegt aus, und ihre glänzende rote Nase verriet eine heftige Erkältung.

Der Blick des Rezeptionisten flackerte in unsere Richtung, sein Gesicht war verkrampft, und er blätterte ziellos im Gästebuch.

«Haben Sie nicht gehört, was ich gefragt hab?», sagte sie irritiert auf Bergensisch. «Hans Egil Størksen! Wohnt er nicht hier?»

7

Auch Katrine Johnsen musste mit ins Polizeipräsidium in Grønland kommen.

Sie nahmen sie sogar mit in ein anderes Büro. Ich selbst saß allein und blätterte um die fünfzig Fotos durch, bevor ich mit dem Finger auf zwei zeigte und mit hundertprozentiger Sicherheit feststellte, dass dies die beiden Frauen waren, mit denen Hans Egil Størksen seine letzte Seefahrt unternommen hatte.

Als ich fertig war, fragten sie, ob es in Ordnung sei, wenn sie uns im gleichen Wagen zum Flughafen nach Fornebu schickten.

«Wenn sie nichts dagegen hat», sagte ich.

Sie sah ziemlich verweint aus, hatte ganz glasige Augen, und erst als ich meinen Namen sagte, blitzte eine Art verwunderten Wiedererkennens in ihrem Blick auf.

Das Taxi wartete vor der Tür. Auf dem Weg nach Fornebu wurde nicht viel geredet, und als wir aus dem Wagen stiegen, wäre sie beinahe auf dem Bürgersteig zusammen gesackt. Ich legte meinen Arm unter ihren und stützte sie den ganzen Weg zur Abflughalle und bis zum Flugzeug hinaus.

Erst als wir in der Luft waren, hatte sie das Bedürfnis, etwas zu sagen. «Sie fragen sich sicher, was ich – warum ich aufgetaucht bin – so plötzlich.»

«Ja, irgendwie schon.»

«Wissen Sie . . . Er hat mich gestern gefragt, ob ich mitkommen wollte . . . nach Oslo. Aber ich . . .» Sie putzte sich heftig die Nase, aber ihre Stimme wurde nicht klarer. «Ich war nicht in der Stimmung. Also . . . Nachdem wir telefoniert hatten heute früh, hab ich im Büro angerufen und erfahren, dass er krank ist. Ernstlich krank. Und da hab ich mich anders entschieden. Aber dass ich trotzdem zu spät kommen würde, das hätte ich nicht gedacht.»

«Aber Sie wussten, wo er war?»

Sie schnitt eine Grimasse. «Ich war schon mal da.»

«Sie hatten eine Art Beziehung?»

Sie sah mich mit ihren blanken, erkälteten Augen an. «Eine Art? Wir hatten eine Beziehung, Punkt. Er hatte nicht viel zu . . . Es war keine Ehe, was er da . . .»

Ich nickte. Das stimmte wohl. Die mögliche Anziehung war in dieser Ehe zweifellos längst verschwunden.

«Früher hatte er was mit Annelise. Und noch einigen anderen», fügte sie bitter hinzu.

«Dann war es vielleicht auch kein Wunder, dass die Ehe so wurde, wie sie wurde», sagte ich. «Seine Frau hat mir erzählt . . . Es ist ungefähr fünf Jahre her, dass sie krank wurde.»

«Ja, er hat davon erzählt.» Nach einer kurzen Pause fuhr sie fort: «Er meinte – er meinte, der Grund sei gewesen, dass sie die Sache mit Annelise und ihm entdeckt hatte.»

«Aha», sagte ich. Danach gab es irgendwie nichts mehr zu sagen.

Um fünf nach halb zehn waren wir in Flesland.

«Ich kann Sie nach Hause fahren», sagte ich. «Ich muss nur zuerst telefonieren.»

«Nein, danke», sagte sie. «Ich nehme ein Taxi.»

«Sicher?»

«So sicher, wie ich mir von jetzt an in jeder Hinsicht sein kann», sagte sie bitter, nickte kurz und ging mit ihrem kleinen braunen Koffer in der Hand in Richtung Ausgang. Ich blieb stehen und sah ihr nach, bis sie draußen war.

Bei einer Telefonzelle in der Ankunftshalle suchte ich die Privatnummer von Dr. Harbitz heraus.

Seine Stimme klang hell und jungenhaft. «Harbitz.»

«Ja, es tut mir Leid, dass ich Sie so spät störe, aber . . . Mein Name ist Veum, und ich . . .»

«Ah, gut, dass Sie anrufen, Veum! Ich habe Frau Størksen sofort angerufen, als ich den Bescheid bekommen hatte, und da hat sie mir erzählt, dass Sie unterwegs seien.»

«Also weiß sie es schon?»

«Ja – leider, muss ich wohl sagen.»

«Aber . . . wie hat sie es aufgenommen?»

«Mit Erleichterung, natürlich.»

«Mit Erleichterung? Na ja, ich habe schon verstanden, dass es zwischen den beiden nicht so gut lief, aber . . .»

«Haben Sie ihn mitgebracht?»

«Äh . . . Mitgebracht? Glauben Sie, das geht so schnell?»

«Aber wie geht es . . .»

«Es ist immerhin ein Fall für die Polizei.»

«Was sagen Sie da? Ein Fall für die Polizei? Dass er von zu Hause weggegangen ist?»

«Hören Sie, Dr. Harbitz, ich habe das Gefühl, dass wir aneinander vorbeireden. Hans Egil Størksen ist tot! Hatten Sie nicht Bescheid bekommen?»

«Tot? Das können Sie doch nicht . . .»

«Und ich habe irgendwie das Gefühl, dass ich vielleicht einen Arzt mitnehmen sollte, der sie kennt, wenn ich es seiner Frau erzähle. Aber wenn sie schon Bescheid bekommen hat . . .»

«Nein, das habe ich nicht . . . O Gott! Wo sind Sie, Veum?»

«In Flesland.»

«Ich komme aus Åsane rüber. Können wir uns bei Frau Størksen treffen?»

«Bin schon auf dem Weg.»

Ich bezahlte das Parkticket an einem Automaten und löste meinen Wagen aus. Das verwirrende Gespräch mit dem Arzt hatte mich unruhig gemacht. Da gab es irgendetwas, was ich noch nicht durchschaute.

Als ich den Wagen vor dem Haus in Nygårdshøyden abstellte, hielt ein schwarzer Mercedes auf der gegenüberliegenden Seite am Straßenrand, und der Fahrer stieg aus. Es war ein junger, stämmiger Mann in Freizeitkleidung, mit kurz geschnittenem blondem Haar und einem besorgten Gesicht. «Veum?»

«Doktor Harbitz, vermute ich?»

«Es war wirklich Ihr Ernst? Er ist tot?»

«Ich mache über vieles Witze, aber nicht über den Tod.»

«Wie ist es passiert?»

«Während einer Art Sexspiel mit einer Prostituierten.»

«O Gott! Das können wir ihr unmöglich erzählen . . .»

«Aber . . . Das kann doch nicht so uner- . . . Ich meine, Sie müssen doch auf so etwas vorbereitet gewesen sein.»

Er sah mich düster an. «Das ist es ja gerade.» Sein Blick wanderte zu der Fensterreihe im ersten Stock, wo die Innenbeleuchtung andeutungsweise durch die schweren Gardinen drang. «Lassen Sie uns reingehen.»

«Wir klingelten. Dyveke Størksen sprach durch den Lautsprecher neben der Tür. «Ja?»

«Hier ist Doktor Harbitz und, äh, Veum. Können wir raufkommen?»

Wir hörten etwas, das an einen halberstickten Seufzer erinnerte, dann surrte es, und wir gingen hinein.

Die Eingangstür im ersten Stock ging auf, als sie unsere Schritte auf den obersten Treppenstufen hörte. Sie sah uns durch die schmale Türöffnung blass entgegen, wie eine Art moderner Madonna auf einer grell beleuchteten Ikone. Sie wusste nicht, wen von uns sie ansehen sollte, und ihr Blick blieb ungefähr in der Mitte zwischen uns hängen.

Dr. Harbitz ergriff ihre Hand, drückte sie warm und kam direkt zur Sache: «Es tut mir Leid, dass wir Ihnen eine schlechte Nachricht überbringen müssen, Dyveke . . .»

Sie sah ihn mit blinden Augen an. «Eine schlechte . . . Aber Sie haben doch gesagt . . . Sie haben doch angerufen und . . .»

«Ja, das weiß ich, Dyveke. Es tut mir Leid, aber . . . Es geschehen Dinge, über die man keine Kontrolle hat.»

Die Tränen schossen ihr aus den Augen, und plötzlich richtete sie ihren Blick vorwurfsvoll auf mich, als sei das alles meine Schuld, weil ich diese schlechte Botschaft mitgebracht hatte.

«Lassen Sie uns lieber reingehen», sagte Dr. Harbitz, legte ihr einen Arm um den Rücken und führte sie bestimmt in die Wohnung hinein.

Wir kamen in dasselbe Wohnzimmer, in dem ich bei meinem ersten Besuch gewesen war, blieben einen Augenblick stehen, und dann sagte Dr. Harbitz: «Setzen Sie sich, Dyveke.»

Sie folgte dem Rat des Arztes und setzte sich auf die Kante des Sessels. Sie trug dasselbe schwarze Kleid, und wie sie da saß, die Beine schräg angewinkelt, fiel auf, wie mager ihre Schenkel waren. Es war, als habe ein unkontrollierbarer Hunger alles Fleisch an ihrem Körper verzehrt, so dass nur noch ein notdürftig gepolstertes Skelett übrig war. Einen größeren Kontrast zu den beiden Damen in Oslo konnte man sich kaum vorstellen. Der Unterschied zwischen ihr und Katrine Johnsen war weniger auffällig, was auch immer das zu bedeuten hatte.

Dr. Harbitz und ich setzten uns jeder auf einen der Ledersessel, die Blicke fest auf ihr Gesicht gerichtet, wie um uns durch nichts anderes ablenken zu lassen.

Der Arzt legte eine Hand auf ihre und sagte: «Ihr Mann ist tot, Dyveke. Er ist heute um die Mittagszeit in Oslo gestorben.»

Sie nickte schwach, als hätte sie nichts anderes erwartet, aber ich erkannte an ihrem Blick, dass die Botschaft sie noch nicht wirklich erreicht hatte, sondern als drehe es sich um einen entfernten Verwandten und nicht um ihren Mann.

«Das ist natürlich sehr traurig, aber . . .» Er verstärkte seinen Griff um ihre Hand. «Ich werde alles tun, um Ihre Reaktionen zu dämpfen, und wenn ich irgendetwas tun kann, das Ihnen hilft, dann dürfen Sie nicht zögern, mir Bescheid zu sagen . . .»

Sie nickte, noch immer abwesend. «Danke.»

Es wurde still.

Von weit her hörten wir das Rauschen des Verkehrs unten im Zentrum. Durch einen Filter aus gut isolierten Wänden hörte man trotzdem die Bässe aus der Stereoanlage in einer der Nachbarwohnungen. Dyveke Størksen hielt den Kopf ein wenig schräg, als lauschte sie auf dieselben Geräusche und versuchte, sie zuzuordnen.

Ich bewegte meine Beine.

Da schien sie mich plötzlich wahrzunehmen. «Wie ist es passiert?»

Ich räusperte mich und sagte: «Es war ein Unfall. Und es hatte nichts mit der Krankheit zu tun.»

Dr. Harbitz sah mich scharf an, mit einem Blick, den ich nicht deuten konnte.

«Vielleicht war es im Endeffekt das Beste, was ihm passieren konnte. Dass es so schnell ging, meine ich.»

«Aber . . .» Sie sah von dem Arzt zu mir und dann wieder zurück. «Aber er war doch gar nicht krank! Sie haben doch selbst angerufen und gesagt, dass . . .»

Ich spürte ein Schaudern, als säße ich plötzlich mitten im Luftzug. «Er war gar nicht krank?»

Dr. Harbitz sah mich an, sein Gesicht war verzerrt. Im Laufe von zwei Sekunden schien er um zehn Jahre zu altern. «Das war es, was ich versucht habe, Ihnen zu erzählen, als Sie anriefen. Sehen Sie hier.»

Er zog eine Faxmitteilung aus der Tasche und reichte sie mir mit düsterer Miene. «Es ist natürlich ein Skandal. So etwas darf nicht passieren. Aber es passiert, ganz ganz selten einmal . . .»

Ich sah auf das Papier, breitete es aus und las.

Es war eine schriftliche Entschuldigung des Labors im Krankenhaus Haukeland, indem die telefonische Mitteilung von 14.05 Uhr bestätigt wurde.

. . . Aufgrund eines höchst bedauerlichen menschlichen Versagens wurden im Labor zwei Proben verwechselt, so dass Ihnen ein falsches Ergebnis mitgeteilt wurde. Das Ergebnis der Probe Ihres Patienten ist negativ. Es wurden bei der Analyse keine Anzeichen für krankhafte Zustände gefunden, und wir bedauern zutiefst die Qual und die Sorge, die das irreführende Ergebnis dem Betreffenden zugefügt haben mag . . .

Ich saß da und hielt das Fax in der Hand. Schließlich murmelte ich: «Das hier ist kein Fall für einen privaten Ermittler mehr. Das ist ein Fall für die Zeitungen.»

Einen anderen Trost hatte ich ihnen nicht anzubieten.

Ich verließ sie vor Dr. Harbitz. Ihn brauchte sie mehr als mich. Er konnte ihr etwas geben, das ich nicht zu bieten hatte. Vielleicht brauchten wir alle so etwas. Ein Rezept gegen das Leben. Eine hinausgeschobene Abreise.

Gegen den Tod gibt es keine brauchbaren Rezepte. Man hält schon die Abfertigungsnummer in der Hand, und das einzige, was man sich fragen kann, ist, wann man an die Reihe kommt.

Unsere Tage sind gezählt, wie das Geld auf der Bank. Wenn man nicht aufpasst, ist das Konto plötzlich überzogen.

Der Tod ist ein schlechter Gefährte. Mit ihm zu leben, ist nicht leicht, und ehe man sich's versieht, hat er einem den Rücken zugekehrt.

Die Toten haben's gut

I

Die Kirche lag oben auf einem Hügel, ungefähr in der Mitte der Wohnblöcke. Sie hatte den Charakter einer so genannten «Arbeitskirche», was bedeutete, dass dies eher ein Ort war, an dem man die Ärmel hoch krempelte und für Gott arbeitete, als ein Ort für Feierlichkeit und Andacht.

Das Gebäude erinnerte an eine Raketenabschussrampe, an etwas, von dem aus man Anlauf nahm, um ins All hinaus zu springen; falls es nicht eine Rutschbahn für gefallene Engel war, auf der man endete, wenn man dort oben abgewiesen worden war.

Die Kirche war vor mehreren Monaten wegen des Kirchenasyls, das man dort eingerichtet hatte, durch die Medien gegangen, aber dann war die Aufmerksamkeit wie üblich aus Mangel an Interesse abgeflaut. Die Journalisten fanden andere Dinge, über die sie schreiben konnten, und die Fernsehkameras wurden auf neue Objekte gerichtet. Die kleine Gruppe bosnischer Flüchtlinge, die sich dort aufhielt, wurde mehr oder weniger von allen anderen vergessen, nur nicht von der Gemeinde, die sich ihrer angenommen hatte.

Ich betrat eine helle, offene Eingangshalle, die mehr an den Eingangsbereich eines modernen Kulturzentrums als an den klassischen Vorraum älterer Kirchen erinnerte. Hinter einer Glastür, in einem Raum, der an das Vorzimmer eines Arztes erinnerte, saßen zwei Männer. Als ich hereinkam, blickten sie auf, und der ältere von ihnen kam heraus, um mich zu begrüßen. Er hätte der lokale Kulturdezernent sein können, dynamisch und mit federndem Gang. Nur der weiße Kragen verriet den Pfarrer.

«Veum?», fragte er.

«Ja.»

Er gab mir die Hand, fest wie ein Physiotherapeut und mit einem Lächeln wie ein Filmstar. Aber sein Haar war eisengrau und sein voller Bart fast weiß. Dabei konnte er kaum älter als Anfang vierzig sein. «Hogne Haraldsrud. Ich bin froh, dass Sie kommen konnten. Die Situation ist nicht so einfach – auch nicht, was die Ausgangslage angeht, wenn Sie verstehen.»

Ich nickte.

«Aber kommen Sie doch mit ins Pfarrbüro.»

Ich folgte ihm vorbei an dem hellen, holzfarbenen Tresen. Von Nahem betrachtet erinnerte es eher an ein Reisebüro. Der junge, rothaarige Mann dahinter erhob sich, richtete seine Brille und lächelte zuvorkommend, als habe er eine besonders vorteilhafte Charterreise anzubieten: Patmos hin und zurück mit Highlights aus der Offenbarung.

Haraldsrud stellte uns vor: «Varg Veum. Olav Monsen. Unser Küster», fügte er erklärend hinzu, als er die Tür zum Pfarrbüro öffnete.

Ich nickte Monsen zu und folgte Haraldsrud. Er wies mich auf einen einfachen Sprossenstuhl und nahm selbst hinter dem Schreibtisch Platz.

«Wo wohnen die Flüchtlinge?», fragte ich.

«Wir haben einen so genannten Tagesraum im Keller. Dazu gehört auch eine Küche, weil wir ihn sonst für Versammlungen in der Gemeinde benutzen. Elternabende vom Kinderchor, Rentnertreffen und solche Dinge.»

«Wie viele sind es?»

«Ursprünglich war es nur eine Familie. Djenka und Mako Gulosic mit ihren vier Kindern, Janina, Asim, Safijaj und Amir.»

«Ursprünglich?»

«Ja. Vor ein paar Wochen haben sich zwei weitere Personen zu der Gruppe gesellt.»

«Sie haben hier mit anderen Worten eine Art Haus der offenen Tür?»

Seine Wangen wurden rot. «Wenn der Rest Norwegens geschlossen zu sein scheint, dann müssen ein paar Türen offen stehen, Veum! Sie haben doch sicher schon einmal vom barmherzigen Samariter gehört, oder?»

«Doch, aber ich bin ihm selten begegnet. Freut mich.»

«So gehe hin und tue desgleichen, sagt Jesus, Lukas 10, 37. Ich stelle mich nicht auf einen Sockel. Ich tue nur, was der Erlöser mir befohlen hat. Die Starken bedürfen des Arztes nicht, sondern die Kranken. Gehet aber hin und lernet, was das ist: ‹Ich habe Wohlgefallen an Barmherzigkeit und nicht am Opfer.› Matthäus 9, 12–13.»

«Mich müssen Sie nicht bekehren. Nicht in der Frage zumindest. Aber Sie haben mich nicht hierher eingeladen, um mir eine Predigt zu halten . . .»

«Nein. Tut mir Leid. Ich bin nur so verd- . . . so verbittert, jedes Mal, wenn ich mit der offiziellen norwegischen Flüchtlingspolitik konfrontiert werde. In der Bürokratie sitzen auf jeden Fall keine barmherzigen Samariter, Veum, das kann ich Ihnen garantieren. Ich habe mit genug von ihnen – gesprochen.»

«Aber zurück zum Thema. Wie lange sind sie schon hier?»

«Die Familie Gulosic seit September. Die beiden anderen seit zwei Wochen, wie gesagt.»

«Und der Junge, der verschwunden ist, gehört er zu den Gulosics?»

«Ja, es ist Asim.»

«Er ist sechzehn?»

«Ja.»

«Und wie lange . . .»

«Seit Freitag.»

«Drei Tage, mit anderen Worten. Und Sie haben keine Ahnung, wohin – oder warum?»

«Nein. Ich habe mich ein bisschen umgehört, unter anderem bei seinen früheren Klassenkameraden ...»

«Er ging zur Schule?»

«Ja, Janina und Safijaj auch, bis September. Sie waren achtzehn Monate in Norwegen, Veum, und haben auf Antwort gewartet! Dann wurde die letzte Berufung abgewiesen, und sie haben am einzigen Ort Zuflucht gesucht, den sie kannten. Im Schoße Jesu.»

«Aber – entschuldigen Sie meine Unwissenheit – aber sind es denn Christen?»

«Nein. Es sind Moslems. Die Barmherzigkeit kennt keine Grenzen, das ist jedenfalls meine Form des Christentums.»

«Hm. Aber – also – nachdem sie hierher kamen, sind sie nicht mehr in der Schule gewesen?»

«Sie haben sich nicht vor die Tür gewagt!»

«Bis jetzt?»

«Nein. Jedenfalls wüsste ich nichts davon», fügte er hinzu.

«Aber wie haben sie das dann geschafft?»

«Tja ... Wir haben versucht, ihnen Aufgaben zu geben, die einigermaßen sinnvoll sind. Die Mutter und die beiden Mädchen haben einige Arbeiten des Küsters übernommen, gefegt, sauber gemacht und die Kerzen für den Gottesdienst angezündet, während Gulosic anfallende Arbeiten vorgenommen hat, einfachere Reparaturen und so etwas.»

«Was ist er von Beruf?»

Haraldsrud lächelte bitter. «Straßenbauingenieur. Für Asim war es bestimmt am schlimmsten. Sie können es sich denken, sechzehn Jahre alt ... Am Anfang kamen schon noch einige seiner alten Schulfreunde zu Besuch, aber nach und nach schlief das ein ... Das ist verständlich, sie haben andere Interessen, die da draußen.» Er sagte das in einem Tonfall, als befände auch er sich in einer Art innerem Exil. «Früher hat er in der Basketballmannschaft der Schule gespielt, aber das konnte er nicht mehr.

Ich habe versucht, ihn ein wenig zu unterrichten, aber ich kann das nur begrenzt leisten, sowohl was die Zeit als auch . . . Ich meine, haben Sie schon mal versucht, moderne Mathematik zu unterrichten, Veum?»

«Nein, Gott bewahre . . . Nein!»

«Und der kleine sechsjährige Amir . . . Ihm können wir auch nicht viel anbieten.»

«Aber Sie haben doch sicher Aktivitäten für alle Altersgruppen oder?»

«Doch doch . . . Den Kinderchor – und dann die Sonntagsschule, die wir einzurichten versuchen. Aber dahin kommen schließlich auch nicht so viele. Wissen Sie, in einer modernen Trabantenstadt, wo beide Eltern arbeiten, da ist nicht viel Zeit für Jesus.»

«Tja, es würde wohl nicht viel helfen, wenn ich vorbeikäme . . . Ist es möglich, sie zu begrüßen?»

Er stand auf. «Selbstverständlich.»

«Sprechen sie Norwegisch?»

«Die Erwachsenen nicht besonders gut. Die Kinder sind viel besser. Meistens ist es Safijaj, die dolmetscht.»

«Die Älteste?»

«Nein, die Dreizehnjährige.»

«Und Asim, wie gut spricht er Norwegisch?»

«Wie ein Schwede», sagte Hogne Haraldshaug und ging vor mir her aus dem Büro.

2

Das Kaminzimmer lag im Keller und war sicher, an einem kalten Winterabend mit Feuer im Kamin und Kerzen in den Leuchtern an den mit Ziegelsteinen verkleideten Wänden ein gemütlicher Raum. Jetzt war es hier auffällig düster. Das schwache Februarlicht, das durch ein paar schmale Fensterluken hoch oben an einer Wand herein fiel, brachte nicht sonderlich viel.

Es dauerte eine Weile, bis ich mich an das Licht gewöhnt hatte, aber ich bekam mit, dass die beiden Gruppen, die sich dort aufhielten, so viel Abstand wie nur möglich voneinander hielten.

Die Familie Gulosic saß für sich, umgeben von ein paar Koffern, Rucksäcken und Pappkartons. An der Wand lagen sechs Schlafsäcke und ein paar Wolldecken, zu Bündeln zusammengerollt.

In der entgegengesetzten Ecke des Raumes, an ein einfaches Rednerpult gelehnt, umgeben von noch weniger Habseligkeiten, saßen zwei Männer, gekleidet wie zu einem Bergenser Mittsommerfest, in Jeans und Daunenjacken.

Haraldsrud steuerte die Familie Gulosic an und nickte den beiden anderen zu. Ich folgte ihm.

Ein kleinwüchsiger Mann um die vierzig, mit dunklem Schnauzbart und deutlichen Bartstoppeln, stand auf und kam uns entgegen. Er sah Haraldsrud fragend an. «Hast du – gehört was?»

«Nein, leider.»

Deutlich sichtbar breitete sich Enttäuschung auf seinem Gesicht aus. Er hob resigniert die Arme, wandte sich verzweifelt an den Rest seiner Familie und sagte ihnen etwas in einer Sprache, die ich nicht verstand. Seine Frau, die ein paar Jahre jünger sein musste, saß mit einer Handarbeit in der Hand da. Sie sagte einige wenige Worte in derselben Sprache und schielte zu den beiden Männern am anderen Ende des Raumes hinüber. Die älteste Tochter, die einem kleineren Jungen vorgelesen hatte, wurde laut und heftig und hielt sich eine Hand vor die Brust, wie um sich zu verteidigen. Sie hatte langes, volles, dunkles Haar und eine billige Brille mit ovaler Fassung aus rotbraunem Metall.

«Verstehen Sie, worüber sie reden?», fragte ich leise Haraldshaug.

«Nein, ich . . . nur einzelne Worte. Ich habe noch nicht . . .»

Das dritte Kind kam zu uns herüber. Sie war eine zierliche Ausgabe der großen Schwester, aber ohne Brille und mit kürzeren, fast zu einer Pagenfrisur geschnittenen Haaren.

Haraldsrud legte ihr freundlich eine Hand auf die Schulter und sagte: «Das ist Safijaj. Und das hier ist Veum. Er wird versuchen, Asim zu finden.»

Sie nickte feierlich, und ich nahm ihre Hand. Sie war klein, trocken und warm.

«Würdest du so nett sein, und deinen Eltern das sagen. Und Veum hat vielleicht auch ein paar Fragen an sie, bei denen du helfen musst zu übersetzen . . .»

Sie nickte, drehte sich um, und wir bewegten uns gemeinsam auf die provisorische Wohnstatt der Familie zu.

Die Einrichtung des Kaminzimmers bestand aus einfachen, hellen Holzmöbeln, Sofabänken entlang der Wände und Stühlen, die um die flachen Tische gruppiert waren, die mit roten Läufern und Kerzenständern mit weißen Kerzen geschmückt waren. Die Familie Gulosic zog es trotzdem vor, auf dem Boden zu sitzen, wo sie eine Reihe von Kissen hingelegt hatten, bezogen mit einem Stoff, der orientalischen Ursprungs sein mochte, aber ebenso gut von IKEA wie aus Bosnien mitgebracht sein konnte.

Ich ließ meinen Blick zu den beiden Männern beim Rednerpult wandern. Der eine von ihnen hatte rotblondes Haar und trug eine runde Brille; der andere war dunkelhaarig und mager, mit einem sehnigen, länglichen Gesicht, nach hinten gekämmten Haaren und schwarzen Augen. Sie starrten zurück, wie vom Ende einer Sackgasse her, ohne erkennbare Regung. «Die beiden dort», murmelte ich. «Sprechen sie Norwegisch?»

«Leider auch nur sehr wenig. Aber Ahmet, der jüngere, spricht Englisch und Deutsch – und etwas Italienisch, falls Sie das können.»

«Ich fürchte, mein Wortschatz beschränkt sich auf *nel blu di pinto di blu*.»

«Tja . . . Ich kann auch besser Altgriechisch und Latein.»

«Amo, amas, amat?»

Er sah mich überrascht an. «Nun sagen Sie nicht, dass Sie auch Lateiner sind?»

«Ich habe in der Schule jedenfalls den Latein-Zweig gewählt, wahrscheinlich eine Art Protest gegen die leidenschaftliche Begeisterung meines Vaters für altnordische Mythologie. Aber . . .» Ich nickte zu Safijaj, die neben ihren Eltern stand und auf uns wartete.

Ich begrüßte beide höflich, während sie ihnen erzählte, wer ich war. Die Mutter trug westeuropäische Kleidung und einen Seidenschal über ihrem glatten, dunklen Haar. Der Vater drückte mir heftig die Hand, als wolle er mir durch eine Art mentaler Übertragung die Stärke geben, seinen Sohn zu finden, dort draußen in der Stadtlandschaft, die ihm nicht mehr zugänglich war. Janina beobachtete uns wachsam, obwohl sie anscheinend wieder begonnen hatte, Amir vorzulesen.

«Du kannst dich sicher auch erinnern, wann Asim verschwunden ist, Safijaj, oder?», begann ich vorsichtig.

Sie nickte. «Ja.» Ihre Eltern verfolgten konzentriert jedes ihrer Worte, während sie erzählte: «Es war Freitag am Morgen. Er war schon aufgestanden, als Papa wach wurde, aber – die Toilette – das ist da draußen.» Sie zeigte auf die Ausgangstür, wo wir am Fuße der Treppe an zwei Türen vorbei gekommen waren, die jeweils mit DAMEN und HERREN gekennzeichnet waren. «Vater dachte, er ist dort. Aber als er nicht wiederkam, ist er rausgegangen und hat ihn gesucht. Er war nicht da, also ging er nach oben, in die Hauptetage, und hat da gesucht. Aber die Tür war zugeschlossen, und er hat Asim nirgends gefunden.»

Der Vater nickte bestätigend. «Asim nirgends gefunden», sagte er. «Nirgends!»

Ich sah Haraldsrud an. «Als Sie kamen, war die Tür da auch verschlossen?»

«Ja, aber . . . eins von den Fenstern in der Rezeption . . . Der

Haken war offen. Er kann über den Weg rausgekommen sein. Normalerweise ist das Kirchengebäude mit Doppelschlössern, Fensterbolzen und Einbruchsalarm gesichert, seit den Kirchenbränden. Sie wissen ja. Aber jetzt, wo wir Leute hier wohnen hatten, mussten wir die Anforderungen dem anpassen, wegen der Brandvorschriften. Ich meine, es wäre tragisch, wenn das Asyl wegen Brandschutzgesetzen geschlossen würde, wo wir gerade erreicht haben, dass die Polizei draußen zu bleiben hat.»

«Also mit anderen Worten, da gibt es kein Mysterium?»

«Nein. Ich glaube nicht.»

Ich sah wieder Safijaj an: «Kannst du deine Eltern fragen, ob sie sich einen Grund denken können, warum Asim weggelaufen ist?»

«Abgehauen, ja?»

«Ja.»

Sie wandte sich ihrem Vater zu und fragte ihn. Zuerst antwortete er abweisend. Dann sagte die Mutter irgendetwas, und er drehte sich mit einem unsicheren Gesichtsausdruck zu ihr um, bevor er sich wieder an seine Tochter wandte und einige weitere Sätze sagte.

«Er sagt . . . Alles ist anders geworden, nachdem Ahmet und Herr Kovacevic gekommen sind. Asim hat mit ihnen gestritten . . .» Sie zog eine resignierte Grimasse, «. . . über Fußball. Sie waren für verschiedene Mannschaften, zu Hause in Bosnien, und sie konnten sich nicht einig werden.»

«Aus welcher Stadt kommt ihr?»

«Sarajevo.» Sie sah mich unglücklich an, als würde es sie schmerzen, den Namen auszusprechen.

Plötzlich ergriff die Mutter das Wort, zeigte heftig mit dem Kopf in Richtung der beiden Männer und begann eine lange und ziemlich temperamentvolle Rede.

Am anderen Ende des Raumes erhob sich der dunkelhaarige Mann und rief etwas zurück, und man musste kein Sprachexperte sein, um zu verstehen, dass es wohl kaum ein Kosename war. *«Bludnica!»*

Gulosic wurde rot im Gesicht, schrie zurück und ballte die Fäuste. Der Rotblonde hatte sich vor den Dunkelhaarigen gestellt, mit dem Rücken zu uns, und es war, als würde uns die Rückseite seiner Worte erreichen, aber so herum waren sie genauso unverständlich.

«Ruhig!», sagte Haralsrud auf Englisch. «Ich will hier keinen Krach haben!»

Gulosic zeigte. «Die angefangen!»

Seine Frau nickte heftig, wedelte mit den Armen zur Seite und nach hinten zu ihrer ältesten Tochter, und ein neuer Wortstrom floss aus ihr heraus.

Ich fühlte, wie mich eine Art Nervosität ergriff. Die Temperatur in dem dunklen, schlecht belüfteten Kaminzimmer war viel zu hoch. Der Grund für diese Auseinandersetzungen war nicht nur das Verschwinden des Jungen.

Ich sagte leise zu Safijaj: «Kanntet ihr einen der beiden Männer von Zuhause?»

Sie nickte. «Ahmet, der mit der Brille, er hat in unserer Straße gewohnt, aber seine Familie, die waren Serben, und wir – wir Moslems.»

«Und – der andere?»

«Wir kannten nicht. Er redet – er kommt aus Banja Luka, aber er hatte in Sarajevo gewohnt, und meine Mama, sie hat einmal erzählt, dass sie war auf der Polizeistation, und den Mann da gesehen!»

«Als was?»

«Was meinen?»

«Ich meine . . . War er Polizist oder . . .»

«Ja! Und er hat – Folter gemacht!»

Das gab mir ein wenig zu denken. «Aber Ahmet, kanntet ihr ihn gut?»

«Ja.» Sie sah starr vor sich hin, als gäbe es irgendetwas, dass sie nicht ansehen wollte.

Ich sah Haraldsrud an. «Janina, spricht sie Norwegisch?»

Er nickte. «Etwas, aber . . .»

«Ja?»

«Das ist nicht einfach. Die Eltern schirmen sie ab, so gut sie können. Sogar ich habe Probleme, unter vier Augen mit ihr zu sprechen.»

«Warum das?»

Er zuckte mit den Schultern. «Sie bewachen ihre Ehre, vermute ich.»

«Glauben Sie, es ist möglich, kurz mit ihr zu sprechen?»

Er sah mich skeptisch an. «Sie können es ja versuchen.»

«Und ich möchte es am liebsten nicht hier tun. Können wir sie mit zu Ihnen nach oben nehmen? – Ich meine, die Eltern können gerne mitkommen, meinetwegen!»

«Ich kann nur wiederholen ... Sie können es ja versuchen.»

Ich wandte mich wieder an die Dreizehnjährige. «Safijaj ... Ich möchte gern auch Janina ein paar Fragen stellen.»

Sie sah mich abwesend an. «Janina?»

Ihre Eltern kamen näher. «Janina!», wiederholten sie und wechselten danach ein paar Sätze, die bei beiden mit dem Namen der ältesten Tochter endeten.

«Deine Eltern können mitkommen, aber ich möchte gerne an einem Ort mit ihnen reden ... wo wir unter uns sind.» Ich senkte vertraulich die Stimme und warf einen unmissverständlichen Seitenblick auf ihre beiden Landsmänner.

Sie gab die Frage weiter. Es gab eine schnelle, kakophonische Familienkonferenz, in die sich auch Janina einmischte, unterbrochen von schnellen, forschenden Blicken in meine Richtung, bevor der Vater, dem Kopfschütteln der Mutter zum Trotz, schließlich eine Einwilligung nickte, und Safijaj sagte: «Es ist in Ordnung.»

Janina stand auf und reichte Safijaj mit einem bittenden Gesichtsausdruck das Buch, aus dem sie gelesen hatte. Safijaj nahm es mit gebeugtem Nacken entgegen und übernahm sofort den Platz der großen Schwester neben dem kleinen Bruder.

Plötzlich fiel es mir auf: Der kleine Junge hatte die ganze Zeit kein Wort gesagt, nicht einmal einen Laut ausgestoßen.

Einen Moment lang begegnete ich seinem Blick. Er war abwesend und glasig und sah irgendwie direkt durch mich hindurch, irgendwo in Brusthöhe.

Ich lächelte vorsichtig, aber das runde, ernste Gesicht zeigte nicht die geringste Reaktion, und sein Blick war immer noch, als starre er auf einen Punkt zwanzig Zentimeter hinter mir.

Bevor wir anderen die Tür erreicht hatten, hatte Safijaj begonnen, ihm vorzulesen, leise, aber lebendig, in einer Sprache, mit der er hoffentlich noch etwas verband, aus einer Welt, deren Existenz er noch nicht vergessen hatte.

3

Haraldsrud führte uns durch sein Vorzimmer, wo Olav Monsen vor einem Computermonitor saß und – die Zungenspitze im Mundwinkel – die nächste Ausgabe des Gemeindeblattes redigierte, das Programm für den Familiengottesdienst des kommenden Sonntags zusammenbastelte oder vielleicht einen Klagebrief an die Kirchenaufsicht schrieb wegen mangelnder Bewilligungen. Als wir an ihm vorbeikamen, sah er auf und nickte aufmunternd allen außer Janina zu. Aber als ich die Tür hinter uns schloss, bemerkte ich, dass er gerade ihr am längsten hinterher sah. Was nicht ganz unnatürlich war, denn sie war ein schönes Mädchen, und sogar Küster hatten wohl dafür ein Auge.

Auch das Büro des Pfarrers war mit einem Computer ausgestattet. Sonst war die Einrichtung recht spartanisch, der Schreibtisch von der einfachsten Sorte und die Stühle hart, wie im Wartezimmer vor dem Himmelstor.

Ein Stuhl fehlte, und es entstand eine unklare Situation, bis Haraldsrud Janina und ihre Eltern auf die drei Gästestühle wies, mich auf seinen Platz hinter dem Schreibtisch. Er selbst nahm vor dem Fenster Platz, halb auf der Fensterbank sitzend und mit der niedrig stehenden Sonne im Rücken, nicht unähnlich einem Verhörleiter mit einer scharfen Projektorenlampe neben sich.

Ich schenkte den drei Flüchtlingen mein weichstes Sozialarbeiterlächeln, faltete die Hände (wie getrieben von einer verborgenen Automatik im Raum) und beugte mich ein wenig vor. «Wie gesagt, Haraldsrud hat mich gebeten, in der Stadt nach Asim zu suchen.» Ich sah Janina direkt an. «Sie verstehen gut Norwegisch, stimmt's?»

Sie nickte und strich sich das Haar aus der Stirn. «Kleines bisschen.»

«Dann sollten Sie für Ihre Eltern übersetzen . . .»

Sie tat es.

«Aber eigentlich möchte ich vor allem Sie etwas fragen . . .»

Sie sah mich stumm an, ihre dunkelbraunen Augen blickten abwartend. Die Brillengläser reflektierten das Fenster und die Silhouette von Haraldsrud davor, wie eine Art Geist aus einer bedrohlichen Vergangenheit. Ihr Gesicht hatte weiche, sinnliche Züge, sie hatte volle Lippen und ein bestimmtes, charakterfestes Kinn. Sie trug eine weiße Hemdbluse, die bis zum Hals zugeknöpft war, eine dunkelblaue Strickjacke und einen schlecht sitzenden grauen Rock, aber das war sicher als Tarnung gedacht – und außerdem nicht sonderlich effektiv. Ihre kleinen Brüste pressten sich nach vorn, und der kleine, bewusste oder unbewusste Schwung ihrer Hüften, als sie sich hinsetzte, die Art und Weise, wie sie das eine Bein über das andere legte und sich zerstreut über das Knie strich – wenn nicht aus einem anderen Grund, dann um uns daran zu erinnern, dass es da war – das alles verriet eine Fraulichkeit, die weder Sack noch Asche verbergen konnten.

«Was denn?», fragte sie und warf den Kopf leicht in den Nacken. Ihre Nasenflügel waren schmal und weiß, und die Nasenlöcher schienen in meine Richtung zu wittern, wie bei einem eleganten Katzentier.

«Nun ja . . . Sie und Ihr Bruder, Sie sind nur zwei Jahre auseinander. Sie haben sich sicher Gedanken gemacht, wo er geblieben sein könnte? Und warum er verschwunden ist?»

Sie zuckte mit den Schultern. «Er hatte es wohl satt, eingesperrt zu sein. Genau wie ich!»

«Ja . . . Das kann ich verstehen. Es gab also keine besondere – Episode, die das Ganze ausgelöst hat?»

«Nein, eine Episode . . .» Sie schüttelte demonstrativ den Kopf.

Der Vater fragte etwas in ihrer Sprache. Sie antwortete schnell und hitzig. Die Mutter öffnete den Mund und schloss ihn wieder.

«Diese anderen – die beiden Männer . . .»

«Was ist damit?»

«Safijaj hat gesagt, dass ihr einen von ihnen kanntet?»

«*Da!* – Ja», sagte sie schnell. «Ahmet – Ahmet Pecanin. Er war Nachbar, aber Serbe. Wir haben mit Serben nichts mehr zu tun.»

«Nicht mehr?»

«Es hat viel zu viel Streit gegeben. Freunde, die früher Freunde waren – nicht mehr. Nachbarn anzeigen Nachbarn. Es unmöglich da unten leben!» Sie stolperte über die Grammatik und suchte nach Worten, als sie aufgeregt wurde.

«Ja, ich verstehe. Meinen Sie, dass Pecanin, dass er Sie angezeigt hat?»

«Alle, alle angezeigt! War alles Krieg gegen alle. Aber . . . ist nicht Ahmet das Problem, ist der andere . . . Ibro Kovacevic!» Sie sprach den Namen aus, als sei er eines der Pseudonyme des Teufels, während die Mutter heftig mit dem Kopf nickte und den Namen wiederholte, wie eine einsame Chorsängerin im Hintergrund.

Der Vater murmelte einen wütenden Satz mit vielen Konsonanten und einem Schnarren am Ende «. . . *mrtav!*»

«Was sagt er?»

«Er sagt, was wir alle denken, dass Ibro Kovacevic besser tot wäre!»

«War-»

«Hat gefoltert, hat getötet, hat vergewaltigt!» Sie legte beide Hände vor die Brust, als wolle sie ihr eigenes Herz zum Beweis zwischen uns auf den Schreibtisch legen. «Mädchen von mein Alter, jünger, solche wie Safijaj! Massenvergewaltigung! Werden nie mehr Frauen.» Sie holte heftig Atem, kämpfte gegen die Bewegung in ihrer Stimme, das Zittern in ihrem Gesicht. «Und dahin, dahin will die norwegische Ämter uns schicken, bevor der Krieg vorbei, und die Massaker noch passieren!»

«Aber . . . die Soldaten auf Ihrer Seite . . . tun die nicht dasselbe?»

«Ist das ein Entschuldigung?», stieß sie heftig hervor. «Macht das die geschändete Jungfrauen wieder rein?»

«Nein . . . natürlich nicht. Das war eigentlich nicht das, was ich meinte. Aber Kovacevic – er ist doch in gewisser Weise ein Flüchtling aus demselben Krieg, oder? Sie sind jetzt im selben Boot, im wahrsten Sinne des Wortes.»

Janina senkte die Stimme und beugte sich vor, wie um ihre Eltern vor ihren Worten zu schonen, falls sie sie verstehen würden. «Meine Mutter, sie ist auch verhört von ihm, auf Polizeiwache in Sarajevo. Haben sie misshandelt, geschlagen – überall . . .» Sie zeigte diskret auf ihren Unterleib. «Ist dann ein Wunder, dass sie zusammenbricht, als er, Kovacevic, hier plötzlich herkommt, wie ein – wie ein Bote – von der Hölle!»

«Ihre Mutter hatte einen Zusammenbruch!»

«Ja. Hogne – er hat Arzt für sie geholt . . .»

Ich sah Haraldsrud fragend an. «Stimmt das?»

«Ja, ich habe einen Arzt vom Notdienst bekommen. Aber er hat es als Flüchtlingssyndrom bezeichnet, verstärkt durch den Aufenthalt hier im Kirchenasyl, ich meine, die Ungewissheit, das Warten, die ganze Situation. Er hat ihr eine Spritze gegeben und ein Rezept für etwas Beruhigendes, was nicht einfach für mich war, ausgehändigt zu bekommen, das muss ich zugeben. Die Bürokratie hat lange Arme, sie hinterlässt ihren Stempel überall.»

«Aber das ist passiert, als Kovacevic hier auftauchte, vor – was sagten Sie – vor zwei Wochen?»

«Ja.»

«Danach hat es sich beruhigt?»

«Ja, ich . . .» Er räusperte sich. «Ich habe ihnen ein Ultimatum gestellt. Habe gesagt, dass alle vor Gott gleich sind, und dass die Barmherzigkeit keine Grenzen kennt. Wenn sie nicht damit leben könnten, dann müssten sie sich ein anderes – Asyl suchen.» Mit einem etwas beschämten Gesichtsausdruck fügte er hinzu: «Ja, ich meinte das nicht so, natürlich, ich hätte niemals . . . Aber es war wirklich notwendig, hier Ruhe hinein zu bringen.»

«Aber es ist doch denkbar, dass Asims Verschwinden etwas mit dieser Episode zu tun hat, oder?»

«Doch . . .»

Ich wandte mich abrupt an Janina. «Glauben Sie das nicht auch?»

Sie reagierte, als hätte sie nicht zugehört. «Glaube – was?»

«Dass Asim wegen Kovacevic weggelaufen ist?»

Sie zuckte mit den Schultern und hob die Hände. «Doch, vielleicht! Vielleicht nicht . . .»

«Hatte er – draußen – besonders gute Freunde?»

«Asim? Das waren die Schulfreunde, natürlich. Stian und Helge.»

«Keine Freundin?»

Sie errötete. «Nein, ich . . . Da waren wohl ein paar – interessiert an ihm. Aber das müssen Sie lieber seine Freunde fragen.»

«Und Sie?»

«Ich?»

«Hatten Sie einen Freund?»

Sie wurde noch röter. «Nicht hier! Warum fragen Sie das?»

«Ist da draußen niemand, von dem Sie sich vorstellen können, dass er Asim helfen würde?»

«Helfen?»

«Ja, helfen. Ihn versteckt halten. Ihm ein Bett anbieten?» Ich nickte zum Fenster, wo das Licht schwach und schwächer wurde, wie aus einem Gefrierschrank, dessen Tür angelehnt stand. «Es ist Februar da draußen, und kalt wie . . .»

Sie folgte meinem Blick mit besorgtem Gesichtsausdruck. «N-nein . . .»

Ich konnte ihre Sorge verstehen. Das Thermometer hatte sich in den letzten vierzehn Tagen nur sporadisch über die null Grad bewegt, und draußen zu übernachten unter solchen Bedingungen war sicher nicht besonders angenehm – und eher dazu geeignet, das Leben zu verkürzen, als es zu verlängern.

4

Im Laufe des Tages klapperte ich alle Orte ab, an denen sich jugendliche Ausreißer normalerweise aufhielten.

Ich hatte mich gut vorbereitet. Safijaj hatte mir ein wenige Monate altes Passfoto von Asim geliehen, und mit Hilfe von Haraldsrud hatte ich herausgefunden, wo seine beiden Schulkameraden wohnten.

Zu Hause bei Stian, im achten Stock eines Hochhauses mit Aussicht auf den größten Teil des Tales, machte niemand auf. Aber bei Helge, in einem flacheren Block in der Nähe des örtlichen Einkaufszentrums, war der Vater zu Hause. Er öffnete die Tür einen Spalt, noch immer in den Lottoschein vertieft, den er in einer Hand hielt, und sah kaum auf, um nachzusehen, wer ihn da beim Ausfüllen störte.

«Der Junge? Och, der is wohl draußen unterwegs, wie immer. Der macht schon lange, was er will.»

«Haben Sie denn eine Ahnung, wo er sein könnte?»

«Middelsbrough-Newcastle . . . Was? Wo er is? Na, wohl sicher in der Stadt irgendwo. Das wird sicher'n Auswärtssieg. Was is'n los? Er hat doch nix angestellt?»

«Nein, nein. Ich suche seinen Kumpel. Asim.»

Zum ersten Mal sah er richtig von seinem Schein auf. «Den Khomeini? Is der denn nich im Kirchenasyl?»

«Nein, er ist abgehauen.»

«Na, ich wär froh, wenn die ganze Bagage nach Hause abhauen täte! Scheiß nochmal, was woll'n die hier oben? Ich mein . . .» Er hielt mir den Lottoschein vor die Nase.» Wir laufen hier rum und sind arbeitslos, und die rennen zur Einwanderungsbehörde und holen dort das dicke Geld ab . . .»

«Na ja, so dick . . .»

«Dieser Spinner von Pfarrer sollte sich lieber mal um die Alten und Kranken in der Gemeinde kümmern . . . Die könnte er ja in den Winterferien mal ins Asyl einladen! Aber denkste! Nee, nee!»

Ich ließ mich auf keine weitere Debatte mit ihm ein, sondern reichte ihm meine Visitenkarte und fragte, ob er seinen Sohn bitten würde, mich anzurufen, wenn er nach Hause käme.

Er schielte auf die Karte und sah mich dann misstrauisch an. «Veum? Sie komm wohl nich aus Sogn?»

Ich hatte den Verdacht, dass er Leute aus Sogn mit ebenso großer Skepsis betrachtete wie Flüchtlinge, schüttelte abwartend den Kopf und erwähnte meine Wurzeln in Sunnfjord mit keiner Silbe.

Dann rief ich einen früheren Kollegen beim Jugendamt an, um sicher zu gehen, dass seit meinem letzten Anruf nichts Neues aufgetaucht war. War es nicht.

Nachdem die Polizei beschlossen hatte, den Nygårdspark von Junkies zu säubern, war die Torgallmenning der neue Treffpunkt geworden. Jetzt war das Pendel zurückgeschlagen, die harten Fälle lagen wieder unter den Ulmen, und die Torgallmenning gehörte nach der Schule wieder den Schülern und kleinen Gruppen von frei laufenden Ausländern. Ich konnte Asim nicht unter ihnen entdecken.

Ich ging durch Galleriet, die auffallend von Rentnern mit Proviantpaketen und Müttern mit kleinen Kindern in Kinderwagen beherrscht wurde. Nach Schulschluss würden hier sicher auch einige Schüler auftauchen, aber die einzigen ausländischen Ursprungs die ich sah, hatten viel zu dunkle Haut, um mit dem Bild überein zu stimmen, das ich von Asim hatte.

Dann peilte ich den Busbahnhof an.

Am Lille Lyngegårdsvann entlang kam ich an zwei frisch frisierten jungen Frauen vorbei, Gesandte Jehovas, mit dem Zeugnis in der Hand, ausgestellt von Watchtower Inc., NY. Aber keine von ihnen hatte es auf mich abgesehen, sie lächelten nur etwas vage, als dächten sie, da geht wieder einer von diesen Hoffnungslosen der letzten Tage, Treibholz in Gottes Fahrwasser.

Ich überquerte die Straße bei der Bibliothek, ging an der Turmfront des Klosters Nonneseter vorbei und stieg zu den Trollen hinunter.

Der Busbahnhof hat sich, aus Gründen, die sicher nur die verantwortlichen Planer kennen, zu einem Treffpunkt für künstliche Trolle und Jugendliche auf der Rolle entwickelt. Die Trolle waren aus Plastik gegossen; die Jugendlichen versammelten sich auf den Bänken um die Spielautomaten und, wenn die Temperatur es zuließ, auf dem Platz davor.

Als er 1958 erbaut wurde, war der Busbahnhof ein klassischer Busterminal gewesen, kühl und funktional, mit Bänken für die Wartenden und großen Informationstafeln mit den Fahrzeiten der verschiedenen Busgesellschaften. Von hier aus konnte man nach Hardanger und nach Voss, nach Åsane, nach Fana und nach Laksevåg fahren.

Jetzt fuhren die Busse über neu erbaute Brücken nach Askøy und Nordhordaland, nach Ålesund und Trondheim, Hausgesund und Stavanger, und das Areal war um ein Vielfaches größer geworden, mit einem Parkplatz wie einem kleinen Flugplatz auf dem Dach. Innen herrschte eine Atmosphäre feuchter Wärme, verstärkt durch die Abgase vom Imbiss links und gewürzt mit dem Duft von Druckerschwärze und Süßigkeiten vom Kiosk rechts. Der Ort hatte wenig Einladendes. Im Gegenteil, wenn man dort zu lang stand, lief man Gefahr, niedergeschlagen zu werden. Es war ein Ort, der vor Aggression bebte, als hätten alle dort gerade den Bus verpasst, und der nächste ginge erst in einer Stunde.

Von der Balustrade im ersten Stock, wo ein Videogeschäft, eine Buchhandlung und eine rund um die Uhr geöffnete Apotheke eine höchst unterschiedliche Klientel anzogen, hatte man den vollen Überblick über die Wartehalle darunter. Ich schlenderte scheinbar gleichgültig umher, schaute mir die Schaufenster an, schaute hinunter in die Halle und in der Gegend herum, konnte aber nirgends jemanden sehen, der Asim ähnlich sah.

Ich ging wieder hinunter und in die Unterführung, die an den Toiletten vorbei zu den Haltestellen führte. Die Schule war aus, aber es war noch vor vier und die Schüler waren klar in der Überzahl. Ein paar Mal stutzte ich, aber ich hatte mir ein Gesicht gut eingeprägt – das dichte, lockige Haar, die breite Nase, die etwas flache Partie zwischen den zum Teil zusammengewachsenen Augenbrauen, die abstehenden Ohren und (seiner Schwester zufolge) die kleine, schwarz lackierte Kette, die er an einem Ohrläppchen hängen haben sollte – und keiner ähnelte ihm auch nur annähernd.

Also musste ich doch Nygårdshøyden hinauf und in den Park gehen. Es war nicht zu vermeiden, dass ich dort ein paar alte Bekannte traf, aber die Seen im Nygårdspark waren mit Eis bedeckt und nur die allerhartnäckigsten der Veteranen und gescheiterten Hippies hielten dem diskreten Charme des Bürgertums stand, der sich noch in den eleganten Fassaden im Villaveien widerspiegelte, deren Villen allerdings ausnahmslos von der Universität besetzt waren. Ich sah nicht viele unter dreißig, und keiner von ihnen war Ausländer, als fänden unsere neuen Landsleute nur sehr begrenzte Plätze, und zwar eher am Rand der großen norwegischen Gesellschaft.

Als es Abend wurde, war ich wieder am Busbahnhof, und plötzlich wendete sich das Glück. In einer kleinen Gruppe von fünf Jungen und drei Mädchen, wobei zwei Jungen ausländisch aussahen, alle Mädchen nordisch, entdeckte ich ihn.

Er hatte die Hände tief in den Jackentaschen vergraben und hielt den Nacken gebeugt und den Kopf ein wenig schief, als beobachtete er aus dem Augenwinkel die Umgebung. Seine Jacke war schmutziggrün, und er trug blaue Jeans und schwarze Stiefel. An seinem Handgelenk hing eine Plastiktüte, und am linken Ohrläppchen sah ich die schwarze Miniaturkette schimmern.

Ich ging direkt an ihnen vorbei, konnte aber nicht verstehen, worüber sie sprachen, betrat eine Telefonzelle, warf zwei Kronen ein und wählte meine eigene Nummer. Beruhigenderweise nahm niemand ab.

Während ich so tat, als würde ich mit jemandem sprechen, behielt ich die acht Jugendlichen im Auge. Die Mädchen waren langhaarig, zwei von ihnen trugen Jeans, eine schwarze Leggings, alle hatten kurze Fliegerjacken an, die ihre sportlichen Körper betonten. Die Jungen waren irgendwie schwerfälliger, zwei von ihnen fast übergewichtig, Asim und der andere Ausländer waren mehr vom athletischen Typ, und der letzte war groß und schlaksig, auf eine etwas hilflose Weise, wie ein verhinderter Basketballspieler. Sie diskutierten eifrig, und offenkundig waren sie sich nicht einig, was sie tun sollten. Eines der Mädchen schüttelte heftig den Kopf und zog sich demonstrativ ein Stück von den anderen zurück, um sich dann durch etwas zurücklocken zu lassen, das wie eine Entschuldigung wirkte.

Eine ältere Frau ging auf dem Weg zum Halteplatz gegenüber an ihnen vorbei, sie hielt eine braune Tasche in der Hand. Einer der übergewichtigen Jungen folgte ihr mit dem Blick, fasziniert von der baumelnden Handtasche, als trüge sie ein exotisches Tier mit sich herum. Plötzlich sagte er etwas zu den anderen, löste sich gleichsam von der Gruppe und sah sich einen Moment forschend um, bevor er mit entschlossener Miene der älteren Frau in die untere Etage folgte.

Scheiße!, fluchte ich im Stillen, hängte auf und raste blitzschnell hinter dem Betonzaun herum und hinter ihm her. Aus dem Augenwinkel sah ich, wie Asim und seine Kameraden mir mit den Blicken folgten; dann schoben sich die automatischen Glastüren hinter mir zu.

Ich sah sie ein Stück vor mir: Sie, das Haar wie eine Rüschenkante unter dem dunkelblauen Hut; er, breitbeinig und mit einem Rücken wie ein Schmied und ihr viel zu schnell auf den Fersen.

Ich begann zu laufen.

Jetzt war er neben ihr. Mit einer erstaunlich graziösen Bewegung beugte er sich hinunter, griff nach der Handtasche und zog so brutal daran, dass die alte Frau umgeworfen wurde. Sie ließ die Tasche mit einem Stöhnen los, und er rannte auf den Aufgang zur nächsten Haltestelle zu. Kontrollierend sah er sich um und einen Moment lang begegneten sich unsere Blicke. Dann war er verschwunden.

Die alte Dame sah sich verwirrt um, und ich rief einer jungen Frau mit runder Brille und einem studentischen Aussehen zu, sie solle sich um sie kümmern, bevor ich auf den gleichen Aufgang zustürmte wie der Dieb, die steilen Betontreppen hinauf und hinaus auf die nach Öl stinkende, zugige Plattform. Betonbarrikaden trennten die verschiedenen Abfahrtrampen voneinander, aber es standen nicht viele Busse dort – und nur wenige wartende Reisende.

Zuerst sah ich ihn nicht. Dann ließ ich meinen Blick von der Ausfahrt zur Einfahrt wandern. Da entdeckte ich ihn, in vollem Hürdenlauf auf die Straße hinter dem Busbahnhof zu, in kompaktes kleines Labyrinth aus alten Stadthäusern und Maschendrahtzäunen, das abrissgefährdete Nonneseterviertel.

Ein paar Busfahrer saßen zurückgelehnt und verfolgten das Geschehen vom Fahrersitz ihrer Busse aus, als sähen sie fern und müssten sich nicht weiter damit befassen.

Er lief mit schweren Schritten auf die Einfahrt zu und ich deutlich leichtfüßiger hinterher. Seine massive Kraft rührte wahrscheinlich eher von ungesunder Ernährung her als von organisiertem Training. Ich hatte noch die Laufkraft und genügend Ausdauer im Körper, um ihn Schritt für Schritt, Meter für Meter einzuholen. Vor dem Busbahnhof bog er nach links ein, durch eine Straße, die Østre Strømkai hieß. An der Ecke zur Vincent Lunges Gate holte ich ihn ein, mit einem gestreckten Gleitsprung, der ihn kopfüber auf den Bürgersteig taumeln ließ, während ich nach der Handtasche griff und sie ihm entriss, so heftig, dass sie über den narbigen Asphalt schlitterte.

Er warf sich herum und trat blind in die Luft. Ich entwand mich und wollte gerade in Verteidigungsposition gehen, als mir kräftige Arme von hinten um die Oberarme griffen und eine tiefe Stimme in mein Ohr flüsterte: «Gib's auf! Du hast keine Chance!»

Ich sah ihn nicht, aber fünf Meter entfernt standen Asim und der Lange, Schlaksige. Der andere Ausländer stand in sicherem Abstand und verfolgte den Auftritt vom Seitenausgang der Wartehalle aus, gemeinsam mit den beiden Mädchen.

Der Taschendieb hatte sich wieder aufgerappelt und schaute mich grimmig an. Ich sah, wie sich seine Bauchmuskeln zusammenzogen, und die Art wie er Anlauf nahm, sagte mir, dass ich einen zielgerichteten Tritt in den Unterleib und danach eine Faust im Gesicht erwarten konnte.

Ich konnte nicht viele Tricks, aber dies war der Zeitpunkt, um einen von ihnen anzuwenden. Ich drehte schnell meine Handflächen nach oben, sanft wie eine Christusfigur, spannte die Muskulatur in den Unterarmen an und drückte die Ellenbogen so hart in die Rippen des Körpers, der mich von hinten festhielt, dass ich hörte, wie hinter mir etwas brach, sein Atem herausgepresst wurde und der Griff um meine Arme erschlaffte. Ich warf mich zur Seite, gerade rechtzeitig, so dass auch der Tritt, der für mich gedacht war, den Jungen hinter mir traf. Er schrie vor Schmerz und Wut.

Während ich den Blick des Taschendiebes festhielt, und er war noch jung genug, um jetzt deutlich einzuknicken, beugte ich mich hinunter und griff nach der Tasche. Dann fluchte er hässlich, drehte sich um und lief davon, nicht dorthin zurück, woher er gekommen war, sondern in Richtung Hauptbahnhof, auf die Kaigaten zu.

Sein Kumpel wand sich am Boden. Ich sah zum Busbahnhof. Jetzt waren auch die anderen spurlos verschwunden.

Ich nahm die Tasche und brachte sie der alten Dame, um die sich in der Zwischenzeit mehrere uniformierte Wachmänner von der Gesellschaft, die für die Sicherheit in der Gegend zuständig war, gekümmert hatten. Ich wünschte ihnen beim nächsten Mal mehr Glück, überreichte der dankbaren Frau ihre Tasche, die darauf bestand, mir einen Finderlohn zu zahlen. Aber es gelang mir, der Versuchung zu widerstehen. Es sei ein reines Vergnügen gewesen, beteuerte ich, nichts zu danken.

Sie sah nicht aus, als würde sie mir glauben, und in gewisser Weise hatte sie Recht. Andererseits – vielleicht hatte ich doch meinen Finderlohn bekommen.

Jetzt wusste ich, wo ich suchen musste.

5

Am nächsten Tag stattete ich Asims Schule einen Besuch ab. Die Direktorin war eine effektive Frau um die vierzig mit glattem, blondem Haar, einer etwas zu großen Nase und sehr schönen Beinen, was ich nicht übersehen konnte, als sie vor mir die Treppe zu ihrem Büro hinaufging.

Dort konnte ich unerkannt am Fenster stehen und die Schüler beobachten, die sich in der Pause draußen aufhielten, und es dauerte nicht lange, bis ich den langen, schlaksigen Jungen – der, wie sich herausstellte, Stian war – und eines der beiden Mädchen vom Vorabend am Busbahnhof erkannte.

Ich fragte die Direktorin, ob ich mit ihnen sprechen dürfte, und nach einer winzigen Bedenkzeit sagte sie ja, wenn sie selbst dabei wäre. Dann schickte sie ihren Vertrauenslehrer los, um sie zu holen, und kurz darauf saßen sie im Vorzimmer, verkrampft und unsicher.

Ich überlegte ein wenig hin und her, entschied dann aber,

dass das Mädchen die Wartezeit wahrscheinlich am schwersten aushalten würde – und deshalb überreif wäre, wenn ich sie herein rief.

Er kam mit einem etwas verzögerten, schlaksigen Gang herein, eine Art Gary Cooper in Miniatur, das lange blonde Haar im Nacken zu einem Pferdeschwanz gebunden und bekleidet mit einem in Anbetracht der Außentemperatur viel zu dünnen T-Shirt.

Als er begriff, dass ich nicht gekommen war, um ihn mit dem Geschehen vom Vortag zu konfrontieren, sondern dass ich auf Asim aus war, veränderte sich seine Haltung von verschlossener Distanz zu plötzlicher Aggression. «Scheiße, glaub bloß nicht, dass ich ihn euch ausliefere!»

«Stian, reiß dich zusammen», mischte sich die Direktorin ein.

«Ich habe nicht vor, zu . . .»

«Asim ist mein Kumpel, klar? Ihr in diesem – diesem Flüchtlingsbüro, oder wie das heißt, ihr habt schei-, ihr seid echt so was von bescheuert! Ihr müsst doch begreifen, dass ihr Asim und seine Familie nicht einfach wieder da runter schicken könnt! Schwachsinn», murmelte er schließlich.

«Stian!» Die Stimme der Direktorin klang jetzt streng.

Ich nickte ihr beruhigend zu, um sie darauf aufmerksam zu machen, dass sein Sprachgebrauch mir sicher keinen Schaden zufügen würde. «Ich komme nicht von irgendeinem Flüchtlingsbüro, Stian. Ich bin von dem Pfarrer der Kirche engagiert worden, in der die ganze Familie Asyl gefunden hat. Du verstehst sicher, dass sie sich Sorgen um ihn machen?»

«Die sind schon okay, aber du darfst schei . . . Ich sag nicht, wo er ist! Ich trau keinem Erwachsenen! Keinem!»

«Also das heißt, du weißt, wo er ist?»

Jetzt lächelte er, als hätte er einen Trumpf ausgespielt. «Ja, stell dir vor! Und ich sag es nicht!»

Weiter kam ich mit ihm nicht.

Dann war das Mädchen an der Reihe. Renate hieß sie, und es dauerte nicht lange, bevor sie anfing zu weinen. Sie zu fragen, ob sie sich an mich erinnern könnte, reichte aus, um es in ihren Mundwinkeln zucken zu lassen. Und als ich andeutete, es könnte durchaus sein, dass die Polizei sie vorladen würde, als Mittäterin, brach das Unwetter los, mit so heftigem Schluchzen, dass die Direktorin die Arme um sie legen musste, um sie zu trösten, und einen vorwurfsvollen Blick in meine Richtung warf.

Als der Sturm abgeflaut war, war sie bereit, das meiste zu verraten.

«Es war Helge, der auf die Idee gekommen ist! Von uns Mädchen wollte keines mitmachen!»

«Helge – war das der, der die Tasche genommen hat?»

«Nein, das war der, der . . .» Sie sah zur Seite. «. . . Sie festgehalten hat.»

Die Direktorin räusperte sich. «Ja, er ist auch Schüler an dieser Schule. Aber er ist doch heute nicht etwas krank?»

«Tja, was für ein Zufall», murmelte ich, den Blick noch immer auf Renate gerichtet. «Aber im Grunde interessiert mich das eigentlich gar nicht, auch wenn es ernst genug ist. Ich muss Asim finden. Seine Eltern machen sich große Sorgen, sie haben keine Ahnung, wo er ist, und du kannst dir vorstellen – in ihrer Situation . . .»

Sie sah mich mit einem neuen Blick an, hoffnungsvoll trotz der verweinten Wangen. «Ich glaube, ich weiß, wo er ist . . .»

«Und wo?», fragte ich und hielt die Luft an.

«Helge und die haben eine Hütte, die sie nicht mehr benutzen – draußen in Olsvik. Ich weiß, dass Asim den Schlüssel bekommen hat, vor dem Wochenende.»

«In Olsvik? Warst du mal da?»

Sie senkte den Blick. «Mmh. Bei einer Fete.»

«Dann kannst du ja vielleicht mitkommen und . . .»

«Renate muss jetzt wieder zurück in den Unterricht», sagte die Direktorin scharf. «Wenn Sie dort rausfahren wollen, sollten Sie wohl erst mit Helges Eltern sprechen.»

«Sind die denn um diese Zeit zu Hause?»

«Sicherlich. Der Vater ist langzeitarbeitslos», war ihre trockene Antwort.

«Aber . . .», sagte Renate.

«Ja?»

«Sie kriegen ihn niemals dazu, wieder zurückzugehen – in die Kirche . . .»

«Nein? Warum denn nicht?»

«Das hat er gesagt. Lieber würde er sterben, als dahin zurückzugehen!»

6

Bevor ich die Schule verließ, bedankte ich mich für die Hilfe, und meinte es auch so. Wenn ich noch einmal eine Schuldirektorin brauchte, würde ich mich sicher an sie wenden.

Ich folgte meinen eigenen Spuren vom vergangenen Tag. Helges Vater hatte seinen Lottoschein ausgefüllt, und er sah nicht aus, als erwarte er einen Gewinn. «Den Schlüssel für die Hütte? Warum denn das?»

«Ich habe den Verdacht, dass Asim sich dort aufhält.»

«Der Khomeini? Was den Jungs alles einfällt! Nich bloß den Jungs, übrigens», schnitt er mir das Wort ab. «Is doch der Helge tatsächlich gestern niedergeschlagen worden, beim Busbahnhof, von einem richtigen Schläger. Hat ihm zwei Rippen gebrochen, und er hat einen blauen Fleck so groß wie eine Schuhsohle mitten auf der Brust – und kein Wachmann in der Nähe, kein Zeuge! Ich hab vor, bei der Zeitung anzurufen – Sie können selber mit ihm reden, wenn Sie wo . . .»

«Ich glaube, das ist nicht nötig. Der Schlüssel ist wichtiger.»

Er sah mich misstrauisch an. «Ich brauch eine Quittung.»

«Selbstverständlich.»

Während er den Schlüssel zu seiner Hütte holte, zog ich mein

Notizbuch hervor, riss einen Zettel heraus und quittierte ihm den Erhalt des Schlüssels darauf.

Bevor er ihn mir gab, fragte er nach meinem Ausweis. Ich zeigte ihm meine online-Lotto-Karte, und er hätte sie beinahe akzeptiert, aber dann brachte er mich mit einem langsamen Blick doch dazu, ihm zusätzlich meinen Führerschein zu zeigen. Das reichte ihm dann allerdings.

Die Hütte war klein, braun gestrichen und lag direkt am Hang zum Meer hin. Durch die beiden großen Brücken Sotrabroen und Askøybroen war die Aussicht schmaler geworden, aber der Blick auf die Südspitze von Askøy Hjelteryggen auf Lille Sotra und das Innere des Heltefjords und dem Meer dahinter war derselbe. Die Perspektive konnte einem armen Stadtbengel nach wie vor den Atem nehmen. Was sie mit einem sechzehn Jahre alten Flüchtling aus Bosnien-Herzegovina machte, konnte ich mir nur bedingt vorstellen.

Ich ging einmal vorsichtig um die Hütte herum und sah durch einige Fenster, ohne etwas Besonderes zu beobachten, dann schloss ich die Tür auf. Die knapp vierzig Quadratmeter enthielten nicht viel mehr, als dass man es im Laufe einer Minute überschauen konnte: zwei Schlafkammern, eine mit einer Art Doppelbett, wenn man sich gut verstand, und eine mit zwei Etagenbetten, auf dem unteren lag eine zusammengelegte Wolldecke. Weiter ein kleiner Wohnraum mit einem Tisch und zwei Sprossenstühlen vor dem Fenster, zwei komfortablen Sesseln etwas weiter im Raum, einem kleinen Sekretär, einem Zeitungskorb und einem offenen Kamin; eine winzige Küche mit einem elektrischen Zwei-Platten-Herd und einem kleinen Kühlschrank in einer Ecke. Auf der Anrichte lagen ein halbes Brot, zwei Bananen und ein hellbrauner Apfelgripsch. Eine weiße Plastiktüte enthielt leere Verpackungen von einem Schnellimbiss. Neben der Anrichte standen drei leere Literflaschen Limonade. Ich betastete das Brot. Es war auf keinen Fall mehr als zwei Tage alt.

Ich überprüfte die Rückseite der Hütte. Dort war nichts anderes zu finden als ein Chemieklosett und ein Stapel uralter Zeitungen zu freier Verwendung.

Von Asim sah ich nichts. Der Vogel war ausgeflogen.

Weil mir nichts Besseres einfiel, fuhr ich zurück zur Kirche.

Hogne Haraldsrud hatte mich vom Fenster aus kommen sehen und stand in der Tür, um mich zu empfangen, wie ein altmodischer Gemeindepfarrer die Gemeinde zum Gottesdienst willkommen heißt. «Gibt's was Neues, Veum?»

Ich erzählte ihm kurz, was ich herausgefunden hatte. «Ich denke, ich werde heute Abend wieder zu der Hütte rausfahren. Er wird schon auftauchen.»

«Das wäre sicher gut!»

Ich betrachtete ihn genauer. Er sah angespannt und erschöpft aus. «Ist etwas los?»

Er presste die Lippen zusammen und warf den Kopf in den Nacken, als wolle er sagen: «Ist es das nicht immer?»

«Etwas Besonderes?»

Er sah zur Treppe, die in den Kellerraum führte. «Die Atmosphäre ist – ziemlich – brenzlig da unten. Es läuft eine Art Miniaturkrieg.»

«In welcher –»

Er hob heftig die Arme. «Man tut doch nur sein Bestes! Versucht, diesen armen Menschen zu helfen. Und dann sitzt man da mit einem lokalen – Stellungskrieg im eigenen Keller.»

«Aber – ist was passiert?»

«Es gab irgendeine Episode, heute Nacht. Gulosic und Kovacevic haben deutliche Schlagspuren im Gesicht, Gulosic ein Veilchen, Kovacevic eine geschwollene Nase, aber glauben Sie, einer von denen sagt etwas? O nein! Nein, da sind sie sich einig. Da gibt es plötzlich eine Art Ehrenkodex, an dem wir gewöhnlichen Sterblichen keinen Anteil haben dürfen.»

«Kann es etwas mit – Asim zu tun haben?»

Er zögerte einen Augenblick. «Ich glaube eher, dass es mit Janina zu tun hat, leider. Es war nicht zu übersehen, wie sie –

wie Pecanin und Kovacevic sie mit ihren Blicken verfolgt haben.»

«Glauben Sie, ich könnte mit ihnen sprechen?»

«Mit wem?»

«Ich könnte mir vorstellen, mit den beiden Serben zu sprechen. Schaffen Sie es, sie hier herauf zu bringen, ohne dass es zu Zusammenstößen im UN-Korridor kommt?»

«Ich kann es natürlich versuchen.»

Als er gegangen war, blieb ich vor dem Tresen mit dem rothaarigen Küster stehen. Er saß noch immer vor dem P.C, als käme die frohe Botschaft neuerdings von dort.

Ich nickte zum Bildschirm hin. «Das Evangelium des Bill Gates?»

«Mmh?» Er sah gedankenverloren auf.

«Haben Sie etwas mit dem Kirchenasyl zu tun?»

«Hogne hat meine vollste Unterstützung, ja, wenn Sie das meinen.»

«Die Sache mit Asim . . . Haben Sie eine Idee, weswegen er verschwunden sein könnte?»

Er schüttelte den Kopf. «Nein, absolut nicht.»

«Er soll gesagt haben, dass er lieber sterben wollte, als hierher zurückzukehren . . .»

«Ja? Das kann ich mir nicht vorstellen. Das muss ein Missverständnis sein.»

«Ja?»

«Ja.»

Weiter kamen wir nicht. Hogne Haraldsrud kam mit den beiden Serben zurück.

Sie beäugten mich skeptisch, und als Haraldsrud uns in sein Büro bat, sahen sie sich erst in alle Richtungen um, als fürchteten sie, dass dort irgendwelche Polizisten auf der Lauer liegen würden, bereit, sich auf sie zu stürzen, sobald sie sich in offenem Terrain zeigten.

Wenig verriet, dass die beiden Männer aus derselben geografischen Region kamen und derselben religiösen Richtung angehörten. Pecanin sah fast nordisch aus. Mit seinen runden Brillengläsern und dem rotblonden Haar, halblang und mit Pony, hätte er ein waschechter '68er sein können, von der Kategorie «weicher Mann», trainiert und dressiert in einer Einzimmerwohnung in Nygårdshøyden. Er sprach Englisch mit vereinzelten deutschen und – einigen wenigen – norwegischen Ausdrücken.

Kovacevic sprach nur seine eigene Sprache und machte einen deutlich reservierteren Eindruck als sein Landsmann. Vom Aussehen her war er Pecanins ethnischer Gegensatz, dunkelhaarig, mager, und aus seinem feurigen Blick sprach ein kontrolliertes, aber deshalb nicht weniger sichtbares Temperament.

Von dem Augenblick an, als sie den Raum betraten, entstand eine undefinierbare Missstimmung. Am Anfang dachte ich, sie würde durch mich ausgelöst und durch meinen Widerwillen, überhaupt etwas zu sagen. Erst nach einer Weile wurde mir klar, dass die Störung ebenso sehr zwischen den beiden stattfand, als seien sie sich gar nicht so einig, wie es mir anfangs erschienen war.

Sie hatten mir auch nicht viel Neues zu berichten.

Doch, es stimmte, dass sie erst vor vierzehn Tagen ins Kirchenasyl gekommen waren. Die Bearbeitung ihrer Anträge hatte Monate gedauert, der Widerspruch war schon abgewiesen, und ihr Anwalt hatte sie gewarnt, dass jetzt jederzeit die Polizei vor ihrer Tür stehen könnte. Sie wussten, dass ihre «guten Nachbarn», die Familie Gulosic, sich schon seit einem halben Jahr hier aufhielt –

«Gute Nachbarn?», unterbrach ich sie. «Ich habe es so verstanden, dass Ihre Beziehung nicht mehr die beste war . . .»

Pecanin sah mich traurig an. «Nein . . . Wir sind Serben und sie bosnische Moslems.» Er verschob ein paar Papierstapel auf dem Schreibtisch des Pfarrers, baute eine Straße. «Sehen Sie. Das hier ist die Straße in der wir gewohnt haben. Ich bin hier aufgewachsen, an dieser Ecke, und Jani . . . die Familie Gulosic . . . hier, ungefähr genau gegenüber. Ich habe selbst Geschwister in Safijajs und Asims Alter. Sie haben zusammen gespielt, waren wie Kinder überall auf der Welt, haben nicht gefragt, welcher Rasse oder Religion der andere angehörte. Unsere Mütter haben sich beim Wäschewaschen unterhalten, unsere Väter gingen zusammen ins Café, wir waren – ja, wie Schweden und Norweger, viel unterschiedlicher nicht. Aber all das hat sich verändert, als das alte Jugoslawien aufgelöst und das neue Bosnien-Herzegowina gebildet wurde, vor sechs Jahren. Neue Parteien wurden gegründet, Konfrontationen entstanden. Jetzt spuckten unsere Mütter aus, wenn sie einander auf der Straße begegneten, unsere Väter gerieten wegen Bagatellen in Schlägereien und . . . Freunde wurden zu Feinden.»

«Es gab Übergriffe . . .»

«. . . auf beiden Seiten, ja! Es ist ein höllischer Krieg, in dem die Lebenden die Toten beneiden.»

«In dem die Lebenden . . .» Ich ließ den Satz einen Moment nachwirken, bevor ich fortfuhr: «Die Familie Gulosic, Frau Gulosic soll von – Ihrem Freund hier verhört worden sein . . .» Ich warf einen raschen Blick auf Kovacevic.

Das freundliche Gesicht verdüsterte sich. «Ja, ich habe diese Anschuldigungen gehört.»

«Grundlose?»

Die beiden bosnischen Serben wechselten einige Worte, und Kovacevic sah mich hitzig an. *Izdajnika!*»

«Was sagt er?»

«Sie sind ein Verräter!», sagte Pecanin. Er sah erst Haraldsrud und dann wieder mich an. «Ihr könnt es einfach nicht verstehen, wie der Zustand da unten ist, wenn Nachbarn von dieser Straßenseite . . .», er setzte den Finger auf den einen Papierstapel, «. . . durch den Hintereingang gehen müssen, um nicht von Heckenschützen von der anderen Seite getroffen zu werden . . .»

«. . . oder umgekehrt?», fragte ich.

«Wir haben einfach aufgegeben! Ihr in Skandinavien, ihr habt viele hundert Jahre in Frieden mit euren Nachbarn gelebt . . .

Aber ihr könnt euch ja mal zurückerinnern . . . Ihr habt selbst eine Besatzungszeit erlebt – während des Krieges. So haben wir es jetzt – nur noch schlimmer! Ihr wart immerhin besetzt! Wir müssen uns gegen unsere eigenen Nachbarn schützen . . .»

«Die Familie Gulosic kam mir nun nicht gerade besonders gefährlich vor, als . . .»

«*Izdajnika!*», wiederholte Kovacevic heftig, als sei das ein geheimes Passwort in eine andere und bessere Welt.

Ich strich mir über die Bartstoppeln. Es knisterte wie trockenes Papier. Dann nickte ich Kovacevic zu und wies auf meine eigene Nase. «Diese Verletzungen . . . Es gab eine Schlägerei mit Gulosic heute Nacht, so weit ich verstanden habe.»

«Ja . . .»

Kovacevic beugte sich vor und lauschte, während er gleichzeitig etwas zu Pecanin sagte. Sein Landsmann antwortete mit einem regelrechten Wortschwall und bekam einen ähnlichen zurück. Es war uns anderen unmöglich, mehr als Bruchstücke und einzelne Silben mitzubekommen.

«Verstehen Sie, worum es geht?», fragte ich Haraldsrud.

«Keine Ahnung!»

«Was ist los?», fragte ich. «Gibt es etwas, das Sie uns mitteilen können?»

Pecanin schaute mich aufgebracht an. «Teilen?»

«Haben Sie etwas zu erzählen?»

«Nichts! Nichts, was Sie etwas angeht!»

«Wenn es mit Asims Verschwinden zu tun hat, dann geht es mich etwas an!»

Er sah mich mürrisch an und antwortete nicht.

«Hat es das?»

Starr sagte er: «Nein, es hatte nichts mit Asim zu tun.»

«Aber ihr habt euch gestritten, oder?»

«Wir und – Asim?» Er nickte leicht. «Ja, na und?»

«Über Fußball, stimmt's?»

«Über Fußball, ja! Wir waren für unterschiedliche Mannschaften.»

«Der Fußball wurde also in gewisser Weise ein Ersatzthema, oder? Ihr konntet es auf dem Feld austragen?»

«Ersatz-? Ich verstehe nicht, was Sie meinen.»

«Ich meine . . . dass Sie sich eigentlich wegen etwas anderem uneinig waren, stimmt's? Am Abend bevor er verschwand . . . gab es da eine Diskussion?»

«Warum fragen Sie das?»

«Ich frage!»

Einen Augenblick lang starrten wir einander unerbittlich in die Augen, dann wich sein Blick zur Seite. «Nicht mehr als sonst.»

«Aber es gab eine Diskussion?»

Pecanin warf einen schnellen Blick zu Kovacevic, und mich beschlich das gleiche Gefühl, wie am Abend zuvor bei Janina: Dass er Angst hatte, der andere könnte verstehen, was er sagte, obwohl es eine fremde Sprache war. «Ja.»

«Zwischen Asim und Kovacevic?»

«Ja.»

«Und worüber?»

«Über das gleiche!»

«Und die Diskussion haben Sie heute Nacht wieder aufgenommen?»

«Vielleicht», sagte er ironisch. «Wenn Sie es so haben wollen, dann sagen wir es so. Dass der kleine Bengel verschwunden ist, damit haben wir nichts zu tun. Wir haben nichts mehr mit der Familie Gulosic zu tun! Wir – wohnen nur zusammen», schloss er und klappte seine Unterlippe zu einer unschönen Grimasse herunter.

Danach schien er sich total zu verschließen. Egal, was ich versuchte, er wollte kein Thema weiter vertiefen. Auch mit Kovacevic in Kontakt zu kommen, war unmöglich. Pecanin übersetzte pflichtschuldigst ein paar Fragen, bekam aber keine andere Antwort als ein Schulterzucken oder eine direkte Abweisung.

Schließlich reichte es, und wir schickten sie aus dem Büro und wieder zu ihrem Stellungskrieg in den Keller.

«Eine ziemlich bunte Gesellschaft, das muss ich sagen», murmelte ich, als Haraldsrud zurück kam.

«‹Richtet nicht, so werdet ihr auch nicht gerichtet.› Lukas 6, 37. Ich habe nichts weiter getan, als die Kirchentür denen zu öffnen, die anklopften. Ich erlaube mir kein Urteil. Serben oder Bosnier, Christen oder Moslems – für mich sind alle Kinder Gottes.»

Mit seinem weißen Bart hatte er etwas Alttestamentarisches, aber seine Güte kam woanders her. Sie kam von Herzen. «Möchten Sie mit den anderen sprechen?»

Ich schüttelte langsam den Kopf. «Noch nicht. Nicht bevor ich ihnen nicht etwas Erfreuliches zu erzählen habe.»

«Dann hoffen wir, dass das nicht mehr allzu lange dauert. Und lassen Sie uns hoffen, dass es auch erfreulich sein wird.» Der Blick, den er mir zum Abschied sandte, war irgendwie prophetisch – als sähe er schon die Konturen von etwas, das ich noch nicht erkannt hatte.

7

Ich fuhr wieder zum Busbahnhof und danach zur Torgallmenning und zur Galleriet, aber an diesem Tag sah ich nirgends etwas von Asim und seinen Freunden.

Gegen Abend stattete ich seinem Kumpel zu Hause wieder einen Besuch ab. Diesmal machte mir die Mutter die Tür auf, eine nervöse, hagere Frau mit dunklem, deutlich gefärbtem Haar und einer selbst gedrehten Zigarette in der Hand.

Als ich mich vorstellte und nach ihrem Mann fragte, wich ihr Blick meinem aus. «Arild ist nicht zu Hause . . .»

«Nein?»

«Er ist in der Stadt . . .»

«In der Fußballkneipe?»

Sie sah mich direkt an. «Wie können Sie das wissen? Kennen Sie ihn?»

«Das ist mein Job ... die Leute zu kennen. Ist es in Ordnung, wenn ich den Schlüssel für die Hütte bis morgen behalte?»

«Die Hütte?»

«Ich habe den Verdacht, dass Asim versuchen wird, dort zu übernachten.»

«Asim?»

«Er ist aus dem Kirchenasyl weggelaufen. Sie kennen ihn doch, oder?»

«Dooch ... Helge ...» Sie hob eine Hand und zog heftig an ihrer Zigarette.

«Übrigens ... war Helge heute auch nicht in der Schule?»

Sie nickte.

«Vielleicht sollte ich ein paar Worte mit ihm reden?»

Sie sah mich misstrauisch an. «Und worüber?»

«Na ja ... nur wegen – Asim.»

«Tja ...» Sie machte zögernd einen Schritt zur Seite und ließ mich hinein.

Ich betrat einen kleinen, nackten Flur, dessen Wand mit einem Mannschaftsposter von Manchester United und dem signierten Foto eines mir unbekannten Fußballspielers dekoriert war.

Durch eine offene Tür blickte ich ins Wohnzimmer, auf dem Fernsehbildschirm lief eine schwedische Seifenoper. Sie öffnete eine andere Tür und sagte: «Helge ... da ist jemand, der mit dir reden will.»

«Unter vier Augen», sagte ich, ging an ihr vorbei und schloss die Tür freundlich, aber bestimmt vor ihrer Nase. Er saß im Bett in einer offenen Trainingsjacke, einem Comicheft auf der Decke, einer Colaflasche neben sich und die linke Hand tief in einer Chipstüte vergraben. Seine blassfeiste Brust voller Pickel überzeugte mich, dass es die Chipstüte war und nicht der Trainingsanzug, die sein Leben bestimmten. Er trug eine breite Bandage um den Bauch und hatte einen großen blauen Fleck ungefähr mitten auf dem Brustbein, wo der Karatetritt seines Kumpels ihn getroffen hatte und nicht mich.

Als er sah, wer hereinkam, blieb ihm der Mund offen stehen und in seinen Augen leuchtete die Panik von jemandem, der ins Wasser gefallen war und nicht schwimmen konnte.

Ich sagte schnell: «Du kannst zwischen zwei Möglichkeiten wählen. Entweder ich hole die Polizei und zeige dich wegen des Überfalls an – ich habe vier glaubwürdige Zeugen – oder du erzählst mir, was du über Asim weißt. Wenn er nicht in der Hütte ist, wo kann er dann sein? Hat er eine besondere Freundin – oder noch andere Kumpel? Kurz gefragt: Was weißt du?»

Er schluckte schwer, schaute zum Fenster, als sei es möglich, auf dem Weg zu entkommen, und entschied sich schließlich für eine beleidigte Miene und absolute Kapitulation. Er beantwortete meine Fragen, neu war nur, dass Asim eine feste Freundin namens Hege hatte. Aber ihre Eltern durften nichts davon wissen, deshalb war er sicher nicht dort.

«Warum nicht?»

«Die mögen keine . . . Ausländer.»

«War es eins der Mädchen, mit denen ihr gestern zusammen wart?»

Er nickte. «Es war die, die nicht wollte.»

«Nicht wollte?»

«Den Lockvogel spielen, wenn wir ein paar alte Schweine abzocken wollten.»

«Ein Mädchen mit hoher Moral, mit anderen Worten?»

«Die trägt eher ihre Nase zu hoch!»

Als ich ging, schaute er mich an, als sei ich der Hausarzt und hätte ihm gerade sein Todesurteil verkündet. Als ich die Tür hinter mir schloss, sah ich, wie er begierig nach der Colaflasche griff.

Seine Mutter erhob sich aus dem Sessel vor dem Fernseher und kam mir mit wackligen Schritten entgegen, eingehüllt in eine Rauchwolke. «Stimmt was nicht?», fragte sie.

«Ich hoffe nicht», sagte ich, lächelte höflich, versprach, am nächsten Morgen mit dem Schlüssel wiederzukommen – und ging.

Es wurde ein bemerkenswert friedlicher Abend. Die Aussicht von der Hütte in Olsvik war ausgezeichnet, wenn man einen Sinn für dichtbebaute Schäreninseln und laute Schnellboote hatte. Für soziologische Studien war es dort durchaus interessant. Ich konnte sozusagen das Fernsehprogramm am anderen Ufer verfolgen: das langsame Erlöschen der Lichter nach den letzten Nachrichten, die wenigen Intellektuellen, die das anschließende Dokumentarprogramm auf NRK verfolgten, das so gut war, dass es zur unattraktivsten aller Sendezeiten ausgestrahlt wurde. Und dann die Schlaflosen – oder Arbeitslosen –, die Sendungen auf anderen Kanälen verfolgten, bis weit nach Mitternacht. In dem einen oder anderen Schlafzimmerfenster blieb das Licht an, aber ob das vom Lesen im Bett oder von anderen Aktivitäten herrührte, konnte ich auf diese Entfernung unmöglich ausmachen.

Ich saß voll bekleidet da und fror, denn ich konnte weder Kerzen noch den Ofen anmachen, aus Furcht, Asim könnte bemerken, dass jemand da war. Ab und zu stand ich auf und ging durch den kleinen Raum, ruderte mit den Armen wie auf einer altmodischen Schlittschuhbahn, ging vorsichtig zum Fenster auf der Rückseite und schielte den Weg hinauf.

Die letzten Lichter am anderen Ufer waren inzwischen längst erloschen und unten auf dem Fjord war nicht einmal ein nächtliches Lastschiff unterwegs, als ich endlich draußen schnelle Schritte hörte – und dann einen leichten Schlag gegen die Wand.

Ich stand leise auf und postierte mich hinter der Tür, dicht an der Wand. Ich warf einen Blick auf die Uhr. Zehn nach zwei.

Jemand steckte den Schlüssel ins Schloss, öffnete und kam herein. Er murmelte irgendetwas Unverständliches vor sich hin. Dann schloss er die Tür wieder und blieb einen Augenblick stehen, als würde er nachdenken – oder lauschen.

Dann ging er nach links – in einen der Schlafräume. Ich folgte ihm leise, aber er hörte mich trotzdem und drehte sich mit einem Mittelding zwischen einem Fluch und einem Schreckensschrei herum.

Ich streckte ihm abwehrend meine offenen Handflächen wie einen altnordischen Friedensgruß entgegen, aber diese Sprache verstand er nicht. Mit gebeugtem Nacken warf er sich mir entgegen, als wolle er direkt durch mich hindurch nach draußen springen. Ich fiel nach hinten um, griff um seinen Nacken und drehte mich zur Seite. Mein Hinterkopf traf die Wand des schmalen Flurs, und ein oder zwei Sekunden lang sah ich Sterne. Ich spürte seine Faust gegen meine Brust schlagen, behielt aber meinen Griff in seinem Nacken und beugte seinen Kopf nach oben und zur Seite. Gleichzeitig stieß ich mich mit den Füßen an der gegenüberliegenden Wand ab und warf mich um noch ein paar Grad herum, so dass ich oben zu liegen kam.

Das Gerangel war kurz. Er war sechzehn, ich über fünfzig. Aber er war zarter als ich gedacht hatte, und ich beherrschte die meisten Griffe.

Es dauerte nicht lange und er lag mit dem Gesicht auf dem Boden, den Arm im Polizeigriff auf dem Rücken verdreht, und ich saß rittlings auf seinem Kreuz und atmete schwer, wie ein erschöpfter Matador mit einem gezähmten Ochsenkalb.

Das Gesicht zur Seite gedreht und den Blick leicht auf seinen unbekannten Gegner gerichtet rief er: «Ich will nicht zurück! Ich will nicht! Ich will hier bleiben!»

«Ich bin auch nicht gekommen, um dich zurückzuschicken! Ich bin gekommen, um dich mit nach Hause zu nehmen – zu deinen Eltern!»

«Ich will nicht zurück! Ich will nicht zurück!»

«In die Kirche, verstehst du denn nicht? Nicht nach Bosnien!»

«Aber verdammte Scheiße! Genau dahin will ich doch nicht, Scheißeee!»

Wir verbrachten die Nacht in der Hütte, er unten auf dem Etagenbett, ich auf einem Stuhl neben der Tür, zum Teil mit dem Rücken an die Wand gelehnt. Keiner von uns schlief auch nur eine Sekunde.

Am Morgen stellte ich ihn vor eine brutale Wahl. «Wir können zur Polizei gehen, und du weißt, was dann passiert. Die setzen dich ins erste Flugzeug nach Hause. Oder du kommst mit mir zurück ins Kirchenasyl, sozusagen zurück an den Start. Du hast die Wahl.»

Er schluckte ein trockenes Stück Brot und starrte mürrisch auf die Platte des Küchentisches. Sein Gesicht sah viel zu erwachsen aus für den jungenhaften Körper, aber woran das lag, schien mir unmöglich zu ergründen. Als er endlich aufsah, stand ihm die Furcht in den Augen.

«Na? So schwer kann die Entscheidung doch wohl nicht sein.»

Er schluckte und schluckte.

«Haben sie dir mit etwas gedroht? Kovacevic und Pecanin?»

Es war, als bliebe ihm das Brot jetzt ganz im Halse stecken. Er war graublich, begann zu nicken, entschied sich dann aber anders und sagte: «Nein!»

«Wovor hast du dann solche Angst?»

«Vor gar nichts!»

«Also dann geht es zurück in die Kirche?»

Er nickte, langsam, als würde ihm dabei der Nacken wehtun. Aber gleichzeitig sah ich eine neue Hoffnung in den dunkelbraunen Augen aufkeimen.

Ich erstickte sie auf der Stelle. «Und noch eins. Du bist sicher jung und schnell, aber ich bin ein alter Marathonläufer. Solltest du einen Vorsprung bekommen, dann kannst du mir trotzdem nicht davonlaufen, und ich werde ziemlich sauer. Also würde ich dir nicht empfehlen ... Dann kann es nämlich passieren, dass ich dich trotzdem mit zur Polizei nehme, egal, wie du dich entschieden hast. – Verstanden?»

Er betrachtete mich mit einem Blick jenseits allen Verständnisses, aber so unterwürfig und depressiv, dass es mich zu Tode erschreckt hätte, wenn er ein Norweger gewesen wäre. Schließlich nickte er wieder, allerdings unter noch größeren Schmerzen als zuvor.

Ungefähr eine halbe Stunde später waren wir unterwegs. Er saß angespannt neben mir, und ich fühlte mich nicht weniger angespannt. Ich versuchte die ganze Zeit, zu fahren und gleichzeitig darauf gefasst zu sein, die Handbremse zu ziehen, den Sicherheitsgurt zu lösen und ihm hinterher zu sprinten, wenn er versuchen sollte auszureißen.

Als wir auf den Parkplatz vor der Kirche einbogen, bremste ich abrupt. Wir saßen beide da und starrten hinaus.

Drei Wagen standen willkürlich abgestellt vor dem Eingang, einer davon ein Polizeiwagen. Durch die großen Glasfenster erkannte ich sowohl Uniformierte als auch zivil gekleidete Polizisten, zusammen mit Hogne Haraldsrud, Olav Monsen und einer Frau, die ich nicht kannte.

Was um Himmels willen war passiert?

Hatte die Polizei beschlossen, doch gegen das Flüchtlingsasyl vorzugehen – oder hatte es einen Zwischenfall gegeben?

Es gab nur einen Weg, das herauszufinden. Ich stieg aus dem Wagen und öffnete Asim die Beifahrertür. Als er die Füße auf den Asphalt setzte, griff ich ihn hart und bestimmt am Arm und führte ihn wie einen Verhafteten zum Eingang, während ich eindringlich murmelte: «Drinnen bist du sicher, Asim. Sie haben kein Recht, das Asyl zu brechen! Hier draußen kann alles Mögliche passieren . . .»

Aber niemand hielt uns auf. Wir erreichten die Glastür, schoben sie auf und traten ein, ohne dass uns jemand bat, ihm unsere Pässe zu zeigen.

«Veum! Asim!»

Es war Hogne Haraldsrud, der uns entdeckt hatte, als wir zur Tür hereinkamen. Die Polizisten drehten sich zu uns herum.

Ich nickte Hamre und Helleve zu, bekam allerdings kein besonderes Freudengeheul zurück.

Hamre sah Asim scharf an. «Ist das – der Ausreißer?»

Haraldsrud nickte. «Ja. Danke, dass Sie ihn gefunden haben, Veum! – Hier sind dramatische Dinge geschehen, sei-»

«Okay, das reicht!», unterbrach ihn Hamre. Er drehte sich zu Helleve herum. «Atle, nimm den Jungen hier mit da rein...», er nickte zum Pfarrbüro, «... und verhöre ihn.»

Helleve sah Asim mit seinem etwas traurigen Teddybärenblick an. Er beobachtete die Art, wie ich den jungen Bosnier festhielt, mit einem unbestimmbaren Gesichtsausdruck. Als sich unsere Blicke trafen, überließ ich ihn dem gutmütigen Polizeibeamten aus Voss und sagte: «Du kannst Helleve vertrauen. Er ist ein netter Kerl. Aber sollten nicht deine Eltern dabei sein?»

«Wir machen eins nach dem anderen, Veum», sagte Helleve. «Sie verstehen ja sowieso nicht, was wir sagen, und außerdem...»

«Das reicht», unterbrach ihn Hamre wieder. «Fang einfach an.»

Asim warf mir einen langen Blick zu, als hätte er das Gefühl, vom Regen in die Traufe zu kommen – und möglicherweise hatte er Recht.

«Es ist Kovacevic!», entfuhr es Haraldsrud.

«Was ist mit Kovacevic?», fragte ich.

«Er ist tot, Veum! Ermordet!»

Hamre nickte mit einem ärgerlichen Blick auf den Pfarrer. «Das stimmt, Veum. Wir sind hier, um in einem Mordfall zu ermitteln.»

9

Hamre war in so kriegerischer Laune, dass er mich sofort zu seinem Vertrauten machte. «Es ist absurd, Veum! – Ich war noch nie in einer ähnlichen Situation. Hier habe ich einen Mord, ein Mordopfer und eine Hand voll verdächtiger Personen, und dann weigert sich der verdammte Pfarrer, sie aus der Kirche zu lassen und zur Polizeistation zu bringen, damit wir sie effektiv und wie es sich gehört verhören können, nach Vorschrift. Aber ich habe den Kripochef angerufen und wir haben den Justizminister in der Leitung!»

«Die Gesetze Gottes stehen über denen des Staates!», rief Haraldsrud.

«Ach so! Aber steht da nicht auch irgendwas von wegen dem Kaiser zu geben, was des Kaisers ist . . .»

«Matthäus 22, 21», nickte Haraldsrud. «Aber . . .»

«Und gehört nicht der Mörder der Obrigkeit?»

«Der Mörder, ja! Aber nicht die Unschuldigen! Und welche Garantie habe ich, dass Sie sie nach dem Verhör wieder hierher bringen – und nicht einfach abschieben?»

Hamre sah ihn grimmig an. «Welche Garantie haben Sie dafür, dass der Mörder gefunden wird, und wenn nicht, wollen Sie dann Erwachsene und Kinder hier übernachten lassen, nach dem, was passiert ist?»

Die Frau, die mir noch niemand vorgestellt hatte, räusperte sich. Es war eine resolute Frau in den Fünfzigern, mit grauem Haar, in einem engen grauen Kostüm und mit einem kleinen schwarzen Hut. «Entschuldigen Sie, wenn ich mich einmische, aber wenn die Polizei dafür garantieren kann, dass die Flüchtlinge nach den Verhören wieder hierher gebracht werden . . .»

Haraldsrud stellte sie mit einem kurzen Blick in meine Richtung vor. «Frau Henriksen, die Vorsitzende des Kirchengemeinderates.»

Frau Henriksen lächelte säuerlich. «Ich finde schon, dass Sie die Sache jetzt ein wenig übertreiben, Hogne. Es ist doch selbstverständlich, jetzt, wo etwas so Drastisches wie ein Mord geschehen ist, ist die Situation eine völlig andere.»

«Na gut, das ist möglich, aber es liegt nun einmal in meiner Hand, den Willen des Herren in diesem Haus zu vertreten, und der lässt sich nicht von einer einfachen Mehrheit im Gemeindevorstand außer Kraft setzen. Hier herrschen der Herr und seine Diener, und wenn das nicht reicht, dann müssen Sie Verstärkung anfordern und mich zusammen mit den anderen hinaustragen.»

«Na, na», sagte Frau Henriksen und sah sich verwirrt nach Unterstützung um.

«Oder was sagen Sie, Veum?»

Ich wusste nicht recht, was ich sagen sollte. «Tja . . .» Ich drehte mich zu Hamre herum. «Steht jemand unter besonderem Verdacht?»

«Und wenn? Hast du vor, uns deinen Beistand als Berater anzubieten?»

«Wir wissen alle, wer es getan hat, oder?», entfuhr es Haraldsrud. «Warum konzentrieren Sie sich nicht auf ihn?»

«Und was ist mit dem Jungen?», fragte Hamre und nickte zum Pfarrbüro. «Wo war er zwischen zwölf und zwei Uhr heute Nacht?»

«Zwischen zwölf und – zwei Uhr? Ist das der Zeitraum, in dem der Mord geschah?», fragte ich.

Hamre seufzte. «Den vorläufigen Untersuchungen des Arztes nach zu urteilen – ja.»

«Könnte man vielleicht weitere Details erfahren?»

«Also gut.»

Er erklärte mir kurz die Lage. Gulosic hatte Alarm geschlagen und morgens um fünf vor sieben zuhause bei Haraldsrud angerufen. Er war auf die Toilette gegangen und hatte Kovacevic in einer Blutlache auf dem Boden liegend gefunden. «Seine Kehle war durchgeschnitten», stellte Hamre nüchtern fest. «Aber die Tatwaffe wurde noch nicht gefunden.»

«Aber . . .» Ich sah Haraldsrud an. «Sie sagen, Sie wüssten, wer es getan hat . . . An wen denken Sie dabei?»

«Der Herr sei der Richter», sagte Haraldsrud abweisend. «Aber das Muster sollte deutlich genug erkennbar sein für den, der . . . der Ohren hat!»

Hamre sah ihn ärgerlich an. «Jajaja! Aber wir brauchen klare Indizien und technische Beweise.»

«Es war auf jeden Fall nicht Asim», sagte ich.

«Warum bist du dir da so sicher?»

«Er war doch gar nicht hier! Und ich habe mindestens zwei glaubwürdige Zeugen, die bestätigen können, dass er von allen Orten auf der Welt hier am allerwenigsten sein wollte.»

Haraldsrud sah mich besorgt an. «Tatsächlich?»

«Ich musste ihn fast hierher tragen.»

«Und hat er gesagt, warum?»

«Nein. Kein Wort. Noch nicht.»

Hamre unterbrach uns. «Aber er könnte doch von draußen hereingekommen sein, oder?»

«Um zwei Uhr war er in Olsvik», sagte ich.

«Aha? Aber davor?»

«Das weiß ich noch nicht.»

«Aber ich», fuhr Hamre fort und hielt Haraldsrud einen wütenden Zeigefinger vor die Nase, «ich will wissen, wo jeder einzelne, der mit diesem Asyl zu tun hat, zwischen zehn und zwei heute Nacht gewesen ist, und ich meine alle, Sie eingeschlossen.»

«Durchaus korrekt», sagte Frau Henriksen mit einem schnippischen Blick zum Pfarrer.

«Komm mal mit, Veum», Hamre winkte mir. «Komm mit runter, ich will dir was zeigen . . .»

«Ich komme mit!», sagte Haraldsrud.

«Mit Vergnügen», erwiderte Hamre.

Frau Henriksen sah auf die Uhr. «Ich fürchte, ich muss gehen.»

Das schien das Vergnügen nicht zu mindern. Keiner bestand darauf, dass sie bleiben sollte. Haraldsrud und ich folgten Hamre hinunter in den Keller.

10

Die Tür zur Herrentoilette stand offen. Der Eingang war mit einem rotweißen Plastikband abgesperrt, aber drinnen kniete ein Polizist und untersuchte den Tatort peinlich genau nach Spuren. Eine Kreidesilhouette markierte, wo der Tote gelegen hatte, und niemand hatte das Blut weggewaschen. Es war schockierend zu sehen, wie es überall an die Wand um die Wandschüssel herum gespritzt war.

«Mit nacktem Hintern erwischt», sagte Hamre.

«Wirklich?», fragte ich.

«Mmh. Beim Pinkeln.»

«Von hinten überfallen?»

«Sehr professionell. Ein glatter Schnitt, quer über die Halsschlagader. Er war tot, bevor er auf dem Boden aufschlug.»

Haraldsrud hielt mich zurück, während Hamre weiter in den Kellerraum hinein ging. «Noch ein Hinweis, wenn Sie mich fragen», murmelte er.

«Auf was?»

«Dass der Mörder Nahkampferfahrung hatte.»

«Und dabei denken Sie an . . .»

«Sie haben selbst gesehen, wie Kovacevic und Gulosic gestern aussahen, nach der Schlägerei. Jetzt wissen wir warum. Kovacevic hatte Janina aufgelauert, hier draußen, und einen ziemlich groben Annäherungsversuch gemacht.»

«Sie meinen also, dass Gulosic . . .»

«Nein, Pecanin!»

«Pecanin?»

«Haben Sie die Missstimmung zwischen den beiden Serben

268

nicht bemerkt, als Sie mit ihnen gesprochen haben? Pecanin und Janina waren einmal ein Paar, trotz des Altersunterschieds. Als sie vier war und er vierzehn, beschlossen ihre Familien, dass sie einmal heiraten sollten, aber dann ... Nach der Auflösung des alten Jugoslawien und den erbitterten ethnischen Fehden wurde die Absprache rückgängig gemacht. Aber das bedeutete nicht, dass sich seine Gefühle verändert hatten. Er liebte sie immer noch, und ein Übergriff von Seiten Kovecevics muss für ihn ebenso provozierend gewesen sein wie für ihren Vater.»

«Woher wissen Sie das?»

«Pecanin hat es mir selbst erzählt.»

Hamre tauchte wieder in der Türöffnung auf. «Kommt ihr, oder ...» Er sah uns inquisitorisch an.

«Ja, wir ...»

Er konzentrierte seine Aufmerksamkeit auf Haraldsrud. «Oder sind Sie darauf aus, auch Veum zu bekehren? Dann kann ich Ihnen nur einen guten Rat geben. Geben Sie's auf. Wir versuchen es seit zwanzig Jahren. Vergeblich.»

«Die Jahrtausendwende rückt näher», sagte ich zu Hamre, als ich an ihm vorbeiging. «Da ist alles möglich.»

Die Atmosphäre im Kaminzimmer war, wenn das überhaupt möglich war, noch dichter als beim letzten Mal, wahrscheinlich auch durch die beiden Polizisten in Uniform und eine Polizistin in Zivil. Einen der Polizisten kannte ich. Er hieß Ristesund und hatte einen der gepflegtesten Bärte im gesamten Polizeistab.

Der Polizist saß auf einem Stuhl und sprach scheinbar entspannt mit Safijaj. Die beiden Kollegen hatten sich mitten im Raum platziert, als eine Art Grenzwache. Pecanin stand mit dem Rücken zur Wand und starrte mit erhobenem Kinn düster in den Raum.

Das Ehepaar Gulosic hatte die Köpfe zu einer intensiven Konferenz zusammengesteckt, die – nicht weniger intensiv – von Janina beobachtet wurde, die den sechsjährigen Amir in den Armen hielt. Sein Kopf ruhte zwischen ihren Brüsten.

Wahrscheinlich war er der Einzige im Raum, der eine solche Position, ohne heftige Proteste auszulösen, einnehmen konnte.

Als wir hereinkamen, wandten alle außer Amir und Pecanin uns ihre Gesichter zu. Amir reagierte nie auf irgendetwas, und Pecanin gab sich angestrengt gleichgültig gegenüber allem, was geschah.

Gulosic stand abrupt auf und fragte etwas in seiner eigenen Sprache, das mit *Asim?* endete.

Ich nickte beruhigend. «Ich habe ihn gefunden, wenn es das ist, was Sie wissen wollten.»

Safijaj übersetzte schnell, und die Mutter hatte sofort eine weitere Frage.

Safijaj übersetzte: «Wo ist er?»

«Er spricht mit der Polizei . . . Oben.»

Ein erneuter Ausruf der Mutter. «Worüber denn?»

«Über das, was hier heute Nacht passiert ist. Kannst du dazu etwas sagen?»

Ihr Gesicht verschloss sich und Hamre rief: «Veum! Hier stellen wir die Fragen! Das hier geht so weit an allen Vorschriften vorbei, dass sogar du . . .»

«Tut mir Leid. Ist mir so rausgerutscht.»

Aber die Familie Gulosic richtete sich nicht nach Hamres Vorschriften. Einige Minuten lang redeten alle gleichzeitig. Die Mauern des großen Kellerraums ließen die Worte in einem unheimlichen Echo widerhallen, wie schwarze Messen aus dem Jenseits. Die Eltern fielen sich lautstark ins Wort, hoben die Fäuste gegen Pecanin, zeigten auf Janina und beschimpften Safijaj fürchterlich, während das dreizehnjährige Mädchen nicht weniger temperamentvoll und lautstark protestierte, gefolgt von einem übertriebenen Kopfschütteln mit zusammengepressten Lippen.

«He, he, he, he, HE!», brüllte Hamre, bevor er mit resigniertem Gesichtsausdruck rief: «Wir brauchen einen Dolmetscher!»

«Ich kann übersetzen», sagte Pecanin auf Englisch vom anderen Ende des Raumes her.

Hamre bellte ihn an: «Ach ja? Dann übersetzen Sie!»

«Sie geben mir die Schuld!», sagte er.

Haraldsrud trat einen vorsichtigen Schritt vor, als wolle er sagen: Ja, und?

«Aber Safijaj weigert sich, das zu übersetzen, weil sie weiß, dass es nicht wahr ist. Sie sagt: Aber es ist nicht Ahmet. Es ist ein anderer! Ich hab gesehen, wie sie ihn geküsst hat.»

«Gesehen – wie Janina – wen denn?»

Er zeigte mit zitternden Fingern zur Decke. «Der Rothaarige da oben. Er hat ihr gesagt, wenn sie heiraten, dann darf sie bleiben!»

«Der Rothaarige?», fragte Hamre. «Sie meinen . . .»

«Olav?», stieß Haraldsrud verwirrt hervor.

Hamre gab seinen drei Kollegen schnelle Befehle: «Bleiben Sie hier. Rufen Sie Verstärkung, wenn es nötig ist. Diesen Familienstreit zu beenden, wird nicht einfach sein . . .»

Dann machte er auf dem Absatz kehrt, Haraldsrud und ich folgten ihm auf den Fersen die Treppen hinauf, um mit dem rothaarigen Küster zu sprechen.

11

Olav Monsen sah uns durch die Glastür ins Vorzimmer kommen, und als wir die Tür öffneten, stand er sofort auf, er wirkte fast dankbar. Er blieb hinter dem Tresen stehen, steif und gerade wie ein Zeuge im Zeugenstand. Es würde nicht viel Druck brauchen, um ihn dazu zu bewegen, alles zu gestehen.

Der Einzige, den er nicht direkt ansehen konnte, war Haraldsrud. Vielleicht hatte er das Gefühl, sein Vertrauen missbraucht zu haben. Aber auf der anderen Seite . . . Hatte er nicht gerade das Gegenteil getan? War er nicht buchstäblich in die Fußstapfen seines Meisters getreten?

Ja, er hatte sich in Janina verliebt. (Was keinen von uns verwunderte.)

Außerdem hatte sie ihm Leid getan. (Jaja . . .)

Ja, er hatte versprochen, sie zu heiraten, auf jeden Fall um ihr die Sicherheit zu verschaffen, in Norwegen bleiben zu können und nicht zurückgeschickt zu werden. (Einen Namen musste das Kind ja haben . . .)

Und ja, sie hatten ein paar vorsichtige Rendezvous gehabt – so weit das in diesem Rahmen möglich gewesen war – und ja, sie hatten sich geküsst – aber mehr nicht, wir durften nicht denken . . . (Nein, es denken, es wünschen, es wollen auch, aber . . .)

«Und heute Nacht?», wollte Hamre wissen.

«Heute Nacht? Aber Sie glauben doch nicht, dass . . .» Zum ersten Mal sah er Haraldsrud direkt an. «Sie glauben doch nicht, dass ich – so etwas – könnte?»

«Wo waren Sie zwischen zehn und zwei Uhr heute Nacht?», bellte der Kommissar weiter.

«Zwischen . . . Ich war zu Hause, ich habe ferngesehen und dann – dann bin ich ins Bett gegangen . . . Meine Mutter ist Zeugin!»

«Ach ja?», sagte Hamre, mit einem schlechten Witz auf der Zunge, so schlecht, dass er ihn nicht herausließ. Aber die meisten von uns dachten dasselbe.

Helleve tauchte plötzlich in der Tür zum Pfarrbüro auf. Er betrachtete den aufgelösten Kirchendiener verwundert. «Gibt es etwas Neues?»

«Das sollte wohl lieber ich fragen!», erwiderte Hamre.

Helleve schielte zu der offenen Tür hinter sich. Dahinter konnten wir Asims herausforderndes Gesicht erkennen. «Er behauptet, er sei bei einem Mädchen namens Hege gewesen. Sie war allein zu Hause. Ihre Eltern waren – ja, irgendwo.» Er hob die Arme. «Ich habe Poulsen losgeschickt, um mit ihr zu sprechen. Dann ist er zu einer Hütte in Olsvik gefahren, zu der er von einem Klassenkameraden den Schlüssel bekommen hatte, wo er überfallen wurde von . . .» Er nickte in meine Richtung, bevor er mit einem halben Lächeln hinzufügte: «So drückt er sich jedenfalls aus.»

Hamre sah mich unwirsch an. «In dem Fall hat er ein ausreichendes Alibi. Und dieser junge Mann hier . . . ist bereit, seine alte Mutter ins Spiel zu bringen.»

«So alt ist sie gar nicht», protestierte Monsen.

«Nein? Dachte ich's mir doch›, murmelte Hamre und sah dann wieder mich an. «Und was tun wir nun, Sherlock?»

Ich nickte zu Asim. «Hast du ihn gefragt, warum er weggelaufen ist? Und warum er dermaßen furchtbare Angst hatte, wieder hierher zu kommen, so dass ich ihn richtiggehend zwingen musste?»

Helleve seufzte schwer. ‹Ich habe ihn gefragt, warum er weggelaufen ist. Aber er weigert sich zu antworten.»

«Weigert sich?», bellte Hamre. «Dem werd ich beibringen . . .» Er unterbrach sich selbst und starrte durch die Tür. Draußen kam Ristesund vom Keller herauf, so dicht hinter Pecanin, dass sie siamesische Zwillinge hätten sein können.

Ristesund hielt die Tür zum Vorzimmer auf. Als er Pecanin hereinließ, sagte er: «Er besteht darauf, mit euch zu reden. Er sagt, er habe etwas zu erzählen.»

«Ja, ich habe etwas zu erzählen», wiederholte Pecanin in einer Art Norwegisch, das wieder ins Englische zurückfiel. «Ich habe etwas von der Familie Gulosic zu erzählen, was Sie vielleicht nicht wissen . . .»

«Und das wäre . . .?», fragte Hamre.

Pecanin sah bedeutungsvoll in die Runde, zuerst zu Haraldsrud, dann zu mir und einen kurzen Moment zu Helleve, bevor er seinen Blick wieder auf Hamre richtete. «Ein Mädchen, das in der Straße wohnte, wo wir – sie war vierzehn und hieß Vildana. Sie war meine Kusine und Kovacevics Nichte. Sie wurde einmal auf dem Weg von einer Musikstunde nach Hause überfallen. Geknebelt, gefesselt und in einen Hinterhof gezerrt.» Er schluckte schwer, und um die Muskelansätze in seinem Gesicht bildeten sich weiße Flecken. «Ich war selbst dort und habe ihre Noten gefunden, hinterher, verdreckt und zertreten. Da war sie nach Hause gekommen, mit zerrissenen Kleidern und – hysterisch. Erst nach mehreren Stunden war sie so weit ruhig, dass sie erzählen konnte, was passiert war. Sie war vergewaltigt worden von einer Gruppe gleichaltriger Jungen. Moslems. Einer von ihnen war . . .» Sein Blick wanderte zur offenen Tür und begegnete Asims. Wenn er sich hätte in Energie verwandeln können, hätte der ganze Raum geglüht.

«Mein Onkel, Halil, hat Gulosic aufgesucht, um mit Asim zu reden, zu hören, wer die anderen waren. Aber er wurde hinausgejagt, von Gulosic selbst, mit dem Gewehr in der Hand. In diesem Zusammenhang wurde Frau Gulosic dann von der Polizei vorgeladen, zusammen mit Asim, und deshalb hat Ibro sie verhört. Sie kam alleine, ohne Asim, und am nächsten Tag waren sie plötzlich verschwunden. Die ganze Familie. Und meine arme Vildana. Sie hat sich nie mehr ans Klavier gesetzt, und sechs Monate später hat sie sich das Leben genommen. Stellen Sie sich vor, was wir empfunden haben, als wir drei Jahre später nach Norwegen kamen und unsere alten Erzfeinde hier fanden, noch immer auf der Flucht und – beschützt durch die Kirche . . . während wir . . . Wir sind es, die Asyl brauchen!»

«Aber das haben Sie doch auch bekommen», sagte ich mit einem Seitenblick auf Haraldsrud, dessen Gesichtausdruck immer nachdenklicher geworden war, während Pecanin erzählte.

«Ja! Und Gott sei Dank dafür . . . Aber unter Ratten! Ich habe es gesagt, als wir zuletzt geredet haben . . . Die Lebenden beneiden die Toten!»

«Aber hören Sie . . . Dann war es wohl das, was passiert ist. Dass ihr Asim mit Anschuldigungen konfrontiert habt, wegen der Sache, an der er beteiligt war . . .»

Hamre machte einen Versuch, mich zu unterbrechen. «Veum!»

«... und deshalb ist er geflohen und hat sich vor Todesangst nicht mehr hierher getraut.»

«Ja, verdammt!», stieß Pecanin hervor. «Aber wer hat denn dann Kovacevic umgebracht? Wer war es, der am meisten zu verbergen hatte, am meisten zu verlieren?»

«Asim hatte Geschwister, wir wissen alle von Ihrer geplanten Hochzeit mit Janina, da sind Safijaj und der kleine autistische Amir ... Sollten alle unter dem Übergriff des Bruders leiden, begangen in einer aufgeheizten Kriegssituation, wo Frauen, die seiner Religion angehörten, von eurer Seite genau solchen Übergriffen ausgesetzt waren?»

«Natürlich! Sie irren sich ... Wir haben ihn in Frieden gelassen. Er war noch ein Junge, als das mit Vildana passiert ist, ein Werkzeug von Kräften, über die er keine Kontrolle hatte, eines von vielen Opfern der grausamen Brutalität des Krieges. Was hätte es geholfen?»

«Aber warum ist er dann weggelaufen?»

«Fragen Sie ihn selbst – oder seine Eltern! Haben Sie das versucht?»

Ich nickte müde. «Ja, das haben wir versucht. Aber wir können es natürlich noch einmal probieren.»

12

Ich hob den Blick zu Hamre. Er hatte mir mehr Spielraum gelassen als ich hatte hoffen können. Aber jetzt schien er mit seiner Geduld am Ende zu sein.

«Ist es möglich, dass ein Polizeibeamter hier auch mal zu Wort kommt?», fragte er säuerlich.

Ich machte eine großzügige Handbewegung. Ich hatte sowieso das Gefühl, meinen Anteil geleistet zu haben. Meiner

Meinung nach ging es jetzt nur noch den Abhang hinunter, was nirgendwo sonst als in einer tiefen, nachtschwarzen Tragödie enden konnte.

Hamre sah Helleve an. «Aber wenn wir das hier ordentlich machen wollen, dann brauchen wir einen Dolmetscher. – Haben wir nicht schon einen angefordert?»

«Doch, es kommt einer vom Flüchtlingsbüro.»

Hamre öffnete die Tür und rief einem Polizisten auf dem Flur zu: «Gibt es was Neues über die Tatwaffe?»

«Nein, aber wir öffnen jetzt die Zisternen.»

«Gebt mir Bescheid, wenn ihr was findet.»

Eine halbe Stunde später waren wir wieder auf dem Weg hinunter in den Kellerraum. Pecanin blieb oben, stark bewacht von Ristesund und einem Kollegen in Zivil.

Es stellte sich heraus, dass der Dolmetscher eine junge, dunkelhaarige Frau war, mit strenger Brille, mitteleuropäischem Aussehen und norwegischem Nachnamen. Azra Lillesund hieß sie, und nachdem Hamre sie über die Situation aufgeklärt hatte, sah sie ihn streng an, schüttelte den Kopf und sagte: «Das ist sehr ernst für mein Volk.»

Asim kam nur unter starken Protesten und mit Hilfe von Polizeigriffen von Helleve mit uns nach unten. Er vermied, in Pecanins Richtung zu sehen, als er an ihm vorbei kam, aber als der Serbe ihm eine Bemerkung zuwarf, reagierte er mit einem so heftigen Wortschwall, dass seine Stimme brach.

Wir blieben alle einen Augenblick stehen.

Die Dolmetscherin referierte kurz und nüchtern, als gäbe sie das Angebot einer ausländischen Handelsdelegation wieder: «Mr. Pecanin fragte Asim, ob er jetzt zufrieden sei, und Asim antwortete mit – ja, mit Worten, die ich nicht übersetzen kann, auch wenn ich gewollt hätte, aber es sind – Schimpfworte, nur Schimpfworte.»

Unten wurde er von seinen Eltern wie der verlorene Sohn empfangen, mit tränennassen Umarmungen und Küssen. Auch die beiden Schwestern zeigten Anzeichen starker Bewegtheit, nur der kleine Amir beobachtete das Ganze mit seinem versteinerten Gesicht, wie eine vergessene Puppe, nachdem die beiden Schwestern ihn abrupt wegen des heimgekehrten Bruders verlassen hatten.

Hamre hob die Hände und verlangte Ruhe. Dann platzierte er Olav Monsen, Haraldsrud und mich an einem der Tische, während er selbst, Helleve und die Dolmetscherin mitten im Raum stehen blieben, von wo sie uns alle im Blick hatten.

Mein Blick wanderte schnell über die Gesichter an der gegenüberliegenden Wand. Von Amir glitt er zu Safijaj, die in vieler Hinsicht die Ruhigste und Vernünftigste von ihnen war, jetzt aber deutlich die kontrollierte Hysterie einer Dreizehnjährigen zeigte. Ein Windstoß, und sie würde umfallen. Ich hatte diesen Blick bei vielen ihrer Gleichaltrigen gesehen. Die meisten von ihnen hatten ihren Wehrdienst in einer psychiatrischen Klinik abgeleistet.

Janinas heftige Schönheit war jetzt noch auffälliger, als sie zwischen der Freude über Asims Rückkehr und der Angst vor dem, was geschehen würde, hin und her gerissen war. Ihr Blick wanderte ständig zu Olav Monsen, ohne jemals bei ihm hängen zu bleiben, und mir fiel auf, dass ich kaum jemals zwei Menschen gesehen hatte, die so verschieden waren wie diese beiden. Wenn sie tatsächlich eingewilligt hatte, ihn zu heiraten, dann sicher, weil sie es von zu Hause nicht anders kannte, wie sie es auch akzeptiert hatte, den zehn Jahre älteren Ahmet Pecanin zu heiraten, weil es so abgesprochen worden war, als sie vier Jahre alt war.

Asims Maske war noch ebenso herausfordernd, ebenso angestrengt selbstsicher wie vorher, aber seine Augen verrieten ihn: Die schwarze Angst in ihnen gehörte nicht einem Sechzehnjährigen, sondern einem Dreijährigen, der nachts aufwacht, wenn alles dunkel ist, wenn in ein Haus in der Nähe Granaten einschlagen und er keine Ahnung hat, wo seine Eltern sind – wo alle anderen sind!

Mako und Djenka Gulosic saßen mit geradem Rücken da, den Blick nach vorn gerichtet, wie auf der Anklagebank in einem Gerichtssaal. Er zeigte deutliche Spuren von der Schlägerei mit Kovacevic zwei Nächte zuvor. Sein Gesichtsausdruck war resigniert und ergeben. Aber seine Frau hatte nicht aufgegeben. Von ihr hatte wohl Janina die Heftigkeit und Asim seinen Trotz. So musste sie ausgesehen haben, als Ibro Kovacevic, der Polizist von Banja Luca, sie auf der Polizeistation von Sarajevo verhört hatte. Vielleicht hatte sie die Wahrheit gesagt. Vielleicht hatte er sie gefoltert, geschlagen – oder jedenfalls damit gedroht. Aber sie hatte nicht nachgegeben. Um sie herum waren Menschen, die aufgaben, sich dem Feind hingaben, westeuropäische Lebensweisen nachahmten oder sich total in sich selbst zurückzogen. Aber Djenka Gulosic gab nicht auf; sie war aus einem anderen Stoff, aus dem, der alles überlebte.

Ich war mir jetzt sicher, wie die Sache abgelaufen war. Ich wusste es schon lange, bevor Hamre es aus ihnen herausbekam und Azra Lillesund es uns übersetzte.

Das bittere Schicksal hatte sie doppelt getroffen, als sie sich nicht mehr frei in Norwegen aufhalten durften, sondern im Kirchenasyl Schutz suchen mussten – und zwei ihrer schlimmsten Feinde in dasselbe Asyl kamen. «Aber das war kein Zufall», sagte Djemka Gulosic mit Überzeugung. «Sie wussten, dass wir hier waren. Sie kamen mit einer Absicht her – sich an Asim zu rächen. Ich habe es ihm gesagt. Du redest nicht mit ihnen, du hältst dich ganz fern von ihnen, du gehst nicht raus» – sie nickte zur Toilette – «ohne dass dich dein Vater begleitet. Aber glauben Sie, er hat gehorcht? O nein. Die Jugend macht, was die Jugend will, besonders wenn ihre Erziehung zerstört wurde – von dieser Gesellschaft, die ihr hier habt!» Sie sah uns vorwurfsvoll an, als hätten wir dies persönlich zu verantworten.

Schließlich war der Konflikt zwischen Asim und seinen Eltern so stark geworden, dass er mit einer Konfrontation geendet und Asim gesagt hatte: «Okay, dann hau ich eben ab!» und die Mutter wütend geschrien hatte: «Ja, dann tu's doch!»

Und dann hatte er also genau das getan. Hinterher hatten andere Gefühle die Oberhand bekommen: das schlechte Gewissen und die Angst, was ihm zustoßen konnte, da draußen in der Welt, die ihnen so unberechenbar vorkam. Als Haraldsrud mich gerufen hatte, konnten sie nichts anderes tun, als gute Miene zum bösen Spiel zu machen.

«Sie hatten also keine Ahnung, wo Asim sich aufhielt?», wollte Hamre wissen.

«Überhaupt keine», bestätigte sie.

Was den Konflikt mit Kovacevic betraf, war es deutlich schwieriger, sie zu bewegen, etwas darüber zu sagen. Ihr Gesicht verdunkelte sich, wenn nur sein Name genannt wurde. Mit einer plötzlichen Schüchternheit zeigte sie mit einer Hand auf ihre Brüste und auf ihren Bauch. «Er hat mich geschlagen... hier... und hier. Nur weil Asim nicht mitgekommen war.»

«Aber Sie durften wieder gehen?»

«Ja, ich durfte gehen – am Ende. Als sie begriffen hatten, dass ich ihnen nichts zu sagen hatte. Und da – da haben wir begriffen, dass wir in Sarajevo nichts mehr verloren hatten, dass wir dort nie mehr Frieden finden würden. Also haben wir eingepackt, was wir tragen konnten, und mein Bruder hat uns über die Grenze nach Montenegro gebracht, wo wir mit dem Schiff nach Italien kamen und dann später nach... Skandinavien. Worüber wir so viel Schönes gehört hatten», fügte sie mit einem so ironischen Unterton hinzu, dass Azra Lillesund es kommentierte.

«Ja, das wissen wir schon», sagte Hamre schnell. «Aber dann tauchte also derselbe Ibro Kovacevic hier auf, zusammen mit Ahmet Pecanin, den Ihre Tochter eigentlich heiraten sollte.»

«Ja. Ja», sagte sie traurig und hob dann wieder ihre Stimme: «Aber wie ich gesagt habe, es war geplant, uns zu suchen. Sie sind nicht einmal Flüchtlinge, sondern Agenten mit Auftrag im Ausland, um sich an uns, die wir das Land verlassen haben, zu rächen.» Sie hob resigniert die Arme. «Fragen Sie, wen

Sie wollen! Kovacevic war jetzt Polizist, aber seine Familie, aus Banja Luca, das waren Kriminelle! Als Asim weglief, und dieser Mann» – sie zeigte auf mich – «engagiert wurde, um ihn zu finden, da wusste ich so sicher, wie noch immer Blut durch mein unglückliches Herz fließt, dass die Stunde der Abrechnung kommen musste – bevor Asim zurückkam.» Sie warf ihrem Mann einen kurzen Blick zu. «Ich sagte zu Mako: Du bist der Mann, du musst es erledigen. Aber Ihr seht, wozu es geführt hat. Eine Schlägerei und ein paar oberflächliche Schrammen, wie zwischen zwei Schuljungen. Was hat das geholfen?»

«Und in der nächsten Nacht nahmen Sie die Sache selbst in die Hand?»

Sie sah keinen von uns an, starrte vor sich hin, fast wie eine vergrößerte Kopie ihres kleinsten Kindes. Dann nickte sie stumm.

«Wir müssen wissen, was passiert ist», fuhr Hamre fort.

«Äh», unterbrach ihn Haraldsrud, «hat sie nicht das Recht auf einen Anwalt?»

«Können Sie ihr nicht im Himmel einen besorgen?», fragte der Polizist hart.

«Also wirklich!», stieß der Pfarrer indigniert hervor und sah Hilfe suchend mich an.

«Sie hat doch eigentlich einen, Hamre», sagte ich.

«Und du hältst die Schnauze, Veum. Du kannst nur froh sein, dass du überhaupt hier sein darfst! Um das Rechtliche kümmere ich mich schon.» Er sah die Dolmetscherin an. «Bitten Sie sie fortzufahren.»

Ich legte Haraldsrud eine Hand auf den Arm. «Wir sind auch gute Zeugen», sagte ich leise. «Lassen Sie uns aufmerksam zuhören.»

«Das letzte Urteil obliegt sowieso dem Herrn», murmelte er, und ich hatte das Gefühl, dass Hamre dort oben einen ziemlich schlechten Stand haben würde. Auf jeden Fall würde Pastor Haraldsrud ihm keine Empfehlung aussprechen.

Das nächtliche Geschehen war kurz, dramatisch und brutal gewesen.

Sie hatte wach gelegen und die beiden Serben beobachtet. Das Messer hatte sie schon in der Hand gehabt. Ungefähr eine Stunde nach Mitternacht – sie hatte keine Uhr – hatte sie gesehen, wie Kovecevic aufstand, sich umsah und dann leise aus dem Raum ging. Sie war ihm gefolgt – direkt auf die Toilette, und da – sie zögerte einen Augenblick, bevor es aus ihr herausrutschte – dort hatte sie mit einem langen Schnitt ... *so!* ... seine Gurgel durchgeschnitten. Sie demonstrierte die Bewegung auf eine Weise, dass sich den meisten von uns der Magen umdrehte. Nur ihre Familie schien das alles als Selbstverständlichkeit zu nehmen, ihr Mann, indem er beschämt zu Boden sah, die beiden Töchter mit großen Augen. Der Einzige, der sie überrascht anschaute, war Asim, mit einem Blick wie ein kleiner Junge, der die Mutter zum ersten Mal Pfannkuchen backen sieht, virtuos wie alle Mütter.

«Übersetzen Sie!», sagte Hamre, als es Azra Lillesund wegen der drastischen Darstellung die Sprache zu verschlagen schien.

«Ja, tut mir Leid.» Dann gab sie den Bericht weiter, in Djenka Gulosics eigenen Worten, und schloss: «Am Ende sagte sie nur: ‹Er war tot, sofort, und das war's.›»

«Fragen Sie sie ... Was hat sie mit dem Messer gemacht?»

Azra Lillesund fragte. Djenka Gulosic schaute sich im Raum um. Dann zeigte sie auf einen Stapel Gesangbücher, die auf einem Regal lagen, direkt neben der Tür.

Hamre sah Helleve an, der hinging, ein paar Bücher zur Seite räumte und in den Spalt dahinter schaute, während er ein Paar dünner Plastikhandschuhe aus der Tasche zog.

Er nickte. «Es liegt da», sagte er, zog sich die Handschuhe an und hob das scharfe Gemüsemesser hoch.

Ein absurdes, trällerndes Kinderlachen erfüllte den Raum. Ein Ruck ging durch uns alle, so absurd klang es: als hätte jemand während einer Beerdigung angefangen, wild und hemmungslos zu lachen. Ein paar Sekunden suchten unsere Blicke nach der Quelle des Lachens. Dann fanden wir sie.

Es war der kleine Amir, der lachte, mit blankem Blick und noch immer völlig eingeschlossen in seiner eigenen, unzugänglichen Welt, weit entfernt von unseren Bewegungen und Reisen, fern von allen Regeln, Verordnungen und Küchenmessern. Wie ein Blitz schoss mir der Gedanke in den Kopf, dass es wohl genauso war. Er war der Einzige unter uns, der noch etwas zu lachen hatte.

13

Am Ende waren nur noch Hogne Haraldsrud, Azra Lillesund und ich übrig.

Ich hatte einen Anwalt angerufen, den ich kannte. Vidar Waagenes hatte den Fall schon per Telefon übernommen und uns garantiert, dass, solange Djenka Gulosics Fall gerichtlich untersucht wurde, auch der Rest der Familie nicht ausgewiesen werden würde. Djenka Gulosic fuhr mit Hamre und Helleve zurück zur Polizeistation, um formal verhört zu werden, und die Tränen, die leise über ihre blassen Wangen liefen, verrieten, dass sie sich absolut nicht sicher war, ob die norwegischen Verhörmethoden nicht genau so brutal sein würden wie die von Ibro Kovacevic.

Olav Monsen hatte es übernommen, den Rest der Familie in eine Pension zu bringen, die Vidar Waagenes ihnen empfohlen hatte. Im Kirchenasyl blieb nur noch Ahmet Pecanin zurück, der merkwürdig einsam wirkte, wie er da mit dem Rücken an der Wand saß und auf den Platz starrte, den die Familie Gulosic bis vor einer halben Stunde okkupiert gehabt hatte.

Haraldsrud sah mich düster an. «Nun weiß ich, dass der barmherzige Samariter trotz allem eine leichte Aufgabe zu erfüllen hatte. Er musste sich nur um einen kümmern ...»

«Sie haben doch jetzt auch nicht mehr.»

Da veränderte sich sein Gesichtsausdruck. «Aber wir, wir müssen wohl auch noch abrechnen, oder? Ich meine, Sie müssen doch Ihr Geld . . .»

«Ich kann meine Rechnung ja an Frau Henriksen schicken», sagte ich und zum ersten Mal seit Stunden machte sich ein Lächeln auf dem gutmütigen Gesicht breit.

Ich drehte mich zu Azra Lillesund um. «Sind Sie mit dem eigenen Wagen gekommen?»

«Nein, ich habe ein Taxi genommen.»

«Wollen Sie mit mir zurückfahren?»

«Ja, gern.»

Wir verabschiedeten uns von Hogne Haraldsrud.

Auf dem Weg in die Innenstadt gab es nicht viel zu bereden. Als wir uns dem letzten langen Tunnel näherten, sagte sie plötzlich: «Ich kann mich erinnern, in meiner Kindheit – an eine Straße, genauso wie die, in der die Gulosics wohnten, sonnig, staubig und geprägt von dem ganz besonderen Zusammengehörigkeitsgefühl, das einem die Armut gibt. Serben, Moslems, Kroaten und andere ethnische Gruppen – wir haben alle mehr oder weniger friedlich nebeneinander gelebt, mit einem gemeinsamen Feind: der Bürokratie in Belgrad. So erinnere ich es noch, weil ich Glück hatte. Ich habe Jugoslawien nur zwei Jahre nach Titos Tod verlassen, weil ich in den Sommerferien in Budapest einen norwegischen Touristen kennen gelernt hatte.»

Ich hielt an, um die Straßenmaut zu bezahlen. Dann fuhren wir in den Tunnel, und sie fuhr fort: «Aber bei der Auflösung der Republik wurde alles anders. Das Land wurde in neue Staaten unterteilt, der Nationalismus nahm überhand, und der Unfrieden breitete sich bis in die kleinen idyllischen Straßen aus.» Sie wandte mir ihr Gesicht zu. «Und Sie müssen nicht glauben, dass sich das mit einem normalen norwegischen Nachbarschaftsstreit vergleichen lässt. Da unten geht es um Leben oder Tod, wenn alles Unrecht bezahlt werden soll und die bewussten oder unbewussten Gegensätze von Generationen wieder zum Leben erweckt werden.

Es wurde eine Hölle. Mein ganzes schöne Heimatland ist ein Schlachtfeld, wo unzählige Verbrechen auf beiden Seiten begangen werden und ein Menschenleben nicht mehr wert ist als der Patronenabfall in der Tasche eines Heckenschützen!»

«Pecanin hat es so gesagt», sagte ich. «Die Lebenden werden die Toten beneiden.»

«Ja», nickte Azra Lillesund. «So ist es geworden. Die Toten haben es gut.»

Mehr war eigentlich nicht zu sagen.

Wir kamen aus dem Tunnel und fuhren auf die Puddefjord-brücke, eine Brücke zwischen zwei Stadtteilen, die niemals in tödlichem Streit miteinander gelegen hatten, und die es hoffentlich auch niemals tun würden.

Es war dämmrig, und der Sonnenuntergang hatte sich schon in einem blutigen Streifen über den westlichen Himmel gebreitet.

Ich setzte Azra Lillesund auf Nygårdshøyden ab. Vor der Johanneskirche parkte ich, stieg aus und ging an die Spitze der Vestre Torggate. Von dort aus starrte ich über die Straße, die dort in der Dämmerung badete, mit Neonflecken, der Körper entblößt in der kalten, harten Straßenbeleuchtung. Unten in der Nygårdsgate standen die Autos im Stau, und die Menschen hasteten vorbei, die Blicke nach vorn gerichtet, ohne einen Blick zur Seite zu werfen.

Keiner dachte an die Toten. Die Lebenden hatten mit sich selbst genug zu tun. Wir waren alle zum Essen eingeladen, in der Halle des Bergkönigs.

Ich ging zum Auto zurück und fuhr nach Hause. Alle außer mir, denn ich war schon dort gewesen.

Zu guter Letzt kann ich nirgends anders hingehen als zurück ins Büro. Es gab keine Meldungen auf dem Anrufbeantworter, das Fax streckte mir nicht die Zunge heraus, und im Grunde ge-

nommen war es mir eigentlich recht. Es gibt Tage der Aktion und Tage der Meditation. Dieser gehörte offenbar zu letzteren. Ich schrieb eine Rechnung für den letzten Auftrag, mit einem ebenso sicheren Gefühl, dass ich gewinnen würde, als wenn ich einen Lottoschein ausfüllte. Ich steckte die Rechnung in einen Umschlag und nahm ihn mit, als ich ging. Gleich um die Ecke steckte ich den Umschlag in einen Briefkasten, der genauso rot war wie mein ewig junges Herz. Ich ging nach Hause, mit einem kaum hörbaren Saxophon im Hinterkopf: «The night is blue . . .» In mein unsichtbares Erinnerungsbuch schrieb ich einen kleinen Vers: Rosen sind rot, aber die Nacht ist blau. Alle sind tot, und du bist es auch. Dann begann ich den Aufstieg zum Telthussmauet.

Fesselnde Kriminalliteratur aus der Provence

Pierre Magnan
Das Zimmer hinter dem Spiegel

Drei Morde scheuchen das schläfrige Provence-
städtchen Digne auf. Kommissar Laviolette,
dessen Phantasie vor nichts zurückschreckt, hat
einen ungeheuerlichen Verdacht. Doch was
wirklich hinter den Morden steckt, versteht er erst,
als sein Kollege sich verliebt und sich ein
Fahrrad zulegt…